本书为山东省社会科学规划研究项目"媒介融合时代《水浒传》的传播与接受研究"(17DZWJ04),山东省"十三五"高等学校人文社会科学研究基地水浒文化研究基地资助成果。

媒介融合时代
《水浒传》的传播与接受

程娟娟◎著

新华出版社

图书在版编目（CIP）数据

媒介融合时代《水浒传》的传播与接受 / 程娟娟著
. —北京：新华出版社，2022.8
ISBN 978-7-5166-6361-5

Ⅰ. ①媒…　Ⅱ. ①程…　Ⅲ. ①《水浒》研究　Ⅳ.
① I207.412

中国版本图书馆 CIP 数据核字（2022）第 133690 号

媒介融合时代《水浒传》的传播与接受

作　　者：程娟娟

责任编辑：赵怀志
封面设计：人文在线

出版发行：新华出版社
地　　址：北京石景山区京原路 8 号　　　　　　邮　　编：100040
网　　址：http://www.xinhuapub.com
经　　销：新华书店
购书热线：010-63077122　　　　　　中国新闻书店购书热线：010-63072012

照　　排：北京人文在线文化艺术有限公司
印　　刷：三河市龙大印装有限公司
成品尺寸：170mm×240mm　1/16
印　　张：13.5　　　　　　　　　　　字　　数：208 千字
版　　次：2023 年 3 月第一版　　　　　印　　次：2023 年 3 月河北第一次印刷
书　　号：ISBN 978-7-5166-6361-5
定　　价：68.00 元

序
《水浒传》当代命运的思考与观照

经典作品价值和魅力的重要表现就是它在后代的传播与接受。从这个角度看，《水浒传》的当代传播与接受是该书历史文化价值继续延伸的重要表现。因而，对这个重要文化传播现象的研究也就成为这个价值延伸的重要组成部分。程娟娟博士的《〈水浒传〉传播与接受研究》一书也就彰显出作者在这个方面的思考与研究的成就和价值。

这部专著选取的研究角度颇为新颖，从媒介变化的角度来探讨《水浒传》的当代命运。历史上每一次传播媒介的改变都会引起文学飞跃式的发展。文学媒介经历了口语媒介、文字媒介、印刷媒介、大众媒介、网络媒介等不同发展阶段，新旧媒介之间并不是截然对立的，新媒介是从旧媒介的演变中产生的，旧媒介不断进行调整进化，新旧媒介形成一种共生共存的状态，它们的共同合作使得《水浒传》获得了前所未有的广泛传播，扩大了名著的影响力。

当下学界对于《水浒传》的研究主要集中在经典文本的解读上，对于网络时代《水浒传》的传播与接受现象还没有给予充分的关注。《水浒传》的网络同人作品如火如荼，影视改编现象长盛不衰，草根水浒批评异军突起。与《水浒传》在网络传播的喧嚣热闹相比，学界的研究则显得相对冷落，没有对这些现象进行及时的关注。法国学者布迪厄认为，文化生产的场域遵循着"赢者输"（winner loses）与"输者赢"（loser wins）的颠倒性逻辑，这就意味着，在网络世界拥有众多粉丝，在出版市场赚得盆满钵满，在电视节目上广受欢迎，这些文化市场的成功并不意味着可以得到具有象征权力的学院知识分子的肯定，这就导致学术圈子与网络世界壁垒分明，不同的专业领域各自为战。

尽管还有些不尽如人意之处，这部专著的出现从一定意义上弥补了这一领域研究的空白，拓展了《水浒传》的研究空间。该书对于网络水浒批评、水浒网络同人小说、水浒人物形象改编、水浒跨媒介叙事等方面进行了较为全面的阐释解读，附录中整理的《水浒传》改编电影、电视剧、网络电影的资料可以看出作者在搜集资料确实下了一定的功夫。

网络时代已经到来，如何借助媒介的力量使《水浒传》获得更好的宣传效果，这是一个值得深思的问题。当下学界与网络之间在今后的学术研究中，如能加强学者与网民的双向互动的交流，特别是对网络传播现象进行有效的回应，将会有效地推动水浒研究的深入发展，让这部古典名著在现代社会焕发出新的生命活力。

当然，《水浒传》的传播与接受研究是一个颇为宏大的课题，作为一部探索之作，如能有更多的时间进行梳理、反思和总结，这本专著的论述会更为深刻。此外，关于《水浒传》的海外传播与接受、《水浒传》影视作品的弹幕文化研究、《水浒传》改编的动漫作品研究、《水浒传》的草根文化批评、《水浒传》在大学生中的传播接受等方面，这些方面还有待更加深入的思考与开掘。

总之，《水浒传》作为文学名著具有永久的生命力，推动中华优秀传统文化创造性转化、创新性发展，是学界义不容辞的重大责任。这部作品是作者近几年学术成果的总结，是对当下水浒研究的新开拓和新发展，作为前辈学者，我愿与各位年轻学者一起解读水浒文化，弘扬水浒文化，相信将来会有更多跨学科、跨文化的创新性研究成果。

菏泽学院是国内《水浒传》研究的重要基地。2015 年和 2021 年我先后两次到该院做《水浒传》研究方面的学术交流。了解到该院《水浒传》研究方面阵容与成就。程娟娟博士这部著作为菏泽学院《水浒传》研究又增添了重要成果。

程娟娟博士是南开校友，2012 年南开大学博士毕业后到菏泽学院工作。在学校水浒文化研究基地的带动下，她开始关注水浒文化，在申请了山东社科规划项目的基础上完成了这部专著。程娟娟博士所学专业为中国现当代文学，从不同学科的视角来审视《水浒传》自然会有新的发现和收获。我虽然与程博士接触不多，但因对《水浒传》的共同兴趣，在盛情相邀之下，欣然作序。

宁稼雨

2022 年 5 月于津门雅雨书屋

目录
CONTENTS

绪 论

一、研究背景与意义

著名文学批评家哈罗德·布鲁姆曾指出，"不能让人重读的作品算不上经典。"《水浒传》作为一部传统名著，超越了时空的局限，自问世之后受到社会各阶层读者的广泛欢迎，水浒故事更是家喻户晓，妇孺皆知。由于技术水平的局限，《水浒传》的早期传播有着很大的局限性，主要限于在狭小的知识分子圈子中传播赏析。而底层民众文化程度有限，无法欣赏阅读《水浒传》的纸质文本，他们更多的是通过评书、戏曲、快板等民间文艺形式来了解水浒中的英雄人物。

接受美学认为，读者的参与对于作品意义的生成起着关键的作用。"一部文学作品，并不是一个自身独立、向每一时代的每一读者均提供同样的观点的客体。它不是一尊纪念碑，形而上学地展示其超时代的本质。它更多地像一部管弦乐谱，在其演奏中不断获得读者新的反响，使本文从词的物质形态中解放出来，成为一种当代的存在。"[①] 接受者由于自身思想、知识、经历、视野的不同，看到的水浒世界是大相径庭的，无论是将水浒视为忠义之书还是诲盗之作，"鼓吹平民革命"的启蒙书籍还是"投降主义的反面教材"，都显示了其文学阐释的多样性。原著文本的空白处构成了多层

---

① ［德］H.R.姚斯，［美］R.C.霍拉勃.接受美学与接受理论［M］.周宁，金元浦，译.沈阳：辽宁人民出版社，1987：26.

面的"图式结构",读者在个性化阅读的过程中与文本进行交流对话,实现了文本的意义。

意大利学者弗兰哥·墨尔加利将读者进行了简单的分类,"其一是一般性的读者,他们只是单纯地阅读,而并不对作品做任何分析和解说;另一类则是超一层的读者(metalecteurs),他们对于作品有一种分析和评说的意图;还有一种读者,他们带有一种背离作者原意的创造性(La trahison creatice),这一类读者是把作品只当作一个起点,而透过自己的想象可以对之作出一种新的创造性的诠释。"①处在不同时代、不同文化层次的读者会以自己的独特方式来接受文学作品。

(一)明朝至清末民初的《水浒传》传播与接受

传统接受方式中,文人喜欢采用评点的方式来表达自己的观点,他们的评点会与原作一起传播,引导读者领悟文学叙事的妙处,加深对人物形象的认识,在阅读中提升文学素养。明清时期,《水浒传》的主要评点本有容与堂本、袁无涯本、贯华堂本、钟伯敬本、芥子园本、醉耕堂本、余评本等。这些评点者在点评文字、臧否人物的同时,还会根据自己的想法对原文进行删减、修改、润色,如影响较大的贯华堂本(金圣叹评点本)就将《水浒传》进行了大刀阔斧的"腰斩",删去了七十一回后面的内容,以卢俊义做噩梦为结尾,对于后世《水浒传》的传播产生了深远的影响。

一些读者在阅读点评后觉得意犹未尽,就会创作续书求得心理的安慰。《水浒传》的续书有陈忱的《水浒后传》、青莲室主人的《后水浒传》、俞万春的《荡寇志》等。创作者的文化立场不同,对故事的书写也会见仁见智,不同续书中忠臣义士大团圆场景与乱臣贼子就地正法的结局形成了颇为鲜明的对照。

《水浒传》文本的阅读需要以文化水平和经济实力为前提,早期的文本传播主要是手抄本和少量的刻本为主,数量有限,价格昂贵,普通百姓只能望而兴叹。舞台上演出的水浒戏降低了《水浒传》的接受门槛,对于促

---

① 叶嘉莹.叶嘉莹谈词[M].天津:南开大学出版社,2010:131.

进《水浒传》的传播起到了重要的作用。"戏曲者,普天下人类所乐睹、最乐闻者也,易入人之脑蒂,易触人之感情……由是观之,戏园者,实普天下人之大学堂也;优伶者,实普天下之大教师也。"① 元杂剧中的"水浒戏"较为典型的有《李逵负荆》《双献功》等"李逵戏",这些对于《水浒传》的成书产生了重要影响。明代有文人李开先的《宝剑记》、沈璟的《义侠记》、沈自晋的《翠屏山》等作品,清代有戏剧家洪昇的《闹高唐》、邱园的《虎囊弹》、无名氏的《鸳鸯篦》,清朝后期出现了大量改编的水浒戏,很多剧目流传至今。

(二)二十世纪以来的《水浒传》传播与接受

"《水浒传》读者的能动性不仅在于阐释本文,填充空白,而且还包括改编、续写,以及改造本文,和在《水浒传》直接或间接的影响下而进行的新小说的创作等等。"② 传统的接受方式主要是评点、序跋、续书、戏剧改编等,到了二十世纪出现了现代的接受方式,如论文专著、同人小说、影视改编、话剧改编等。

影响最大的当属影视改编。二十世纪初,大约有 22 部《水浒传》就被搬上银幕。③《武松与潘金莲》(1938)是一部女性主义色彩浓厚的电影,改编自欧阳予倩的话剧名作《潘金莲》,其中塑造的潘金莲形象是一位敢爱敢恨的痴情女子,女性魅力光彩夺目,而武松则是一个恪守封建道德的迂腐之人,他虽有一身武艺却不解风情,一心为兄复仇,最终酿成悲剧。香港拍摄的邵氏系列水浒电影《水浒传》(1972)、《快活林》(1972)、《荡寇志》(1975)堪称电影史上的经典。在明星云集的电影《水浒传之英雄本色》(1993)热映的同时,出现了一系列《花田喜事》(1993)、《水浒笑传》(1993)等以解构水浒英雄为笑点的娱乐电影。

二十世纪八十年代以来,大陆开始出现水浒改编电视剧,山东电视台拍摄的八集电视剧《武松》(1983)轰动一时,里面的武打设计为观众津津

---

① 三爱.论戏曲 [A].朱一玄,刘毓忱.水浒传资料汇编 [C].天津:南开大学出版社,2012:564.

② 高日晖,洪雁.水浒传接受史 [M].济南:齐鲁书社,2006:11.

③ 参加本书附录1《〈水浒传〉改编电影》(第178页)。

乐道。中央电视台拍摄的电视剧《水浒传》（1998）是一部大制作的重量级精品，引发了万人空巷的收视热潮，一曲《好汉歌》传唱大江南北。

戏剧方面，二十世纪初继续延续了水浒戏的热潮，出现了不少的戏剧名家，他们对水浒戏的精彩演绎为原著增添了艺术魅力，如李少春的《野猪林》、盖叫天的《武松打虎》、梅兰芳与马连良出演的《打渔杀家》。除了不断精益求精的传统京剧外，在二十世纪四十年代的解放区还出现了改编革命京剧《逼上梁山》与《三打祝家庄》，这两部戏剧"是在毛主席文艺思想指引下从事京剧改革工作的一个重要成果，也是一次戏曲革命的尝试……用阶级观点观察和分析历史，作了一次用京剧形式写新历史剧的试验。"① 这些戏剧在演出过程中不断进行增删、修改与完善，融入了改编者的立场与品味，在演出中受到了观众的热烈欢迎。《野猪林》《武松》等经典剧目在二十世纪六十年代被录制成了电影，成为水浒戏发展史上的巅峰之作，在当时风靡一时，扩大了受众面。

话剧这种舶来品传入中国后，逐渐由幼稚走向成熟。欧阳予倩的话剧《潘金莲》是从人性角度为潘金莲翻案的经典之作，吴永刚的话剧《林冲夜奔》显示了作者在上海孤岛的背景下寻求民族文化之根的努力。与根基深厚的水浒戏曲相比，水浒题材的话剧数量相对较少，影响不大。

研究方面，传统的评点方式随意性强，评点者主要凭个人好恶进行评点。随着西方文化思潮涌入中国，研究者开始用现代的批评理论来重新认识水浒传，对于《水浒传》的研究更加理论化和系统化。胡适对《水浒传》进行了"小心的求证"，鲁迅对水浒英雄"终于是奴才"的盖棺认定，毛泽东对《水浒传》"只反贪官，不反皇帝"的尖锐批评，这些研究对于后来的水浒研究起着引导作用，产生了难以估量的深远影响，具有开创性的价值意义。改革开放以来，水浒研究在反思过去对水浒政治化批评的基础上，开始步入正轨，在版本学、主题学、图像学、水浒戏等方面出现了一系列

---

① 齐燕铭.旧剧革命划时期的开端——革命京剧《逼上梁山》是怎样创作的［A］.金紫光.逼上梁山［M］.北京：中国戏剧出版社，1980：146.

的重要成果。①

在同人小说创作方面，作者对原著的重新演绎与所处的社会历史环境有着密切的关联。梁启超提出的"小说界革命"为清末民初的文坛带来了新气象。作者将水浒人物进行了时空错位，演绎了新的现代故事，西泠冬青的《新水浒》体现了改良主义的思想，以爱国为宗旨，让梁山好汉各显身手去兴办实业，为国家效力。1943 年，张恨水的《水浒新传》借梁山好汉抵抗金兵来隐喻抗战现实，以奋勇抗战的英雄形象来鼓舞人们的士气。此外，还有陆士谔的《新水浒》（1909）、冷佛的《续水浒传》（1924-1926）、程善之的《残水浒》（1933）、姜鸿飞的《水浒中传》（1938）、张青山《水浒拾遗》（1939）、刘盛亚的《水浒外传》（1947）等作品。二十世纪八十年代以来，伴随着大众文化的兴起，出现了大量以水浒英雄为对象的演义故事，如《林冲演义》（1988）、《武松别传》（1985）、《孙二娘传奇》（1985）、《潘金莲别传》（1990）等，其中一些故事是根据评书进行整理出版而成。这些通俗故事对于水浒英雄的人生经历进行了大胆的想象和虚构，故事的传奇性和连贯性满足了市民读者的阅读需求。

（三）二十一世纪以来《水浒传》的传播与接受

"媒介在发展的过程中，其自身地位由依附而逐渐走上操控，角色也相应地由受控者转变为施控者，文学的媒介诸如报刊、出版、影视、因特网等，摆脱了作为工具和载体的附属地位，转而以文化资本的形式成为文学的强力主导因素，媒介的文化指令成为媒介文学的主要法则。媒介的普及蔓延，极大地拉动了文学的进步；媒介的革命，也深深地引发了文学的革命。"② 纸质媒介的局限性极大限制了《水浒传》的传播和接受，而二十世纪末网络技术的逐步成熟和广泛应用引发了传播媒介的革命。电子媒介的出现以势不可挡的气势改变了文学传播的模式，重新整合现有的社会文化格局。《水浒传》借助于现代媒体的延伸技术极大地扩大了传播范围，广播、

---

① 韦芳玉.20 世纪 80 年代以来《水浒》研究大事记［A］.陈文新，余来明.明代文学与科举文化国际学术研讨会论文集［C］.武汉：武汉大学出版社，2010：351-367.

② 张邦卫.媒介诗学传媒视野下的文学与文学理论［M］.北京：社会科学文献出版社，2006：126.

网络、影视等新旧媒体的融合为其带来了全新的现代格局，这样进一步扩大了名著的影响力，拓展了表现空间。

在媒介融合时代，《水浒传》的传播产生了新的变化。媒介融合的概念产生于二十世纪八十年代的美国。美国学者浦尔指出，媒介融合就是指各种传播媒介出现了多功能一体化的发展趋势。文本与媒介的联系变得亲密无间，文本的产生、消费与多种媒介的运用成为一个复杂多变、相互作用的循环过程。媒介融合社会具有几个特征："第一是当代社会的技术化趋势（技术与社会的高度融合使技术比任何时候都更正了我们的一种存在方式；人类社会的面貌正在经历一场前所未有的技术——物质转型）；第二是全球化（我们已经具备事物全球流动的技术、组织和管理资源）；第三是当代社会文化从垂直通知模式向横向互动模式的转变（超级文本是构成这种新文化的脊梁；在这种亦真亦幻的新文化中，虚拟现实已变成了我们未来生存的符号世界的一个核心组成部分）；第四是传统意义上的主权国家的消亡（不是它们在形式上的消失，而是指其权力和功能受到各种非政府、非中央和非主流力量的削弱和重组）；第五是我们对人类与自然关系的革命性再思考（自工业革命以来对自然的掠夺性开发模式正受到挑战）。"[1]

互联网的出现为《水浒传》的传播带来了全新的平台，改变了传统的阅读方式，产生了大量的衍生作品，使得传播效应达到前所未有的效果。《水浒传》被改编为形形色色的影视作品，戏说之风经久不衰。2011年拍摄的电视剧《水浒传》对原作进行了较大的改编，由于原作的热度依然受到了观众的关注。系列数字电影《水浒英雄谱》对水浒英雄的形象进行重新塑造，丰富了他们的人生经历。由于内容过多加工，大部分电影反响平平，并没有取得预期的效果。

影视剧的盛行推动了《水浒传》文化讲座栏目的盛行，鲍鹏山等专家主讲的《百家讲坛》等系列节目受到观众的热烈欢迎。网络评论众说纷纭，十年砍柴的犀利点评获得极高的点击率，《李逵日记》《水浒日记》《孙二娘

① 欧阳明，陈琛.边界的消解与壁垒的重建：媒介融合视域下的自我认同危机［J］.现代传播，2017（7）：16-20.

日记》等网络同人小说成为爆款，这些又带动了纸质书籍的出版发行。以《水浒传》为素材的网络短视频、网剧、网络电影异军突起，水浒游戏、动漫、有声书等产品受到年轻网民的追捧。[①]

此外，话剧作为较为小众的艺术形式，在二十一世纪以来又迎来了新的发展阶段。这一时期出现了多种艺术形式的探索性戏剧，现代芭蕾舞剧《莲》（2011）被誉为"中国最性感舞剧"，由于产生争议而被禁演。高字民教授与学生共同创作的校园话剧《武贰》（2013）对武松的形象进行了颠覆性的塑造，武松与潘金莲相知相恋随后又反目成仇。武汉人民艺术剧院推出的爆笑古装喜剧《金瓶外传》（2010）和济南本土搞笑话剧《神马都是水浒》（2012）是迎合文化市场的搞笑作品，著名香港导演林奕华执导的话剧《水浒传》（2008）则是一部在现实与演戏中不断交错的游戏之作，另一位香港导演潘惠森执导的《武松日记》（2017）以喜剧手法重新建构武松的形象，带有前卫探索的性质。

在市场经济的冲击下，传统京剧开始走向没落，为了吸引年轻观众的关注，一些戏剧工作者开始进行小剧场京剧的尝试，按照年轻人的观赏需求加快剧情节奏，用现代思想阐释人物形象，小剧场京剧《好汉武松》（2018）和《惜·姣》（2013）成为具有代表性的现象级作品。台湾艺术家吴兴国还进行了摇滚京剧的尝试，试图打破艺术壁垒，用现代形式来展示传统文化的魅力。[②]

从传播方式来看，多种媒介相互配合，共同完成了网络时代经典传播的媒介转型。在传播技术上，网络结合了不同媒体的呈现方式，传统媒体借助网络的传播优势获得了新的转机。报刊、出版、广播、电视等传统媒体与互联网、自媒体等现代媒体相互配合，互相叠加，媒介一体化的情况日益突出。

从传播特点来看，出现了重图轻文的倾向，造成娱乐化、碎片化、快餐化的解读方式。人们对于纸质阅读失去了耐心和兴趣，沉迷于影视作品

---

① 参见本书第一章第三节《重绘水浒研究地图》（第45页）的介绍。

② 石岩.打你个生老病死苦 电子摇滚京剧"水浒108"［EB/OL］（2011-06-08）［2022-04-11］http://www.infzm.com/contents/62132.

中充满着刀光剑影的快意江湖。由于传播媒介的差异，受众的理解也产生了很大的差异。只看过影视作品的受众对于《水浒传》的认识和评论存在片面性，在暴力审美化的过程中消解了文学名著的历史内涵。

从接受特点来看，网民积极参与到经典的传播过程中来，他们以草根的视点对作品进行解构与建构。在以往纸媒为主的传播过程中，读者往往是被动地接受信息，无法表达自己的观点。在网络时代，网民充分利用了自己的话语权，由聆听式的被动接受变成了广场式的自由言说。

本书的研究意义主要有以下几个方面：

第一，分析媒介融合时代《水浒传》的多种传播方式。

本书运用媒介理论分析《水浒传》个案在网络时代的各种传播方式，特别关注的是在消费时代泛媒介的运作方式是如何产生叠加效用的，各种媒介之间相互协作，将传播效果发挥到了极致。《水浒传》已经被改编为电影、电视、网络小说、网剧、网络电影、动画、漫画、有声书、游戏等多种形式。在传播过程中，受众并非被动地接受信息，他们可以主动选择要接受的信息，并对其进行加工甄选。传者与受众之间的交流互动、受众之间的相互传播、受众与媒体之间的互动作用使得《水浒传》获得了更好的传播效果。

第二，揭示不同媒介在《水浒传》传播中发挥的重要作用。

本书运用媒介转型的视角，由媒介的演变分别考察《水浒传》在消费社会的水浒影视剧、网络评论、网络同人小说等传播方式，采用理论分析和实例论证相结合的方法，进一步分析不同的媒介产生的接受效果，揭示媒介对其传播所发挥的作用，解读在网络时代中传统经典如何跨越媒介边界转变为富有生命活力的文化资源。《水浒传》的传播进入到新的时代，这个文学经典大 IP 以多元丰富的形式出现在大众视野之中，满足了年轻网民的精神文化需求，充分证明了文学经典的永恒价值和无穷魅力。

第三，从人文角度思考消费时代文学经典的各种改编现象。

目前对于《水浒传》的研究还集中在经典文本的解读上，对于网络时代《水浒传》的传播现象还没有给予关注。文学经典的传播在消费时代产生的新变化，面临着娱乐化、片面化解读的趋向，甚至彻底被颠覆、解构，这已经成为重要的文学现象。这种解构英雄、戏说水浒的风潮会造成人们价值观念的迷失和人文精神的消解。以创新性的方式转化中国优秀传统文化，寻找失落的精神家园，呼唤人文精神的回归，点亮人类的精神灯塔，这已经成为文化工作者的重要使命。而当下研究已经明显滞后于文学的当下发展，一些新的文化现象没有得到重视，本书希望进一步加强这方面的研究。

二、研究现状与趋势

学界对《水浒传》的研究历史较长，从文献学、历史学、社会学、女性主义研究等方面取得的成果十分丰硕，对于《水浒传》的传播与接受研究主要有以下几个方面。

（一）《水浒传》的传播接受史

主要考察不同时期《水浒传》的传播与接受状况。高日晖、洪艳的《水浒传接受史》是一部内容丰富、论述深刻的专著，由于篇幅和时间限制，论著对于明清到二十世纪中叶《水浒传》的接受史阐释较为全面，而对于网络时代《水浒传》的传播与接受涉及较少。[①] 刘东方的《"同人"与"翻新"——论当下同人小说与近代翻新小说的承续关系》颇有创见地发现了以《新水浒传》为代表的近代翻新小说与当下网络同人小说之间的内在关联，对于研究网络时代文学经典的传播与接受具有一定的启发意义。[②]

刘海燕的《〈水浒传〉的续书的叙事重构和接受批评》认为明末到民国时期出现的续书既是作者个人对于原著的理解，也是所处社会、文化等因素综合影响的结果。[③] 佘大平在《〈水浒传〉传播问题的历史与现状》中分析了政治话语介入《水浒传》的传播后产生的后果，毛主席喜爱"金本"，批评全本的《水浒传》是"反面教材"，政治领袖的好恶对于《水浒传》的

---

① 高日晖，洪雁.水浒传接受史［M］.济南：齐鲁书社，2006.

② 刘东方."同人"与"翻新"——论当下同人小说与近代翻新小说的承续关系［J］. 广播电视大学学报，2013（4）：31-36.

③ 刘海燕.《水浒传》续书的叙事重构和接受批评［J］.明清小说研究，2001（4）.

传播产生了重要的影响。①

关于《水浒传》的早期传播与接受情况，史料的价值至关重要。王丽娟等学者从《戏瑕》《南沙先生文集·故相国石斋杨公墓表》《水浒全图》等史料中发现《水浒传》的早期传播情况，为《水浒传》的传播研究提供了重要的资料。②

（二）《水浒传》的海外传播与接受

《水浒传》在外国的传播接受得到了不少学者的关注，当下的研究主要以在英语世界中传播为主。孙建成的专著《〈水浒传〉英译的语言与文化》通过比较四个译本从中西文化的视角系统地对《水浒传》英译进行了比较研究，拓宽了《水浒传》英译研究的视野和空间。③

洪涛《"大国崛起"之论与明清小说对外传播的问题——〈水浒传〉〈红楼梦〉的译论与研究伦理》分析了在"文化输出论"的影响下，翻译研究隐含双重标准。④钟再强的《接受理论视域下的赛珍珠英译〈水浒传〉》从接受理论的角度分析赛珍珠译本的《水浒传》广受欢迎的原因。⑤

《水浒传》在德国的翻译也得到了学界的关注。张欣的专著《库恩及其〈水浒传〉德语译本研究——翻译、传播与接受》以德国翻译家弗朗茨·库恩的《水浒传》德语译本为研究对象，分析了该译本的意译翻译方式以及

① 佘大平.《水浒传》传播问题的历史与现状［J］.鄂州大学学报，2006（1）：51-54.

② 王丽娟，王齐洲.《戏瑕》所记"文待诏诸公瑕日喜听人说宋江"再析［J］.南京大学学报，2016（04）；王丽娟.《水浒传》早期传播史料考辨——以杜堇《水浒全图》为中心［J］.明清小说研究，2012（03）；王丽娟.《水浒传》早期传播史料辨析——以《南沙先生文集·故相国石斋杨公墓表》为中心［J］.中山大学学报，2010（05）；王丽娟.《水浒传》的早期传播［J］.华南农业大学学报，2005（03）；王丽娟.《水浒传》的早期接受［J］.海南大学学报，2006（02）.

③ 孙建成.《水游传》英译的语言和文化［M］.上海：复旦大学出版社，2008.

④ 洪涛."大国崛起"之论与明清小说对外传播的问题——《水浒传》、《红楼梦》的译论与研究伦理（research ethics）［J］.红楼梦学刊，2014（05）：169-195.

⑤ 钟再强.接受理论视域下的赛珍珠英译《水浒传》——赛译本成功原因之探析［J］.兰州学刊，2011（10）：106-111.

在德国的传播、接受过程。①

《水浒传》在日本的传播是研究的热点。陈安梅《〈水浒传〉在日本的传播》分析了《水浒传》传入日本后的和刻本、全译本和翻案小说，在戏曲、影视、漫画、网络等媒介的作用下，《水浒传》获得了更为广泛的传播。② 吴双的《日本"水浒绘本"的审美诠释》分析了"绘本水浒传"作为浮世绘作品融入了日本的审美趣味，加快了《水浒传》的传播速度。③

这些研究成果在推动中国传统文化"走出去"、促进中外文明互鉴与文化交流方面起到了积极作用。随着中国综合国力的增强，提高文化软实力的需求越来越迫切，中外文化交流将会越来越多，目前除了传统的小说文本传播之外，还出现了合拍片、漫画、动画、游戏等新的传播方式，这方面的研究也会不断增多。

（三）"水浒戏"的传播与接受

早在《水浒传》成书之前，"水浒戏"就已经广泛传播，"水浒戏"的精彩内容被吸收融合进入小说，二者有着千丝万缕的联系。王平的《"水浒戏"与〈水浒传〉的传播》分析了"水浒戏"与《水浒传》的密切联系，《水浒传》的成书进一步促进了"水浒戏"的繁荣发展，而"水浒戏"的广泛演出又推动了小说的传播。④ 涂秀虹的《从水浒戏到〈水浒传〉的戒色主题》主要阐释水浒戏中的男女私情主题在《水浒传》中变形为戒色主题，英雄开始变得不近女色，小说反映社会生活的广度超过了之前，原来的叙事意趣得以改变。⑤ 时红明的《明清水浒戏与小说〈水浒传〉》关注的是明清时期水浒传戏的发展演变，戏剧作者借水浒之酒杯浇心中块垒，造成了明清水浒戏的繁荣，对后世戏剧的创作产生了深远影响。⑥

而裴云龙的《文人对游民的认同与隔膜——剖析李逵形象从水浒戏到

---

① 张欣.库恩及其《水浒传》德语译本研究翻译、传播与接受［M］.北京：中国传媒大学出版社，2017.

② 陈安梅.《水浒传》在日本的传播［J］.文艺评论，2014（8）：162-166.

③ 吴双.日本"水浒绘本"的审美诠释［J］.安徽文学，2016（07）：65-66.

④ 王平."水浒戏"与〈水浒传〉的传播［J］.东岳论丛，2005（06）：113-118.

⑤ 涂秀虹.从水浒戏到《水浒传》的戒色主题［J］.福建论坛，2005（08）：85-89.

⑥ 时红明.明清水浒戏与小说《水浒传》［J］.四川戏剧，2009（02）：30-32.

〈水浒传〉的变迁》、宋子俊的《元杂剧中的宋江和燕青形象考述——兼论〈水浒传〉与水浒戏人物描写的演变、发展关系》分析的是从戏曲到小说的转换中具体英雄人物性格发生的演变。①

二十一世纪以来的水浒戏研究主要以话剧与改编京剧为主。焦欣波的《"侠义"与现代民族精神的构建——论抗战时期国统区的新编水浒戏剧》分析了在抗战时期,剧作家在弘扬"公义"的同时揭露英雄身上的"私义",试图重新建构现代民族精神。②还有一些论文是探讨延安时期的新编革命京剧,周涛的《〈逼上梁山〉与延安"旧剧革命"的运行机制》分析了政治和民间话语的并存产生了新的戏剧张力,对于今后的戏剧改革活动有重要的借鉴意义。③袁盛勇的《集体创作与后期延安文艺戏剧作品的形成——以〈逼上梁山〉和〈三打祝家庄〉的创制为中心》指出,延安时期的集体创作方式影响了当代文学的生产方式,特别是在"文化大革命"时期"三结合"的写作模式达到了顶峰。④

针对二十一世纪以来出现的探索性戏剧,焦欣波的论文《新世纪以来"水浒戏"创作的三种面向》填补了研究空白,该文肯定了水浒戏丰富了文化内蕴,具有开拓性意义,出现了欲望叙事、消解英雄、空间营造三种不同的面向。

近年来流行的小剧场戏剧是对传统戏曲进行的大胆革新,如小剧场粤剧《金莲》、小剧场粤剧《武松》、小剧场京剧《好汉武松》,这方面的研究

---

① 裴云龙.文人对游民的认同与隔膜——剖析李逵形象从水浒戏到《水浒传》的变迁[J].中国文化研究,2007(02):191-198;宋子俊.元杂剧中的宋江和燕青形象考述——兼论《水浒传》与水浒戏人物描写的演变、发展关系[J].甘肃社会科学,2000(02):64-67.

② 焦欣波."侠义"与现代民族精神的构建——论抗战时期国统区的新编水浒戏剧[J].现代中国文化与文学,2017(03):303-316.

③ 周涛《逼上梁山》与延安"旧剧革命"的运行机制[J].延安大学学报,2011(05):56-62.

④ 袁盛勇.集体创作与后期延安文艺戏剧作品的形成——以《逼上梁山》和《三打祝家庄》的创制为中心[J].中国现代文学研究丛刊,2006(03):124-141.

较为冷落，将来也将会成为新的研究热点。①

　　总体来看，人们对于元代水浒戏的关注最多，研究的较为充分，明清次之，二十世纪以来水浒戏的研究则更少。

（四）《水浒传》影视改编研究

　　随着影视技术的发展，《水浒传》在 1998 年、2011 年先后两次被搬上荧幕，掀起了收视狂潮。陈国钦、郗新蕊的《古典名著的戏曲改编与电视剧改编》总结了名著在戏曲和电视剧改编中的成败得失，戏曲改编基本上都能得到观众认可，而电视剧改编却引起了广泛的争议。文章指出只有忠实于原著，遵循不同艺术样式的改编规律，才能获得成功。②陈千里的《电视剧〈水浒传〉改编之三失》对于影视改编持否定态度，认为该剧存在着主题的双重误读、宋江形象的错误加工、偏离原作风格等诸多问题，为迎合市场需求，过分渲染女人戏、丑角戏、说教戏。③也有一些论文表现了对于影视改编的宽容和认可，张弛在《〈水浒传〉：电视剧对小说的提升》中肯定了 2011 年版电视剧《水浒传》对小说的改编，认为电视剧在人物形象、情节布局、思想艺术上都有所提高。④

　　一些学者对于影视改编中的女性形象非常关注，如李秀民的《电视剧〈水浒传〉中女性形象塑造的得失》、方向红的《新版电视剧〈水浒传〉对潘金莲形象的改编》，对于电视剧中以女性为噱头的方式表示了不满。⑤郭安、郑燕在《潘金莲影视形象与女性性别歧视》中指出，影视作品中的潘金莲形象作为一个身体狂欢的"被消费者"，其本质依然是女性歧视。⑥

　　在水浒电影研究方面，研究的重点是香港邵氏电影《水浒传》对原著

---

　　① 焦欣波.新世纪以来"水浒戏"创作的三种面向［J］.艺术百家，2021（05）：106-113.

　　② 陈国钦，郗新蕊.古典名著的戏曲改编与电视剧改编［J］.戏剧，2006（3）：38-47.

　　③ 陈千里.电视剧《水浒传》改编之三失［J］.明清小说研究，1998（04）：227-229.

　　④ 张弛.《水浒传》：电视剧对小说的提升[J].中国电视，2013（1）：30-33.

　　⑤ 李秀民.电视剧《水浒传》中女性形象塑造的得失［J］.中华女子学院学报，1998（02）；方向红.新版电视剧《水浒传》对潘金莲形象的改编［J］.电影文学，2012（09）.

　　⑥ 郭安，郑燕.潘金莲影视形象与女性性别歧视［J］.电影评介，2015（15）.

的改编。研究者王凡发表了一系列相关论文，分析了邵氏水浒电影的经典之作，如《荡寇志》《阎惜娇》《潘金莲》《水浒传》，研究角度都是从人物形象塑造入手，研究视野还不够开阔。①

目前对于大陆的水浒电影研究较少，宋华的《〈水浒人物系列〉的市场化运作分析》从文化品牌建构和文化产业发展的层面上分析了该系列电影的商业化运行模式。②随着水浒影视剧热潮逐渐退去，对于水浒影视的研究也不再是学界关注的热点，最近几年出现一些水浒网剧与网络大电影，如《伏虎武松》《智深传》等，不过还未引起学者的关注。

（五）主要英雄形象的演变研究

《水浒传》的众多人物形象也得到了研究者的关注。杨林夕的《英雄要问出处——文学传播与〈水浒传〉的好汉形象塑造》从传播环境、传播受众、传播主体、传播方式等方面来探讨水浒好汉的形象为何都是忠孝两全又不近女色。③王海燕《论林冲的悲剧——兼及〈水浒传〉接受史的一个重要问题》针对鲍鹏山先生"林冲不是英雄，是逼成的"的观点进行反驳，认为"逼上梁山"前林冲的形象是平民化形象，而平民化是宋元社会的常态。④陈俏湄的《"林冲夜奔"改编的三部剧本比较谈》从时代背景、文化影响、政治话语等角度来分析林冲题材改编的三部话剧，从而揭示了水浒题材现代改编的多元性。⑤

———————

① 王凡.论香港邵氏电影《荡寇志》对《水浒传》的人物重塑［J］.石家庄学院学报，2017（02）：114-118；王凡.由人物塑造看香港邵氏电影《阎惜娇》对《水浒传》的影像改编［J］.盐城工学院学报（社会科学版），2016（04）：58-62；王凡.由人物塑造看香港电影《潘金莲》对《水浒传》的改编［J］.菏泽学院学报，2016（04）：7-11；王凡.由人物塑造看香港邵氏电影《水浒传》的文学改编意识［J］.广东技术师范学院学报，2016（03）：22-38.

② 宋华.《水浒人物系列》的市场化运作分析［J］.当代电影，2010（03）：63-66.

③ 杨林夕.英雄要问出处——文学传播与《水浒传》的好汉形象塑造［J］.哈尔滨师范大学社会科学学报，2011（03）：125-129.

④ 王海燕.论林冲的悲剧——兼及《水浒传》接受史的一个重要问题［J］.东方论坛，2013（06）：93-98.

⑤ 陈俏湄."林冲夜奔"改编的三部剧本比较谈［J］.龙岩学院学报，2009（03）：52-56.

武松形象的演变是研究的热点之一。范丽敏的《武松的形象、来源及社会学解读》认为武松是"痞子"与"英雄"形象的叠加，并分析了形成原因。武松作为古代农业文明孕育的英雄代表，是一种独特的文化符号。[①]曾晓娟的《试论水浒评点中的武松形象演变》提出，武松形象不是一次形成的，而是经过了众多评点者的修改。小说评点对于武松形象的塑造产生了重要影响。[②]

女性形象依然是关注的重点，众多学者从女性主义的视角重新审视水浒中的女性形象。刘传霞在《论潘金莲形象及其叙事功能在新文学中的演变》通过新文学史中欧阳予倩、田汉、魏明伦、阎连科、李碧华等作家对于潘金莲形象进行的人道主义、女性主义的书写，在不断地重写中反抗男性的话语霸权。[③]高惠娟、王敏在《从潘金莲形象的演变看女性思潮的变迁》中指出从《水浒传》到《金瓶梅》再到电视剧《水浒传》，潘金莲形象发生很大的演变是受到了女性观念和文学思潮的影响。[④]在人物形象的研究方面，除了具有争议性的潘金莲形象外，其余的人物形象主要着重于小说文本，涉及人物形象改编的论文还比较少。

（六）《水浒传》其他形式的改编研究

除了观众比较熟悉的影视作品改编外，《水浒传》在早期有图像传播、评书传播等方式，后期出现了连环画、网络文学、动漫、游戏等新的传播方式。赵敬鹏的《论〈水浒传〉主题的图像传播——以"义"为中心》指出，采用"文学与图像关系"的方法能够揭示图像如何传播《水浒传》中"义"的主题，通过正面宣传"义"与丑化"不义"的鲜明对比，能够给读者留下深刻的印象。该文的研究视角较为新颖，从图像传播的角度有新的

---

① 范丽敏.武松的形象、来源主社会学解读［J］.明清小说研究，2011（3）：63-75.

② 曾晓娟.试论水浒评点中的武松形象演变［J］.内江师范学院学报，2014（11）：14-18.

③ 刘传霞.论潘金莲形象及其叙事功能在新文学中的演变［J］.贵州社会科学，2005（03）：105-110.

④ 高惠娟，王敏.从潘金莲形象的演变看女性思潮的变迁［J］.商丘职业技术学院学报，2005（01）：40-42.

发现。① 张莉在《论明清评话对小说〈水浒传〉文本的口头转换》中分析了水浒故事从口头到书面，又向口头回归的现象，评话作为一种表演艺术，在《水浒传》小说向口头话本转变过程中，从文本形态到结构方式、叙事特点，都必然会发生改变。②

在《水浒传》改编的绘画作品中，除了备受关注的版刻插图之外，影响最广、发行量巨大的连环画受到了学者的关注。温虎林的论文《叙事的延伸与升华：〈水浒传〉连环画考述》按照时间线索梳理了《水浒传》连环画从"民国"时期到二十世纪九十年代的发展轨迹，具有一定的史料价值。因时间跨度较大，受篇幅所限，没有对其中的重要版本进行重点分析。③

齐安然的《从〈水浒传〉到〈水浒传〉副文本——走向当代市场景观的水浒故事》分析了商品经济时代产生的影视、动漫、游戏、网络文学等"副文本"，该文只是泛泛而论，没有展开相关论述。时准的《现代中日水浒影像和游戏比较》从比较文学的角度对中日两国的图像和游戏进行了研究，研究角度非常新颖，但论述还不够深入。④

目前这方面的研究还比较零散，不成系统，影响有限。特别是动漫、游戏等的研究有待加强。⑤

通过对研究现状的分析，今后《水浒传》的研究趋势将会有以下几个方面：

第一，近代时期出现的翻新小说、连环画等新的传播方式值得进一步关注。近代翻新小说体现了中西文化、新旧思潮的激烈碰撞，有着丰富的文化内涵，作者既揭露了晚清社会的黑暗腐朽，又对现代民族国家充满想

---

① 赵敬鹏. 论《水浒传》主题的图像传播——以"义"为中心 [J]. 明清小说研究，2017（04）：97-112.

② 张莉. 论明清评话对《水浒传》小说文本的口头转换 [J]. 明清小说研究，2016（04）：63-86.

③ 温虎林. 叙事的延伸与升华：《水浒传》连环画考述 [J]. 宁夏大学学报，2015（04）：143-151.

④ 齐安然. 从《水浒传》到《水浒传》副文本——走向当代市场景观的水浒故事 [J]. 文化创新比较研究，2017（33）：12-14.

⑤ 时准. 现代中日水浒影像和游戏比较 [J]. 美术文献，2014（03）：168-169.

象。连环画作为一种市民喜闻乐见的文学形式，对于《水浒传》的普及起到了重要作用。这些将会成为新的研究生长点。

第二，国际文化传播交流将会成为新的研究热点。随着全球化进程的加速，文化在国际竞争中扮演着重要的角色。这就需要我们讲好水浒故事，加强中外文化交流，展示中华优秀传统文化的魅力。《水浒传》在世界范围的传播路线，在非英语国家的传播与接受，特别是在亚洲国家中如何进行传播，这对于推动今后的中外文化交流有着重要的借鉴作用。由于研究材料所限，这方面的研究还不够充分，相信在今后将会得到进一步加强。

第三，从当下的《水浒传》传播接受研究来看，学界关注更多的是古代的接受传播，现代传播的艺术形态中只有翻拍的影视剧获得了极大的关注，而对于进入网络时代后的传播现象还未给予充分的关注，大量的网络评论、网络同人小说、网剧、网络电影、动画、漫画、游戏等新的传播方式还未引起学界的重视，这些研究的空白点正是本书研究的出发点。

三、研究思路与方法

媒介的变化对文学经典的传播产生了深刻影响，本书主要从媒介变革的角度来探讨文学经典的当下命运。媒介的变革与互动为《水浒传》的传播接受带来了新的契机，而在消费主义文化语境下，文学经典性被无情解构，消解了传统文学的神圣性。本研究分析当下媒介融合时代《水浒传》传播接受的新特点，读图时代的到来给传统纸质阅读带来的新变化。通过仔细剖析当下的网络水浒酷评和网络同人小说的创作，进一步分析文学经典是如何被解构的，总结《水浒传》传播中存在的问题，引导读者正确地理解名著，推动经典名著的多样化传播，更好地弘扬优秀传统文化，坚定文化自信。

本书的基本思路是从传统经典的当下命运入手，将其放在以消费文化为时代背景的文化语境中，以《水浒传》的现代传播接受作为重点分析对象，通过文化阐释、个案分析、文本解读等方式，来深入分析《水浒传》传播的诸多文化现象。

本书在研究中结合媒介理论、后现代主义理论、解构主义理论、大众文化理论、传播学理论以及巴赫金的狂欢化理论、接受美学等理论资源，进一步开拓研究视野，深入探析《水浒传》在网络时代的不同传播方式，以期对于传统经典在媒介融合时代的传播接受特点能有新的认识。

本书主要从以下几个部分展开论述：

第一部分主要是分析总结媒介融合时代的《水浒传》批评的特点。网络时代中每个人都可以自由表达自己的意见，从而形成众声喧哗的局面。专业批评者、文化爱好者、一般网民在水浒批评中各自为战，在文化场域中相互对峙又相互影响。针对当下水浒批评的新特点，提出了"重回水浒研究地图"的观点。

第二部分重点分析《水浒传》网络同人作品的改编特点。这些作品在艺术手法上普遍采用后现代主义的戏仿手法，呈现出英雄形象的世俗化、边缘人物的再创造、女性形象的个性化等特点，让读者在颠覆英雄形象的过程中享受解构的快感。一些作者采用日记体的写作形式能够使读者获得强烈的真实感和代入感，古今杂糅的手法、嬉笑怒骂的风格、社会热点的植入成为作品走红的秘诀，原创性的匮乏是戏仿作品无法成功的原因。

第三部分着重阐释《水浒传》中人物形象改编，选取的是林冲、武松、潘金莲三位家喻户晓的人物。在现代戏剧改编中，剧作者在林冲身上分别寄予了人性、民族性、阶级性等多重期望，武松形象的演变则经历了从完美英雄到解构英雄再到好汉回归的不同阶段，从中可以窥见时代文化变迁的脉络。潘金莲的形象在网络同人小说中呈现出"逆天改命"的特点，人物形象虽然体现了一定的女性意识，但是仍然难逃男权主义的窠臼。

第四部分主要从跨媒介的角度解读《水浒传》的跨媒介改编。随着新媒体的出现，《水浒传》的改编出现了网剧、网络电影等新形式，显示了经典具有的永恒魅力。恶搞现象层出不穷，作为大众文化的狂欢显示了青年亚文化的崛起。日本电视剧《水浒传》和中法合拍动漫电影《王子与108煞》是中外文化交流的典型案例，这两部作品对于水浒故事的阐释产生了一定的误读。

第五部分主要从文化旅游产业的角度解读水浒旅游产业的发展。当下的水浒旅游产业获得了长足的发展，但是存在着重复化建设、缺乏文化内涵等比较突出的问题。从全域旅游和体验经济的角度提升水浒旅游产业的文化内涵建设，提升旅游消费服务，让游客在旅游中能够感悟水浒文化的博大精深，实现社会效益和经济效益的有机统一。

第一章　媒介融合时代的水浒批评

对于《水浒传》批评来说，专业批评家始终掌握着批评的主动权，使得学术研究成为封闭圈子里的文人唱和。伴随着新媒体的产生，草根研究者开始向专业批评家发起了挑战，文学批评的公共领域开始重建。"赛博空间给体制外的文学的滋生、蔓延提供了可能，也给体制外的批评提供了言说空间，借助这个极为便利的空间，草根批评／网络文学势不可挡地迅猛崛起并成为不可忽视的力量，形成了与专家批评／传统文学对峙的新的批评场域。文学批评的主体、方法与话语都面临着新情况、新境遇及与之相应的调整、转型。"① 从批评主体来看，批评者的范围得到空前的扩大，凡是《水浒传》接受者，包括小说的读者、改编电视剧的观众，或者评书的听众都能够通过网络空间来表达自己的观点，这种批评的业余性与学者的专业性形成了鲜明的对照。从表达形式来看，网民可以通过网络论坛、发表弹幕、制作视频、创作小说等形形色色的方式来发表意见，他们不拘一格，嬉笑怒骂，打破了传统学术批评一元化的局面。从批评方式来看，草根学者主要从自己的知识背景和生活体验中阐释文本，他们的解读方式值得商榷，不过他们大胆犀利的文风更能赢得网民的关注。而学者的批评武器是专业化的学术方法，为了更好地普及文化，不少学者开始通过参加电视节目、出版图书、录制视频或有声书等较为亲民的方式来解读小说文本，二者的对峙与互动构成了当下水浒批评的全新格局。

---

① 黎杨全.数字媒介与文学批评的转型［M］.上海：上海三联书店，2013：178.

第一节　网络时代水浒批评概述

　　《水浒传》自成书之日起，便引起了评论者的关注。明清时期的评论者主要是以评点或序跋的方式来表达自己的观点，比较重要的评论者有叶昼、金圣叹、王望如等人。他们颇具慧眼的点评能够激发读者的共鸣，引导读者发现文本的精妙之处。二十世纪以来，研究者主要在西方小说理论的指导下，以专门的批评论文或著作的方式来进行文学批评。随着大学学术体制的建立与完善，这种"学院派"的批评方式开始占据主流地位，掌握了水浒研究的话语权，规范化、理论化、系统化成为水浒研究的基本要求。

　　当下的水浒研究主要围绕《水浒传》的主题、版本史料、文化思想、人物形象等方面展开。学院派批评追求的规范化写作模式，先入为主的理论体系取代了直觉感悟力，这就在一定程度上束缚了艺术批评的创造活力。进入信息时代之后，原来缩在象牙塔中的学院派批评借助电视等多种媒介获得了较为广泛的传播和普及，网络也为广大网民提供了可以发表意见的平台，打破了学院派批评对水浒研究的垄断，而不同领域、多种媒介下的水浒研究呈现出良好的交流互动的发展态势。

一、百家争鸣：泛媒介传播下的名家讲座

　　随着电视的日益普及，一些学院派批评家可以借助电视搭建的学术平台来阐释自己的见解，普及文化知识。以《百家讲坛》为例，由研究专家主讲的《水浒传》相关节目在播出后受到了诸多好评，其中包括赵玉平主讲的《水浒智慧》、侯会等名家主讲的《品读〈水浒传〉》、鲍鹏山主讲的《鲍鹏山新说水浒》等节目。他们都是学养深厚的研究专家，从高高在上的讲坛上走下来，以深入浅出的方式来解读《水浒传》。这种充满哲思智慧而又亲切通俗的讲解方法受到了观众的热烈欢迎，有力地推动了中国优秀传统文化的普及。

　　首先，形式灵活多样，产生良好的接受效果。

　　从传播媒介来看，电视可以充分调动人的各种感官。单纯的纸质阅读

或者单调的教师讲授，会使得阅读经典成为单调乏味的事情。"广播是声象的延伸，高保真的照相是视象的延伸。而电视首先是触觉的延伸，它涉及所有感官的最大限度的相互作用。"① 人们在观看电视节目的时候，可以目睹专家学者温文尔雅的良好风度，聆听新鲜观点。节目还会穿插水浒电影、电视剧、历史背景、专家访谈等相关资料，加上背景音乐的配合，从不同角度刺激人的感觉，使传播效果达到最佳化。

从接受主体来看，电视会拉近专家与受众的距离。"电视并非只是一连串的故事，电视是表演的传媒。在某种意义上，电视更接近你我之间面对面交流的关系，而不是文学语境中作家与读者那种疏远和隔膜的关系。"② 在观看电视节目的时候，观众会产生身临其境的感觉，似乎是在当面聆听专家的讲课。观众也会有多种方式来参与节目的互动交流，进而对节目产生强烈而持久的兴趣。观众不是被动的接受者，而是成为传播者、参与者。节目制作者按照以观众为中心的原则，根据观众的接受效果，不断调整节目的形式内容，实现良好的双向互动。例如，鲍鹏山在新说水浒之宋江第 1 讲《"狭"义江湖》的节目中，解说员先提出问题令人深思，"究竟宋江怎样的所作所为让鲍鹏山先生另眼相看？又是怎样的细节之处让鲍鹏山先生对宋江冷眼相对？"在结尾处故意留下悬念，"面对近三千无辜丧命的人，宋江有没有负罪感，面对着下场如此悲惨的何涛，宋江有没有歉疚？宋江可能没有负罪感，也没有歉疚，即使有，时间也不会太长，因为马上他就要交桃花运了。"这种以问题导入、结局留悬念的方式能够极大地调动观众对传统文化的兴趣。

其次，观点丰富多元，满足了观众的求知欲望。

根据传播学的理论，观众对信息源头的信任度越高，信息就会更为顺畅地被观众所接受，并且影响观众的行为。对于没有机会来到大学学习，又对《水浒传》非常感兴趣的观众来说，这种文化普及的电视节目如同一

---

① ［加］马歇尔·麦克卢汉. 理解媒介：论人的延伸［M］. 何道宽，译. 南京：译林出版社，2011：380.

② ［美］罗伯特·艾伦编. 重组话语频道：电视与当代批评理论（第二版）［M］. 牟岭，译. 北京：北京大学出版社，2008：91.

场及时雨，滋润了观众渴求知识的心田。随着观众对这种文化普及节目的逐渐认可，更多的观众加入观看队伍中来。而众多专家从不同角度来解读人物，这种"百家争鸣、百花齐放"的讨论方式可以让观众受到更多的思想启迪。

同样谈论悲剧英雄林冲，赵玉平博士主要从职场角度来分析人物的为人处世，指出林冲得罪高衙内后应该采取的四种解决方案，"三十六计走为上策、背靠大树好乘凉、釜底抽薪绝后患、公开矛盾造声势"。他提醒广大观众如何面对职场陷阱，"孤独的时候远离损友，防备认同陷阱。如意处多收敛减少贪爱，防备偏好陷阱。紧迫时多冷静注意规矩，防止规范陷阱。"

鲍鹏山先生则感慨不受制约的权力在社会上的危害性，"林冲是一条老虎，但是没有权力的老虎也不过是一个老鼠；他高衙内手无缚鸡之力，是一个花花太岁、一个小白脸，但是他有权力啊，有权力的老鼠就变成了狮子。"

周先慎先生则分析林冲离开草料场的一系列细节描写，林冲去买酒时把火炭盖了，锁了门，路过山神庙还要去祷告，回来后发现雪把草厅压倒了，要看看火是否灭了，这才放心。周先慎先生认为，这些细节描写揭示了林冲的内心世界，即便到了如此凄惨的地步，还没有想到要反抗，忍到忍无可忍，还要再忍。

无论是从文本自身出发进行的细读，发掘文笔之精妙，还是从事件出发思考背后的制度缺陷，反思如何应对职场陷阱，这些观点可以引导观众对于耳熟能详的故事人物进行更为深刻的思考，进而指导他们的工作和生活，使他们从看热闹的"外行"成为看门道的"内行"。

最后，学科交叉融合，多种媒介相互作用。

一方面，不同学科的交叉融合，使得传统名著焕发出了新的生机活力。"明星警察"王大伟在《法律讲堂》主讲的品读《水浒传》系列节目，将文学的精妙、法律的严谨、历史的趣味融为一体，在讲述家喻户晓的水浒故事的同时，教育观众如何预防犯罪。王大伟从犯罪学的角度来解读水浒故事，角度新颖独特，有很强的现实教育意义。他认为，武大郎作为一个被害人，失去了多次求生的机会，他可以搜集证据，等待武松回来，也可以暂时缓和矛盾，寻求别人的帮助，但他一意孤行，还对潘金莲说等到武松回来，不会善罢甘休，导致自己的处境雪上加霜，最终一命呜呼。王大伟教授将武大郎的教训总结为四句顺口溜："捉奸切勿高声叫，依靠群众最重要。弱者忍耐等时机，慎防西门庆的脚。"

另一方面，多种媒介共同作用，取得良好的传播效果。在网络时代，传统媒体与现代媒体相互作用，优势互补，在多种媒体的合力下，水浒批评获得了更大范围、更深层次的传播接受。很多学者将主讲电视节目的文字版整理出版，还会出现有声读物等不同的传播形式，这样，电视媒体与出版媒体共同合作，相得益彰。目前，互联网已经渗透到人们生活的方方面面，所有水浒讲座、书籍的信息都可以在网上搜到，随时随地可以点开播放或阅读，而研究专家也可以通过博客、微博、微信、贴吧等网络平台与网友进行更多的互动交流。大众媒介会对受众产生深刻的影响，一些观众看了电视节目后，逐渐认同专家的观点，会被屏幕上风度翩翩的专家形象所吸引，成为其忠实的粉丝，借助网络平台与志同道合的网友进一步讨论小说。

在市场经济背景下，以传播普及传统文化为己任的文化论坛节目也会面临收视率的压力。从纵向发展来看，文化论坛节目在形式上由严谨到活泼，由单调到丰富，形式上不断变化，通俗化、大众化的趋向越来越明显；从横向来看，节目邀请的专家来自不同专业，力求观点内容的创新多变。"在对收视率的不断追求中，这种通俗化向着庸俗与浅薄发展。为了满足一些观众的需求，主讲人也对自己讲解的要求逐渐降低。这种发展所表现出的实际情况是精英文化的变异，它并没有促进精英文化的传播，反而进一步壮大了大众文化的力量，反过来加大了精英文化的生存压力。"[①]主讲专家努力在学术性与通俗性上保持平衡，在吸引观众兴趣的前提下传播自己的学术观点，而在消费经济的冲击下，这种努力变得越来越艰难，在短暂的热潮之后，讲坛类节目还是难以避免地走向了衰落。

---

① 刘娴 . 探析文化历史类电视节目的出路——兼谈《百家讲坛》[J] . 当代电视，2016（7）：80–81.

二、众声喧哗：网络平台上的草根论水浒

网络媒体具有极大的开放性和包容性，每个人都可以到网上冲浪，获取大量信息，与时代同步发展。网络传播由"推"而"拉"的变化，改变了文学传播方式，为接受主体选择性欣赏提供了全新的可能。在文化普及节目中，众多专家的解读依然带有自上而下的启蒙色彩，观众大多被动地接受知识。而在自媒体时代，众多的接受者同时传播信息成为传播主体，每个人都可以是信息的发布者和传播者。网友可以采用在贴吧发表帖子、写博客、发送微博或微信等方式，来表达自己对传统经典的看法。

（一）全民参与的广场狂欢

网络是一个自由而开放的文化空间，打破了权力话语的垄断性，每个人都拥有了话语权。人们可以在网络上自由地发布信息，匿名的传播方式使他们没有了后顾之忧，可以大胆地发表自己的见解。作为普通读者，他们的职业五花八门，也没有受到专业的学术训练。由于期待视野和人生经历的不同，读者会从自己的角度来理解水浒。"同一部《水浒》，有人看到了忠义，有人看到了叛逆，有人看到了光明，有人看到了陷阱，有人看到了人生的起起伏伏，有人看到了人性的钩心斗角。"①在众声喧哗的热闹声中，众多草根读者打造了一个集体狂欢的自由广场。

参与水浒批评的网民们水平良莠不齐，他们早期大多通过连环画、广播、评书、电视剧等不同途径来接触水浒。随着年龄的增长和阅历的加深，他们对于这个快意恩仇的江湖世界有了更深刻的认识，于是如鲠在喉，不吐不快。在网络中，写作者都隐匿了自己的真实身份，摆脱了现实中人生角色的束缚，出于对经典名著的热爱，毫无顾忌地发表自己的见解，恣意随性，无拘无束，既要自娱自乐，又想借此娱人，从而宣泄出在现代社会中压抑已久的情绪。

知名博主十年砍柴说，"如今当我阅读《水浒》时，心中充满着对那个时代中国人的悲悯。如果林冲被陷害后，能有合理的救济渠道，这位才干出众忠心耿耿的职业军人不会上梁山；如果潘金莲能够支配自己的爱情和

---

① 吴闲云. 黑水浒 [M]. 北京：民主与建设出版社，2014：279.

婚姻，她也不会沦落为毒害亲夫的罪犯；武松如果能通过正常的司法程序为死去的武大讨个公道，他也不会举起复仇的尖刀。"① 与专家学者的严谨态度不同，写手们的批评更多的是在当下生活中有感而发，情绪的宣泄多于理性的分析，哗众取宠的调侃多于平心静气的探讨。

（二）姑妄言之的惊人之语

网络给写手们提供了发表意见的公共空间，这里既有闪烁着智慧光芒的真知灼见，也有故作惊人之语的杜撰胡说。水浒中的英雄人物已经有很多专家点评，前辈珠玉在前，后人难出新意。这种"影响的焦虑"使得写手们为求创新，"语不惊人死不休"。网络匿名的状态使得他们消除了顾忌，宽松自由的气氛让他们感觉到宣泄的快乐。正如阿Q在众多闲人的起哄声中，故意去调戏小尼姑一样，网友们在这种有意为之的调侃戏耍中享受着解构权威的快乐。

对于英雄人物的点评解读是网络批评的重点。鲁智深是公认的豪爽大度的英雄，他出于赤诚之心帮助了萍水相逢的弱女子金翠莲。有读者认为，鲁智深过于冲动，误会了金翠莲，"人家明明恨的是大老婆，而鲁达呢，他竟然跑过去，不问青红皂白，就直接把人家男人给打死了！"② 更有网友断定，鲁达因为喜欢金翠莲才会出手相救，两个人之间还有肌肤之亲。证据就是小说中卖酒汉子的一曲山歌。"'九里山前作战场'，实际上说的是鲁达与金翠莲的床笫之欢。'牧童拾得旧刀枪'，说的是两个人私通的一些证据被赵员外家的家童掌握了。'顺风吹动吴江水，好似虞姬别霸王'，最后两句说的是鲁达在上五台山之前，与金翠莲温存了一夜。"此外，还有很多雷人的观点，"武松勇猛的背后隐藏着酒精诱发的人格分裂；李逵是一个十恶不赦的恶棍，而且还有宋江有着断袖之情……"③ 这些判断仅凭捕风捉影的证据和作者的丰富想象，是很难取信于读者的。

网友们还特别钟情于为梁山好汉们的武艺排座次，以"百度贴吧·水

---

① 十年砍柴.闲看水浒：字缝里的梁山规则与江湖世界［M］.太原：山西人民出版社，2010：5.

② 吴闲云.黑水浒［M］.北京：民主与建设出版社，2014：7.

③ 孙孟强.水浒的真相［M］.北京：华夏出版社，2015：15，2.

浒吧"为例，仅第一页就有多个帖子在讨论好汉们的武艺，如"谁才是八骠武艺第一人？""梁山八骠骑武艺排名（个人意见）""五虎将排名林冲、关胜、呼延灼、秦明、董平纯属个人意见""武松、鲁智深、杨志、李逵的武力排名是什么？""大家认为董平的武力应该排五虎第几？"还有个帖子"史上最完整水浒 504 人大武评第二版（终极版）"将水浒中的武将按照交锋的结果、回合数与特定战局的关系等条件，分为六个档次：超一流、一流、二流、三流、末流、不入流。

（三）对网络同人小说的批评

当读者在阅读完《水浒传》之后，往往会感觉意犹未尽，感慨万千。在文本中存在着一些空白之处，读者的思维联结被中断，想象力被不断地激发出来，构成了文本与读者的交流。"创作现在意味着接受者成为作品的共同创造者的过程。"① 艺术作品成为作家与读者共同参与、合力打造的产品。读者出于对作品的喜爱，在文本的空白矛盾处展开了天马行空的想象，圆了自己期盼已久的文学梦。有网友创作了《林扈传》，是因为不满意小说中林冲和扈三娘的结局。而在创作的同人小说中，让林冲与扈三娘喜结良缘，相伴此生，终于了结了作者的一番心愿。作者在序言中交代了自己的写作目的，"爱煞了央视林冲，痴心二十年，仍如梦如幻。爱煞了贼水浒，苦等十五载，出书亦渺茫。阅遍各本续书，林冲皆难有善终，我心甚痛。今以我之笔，改写你之结局，字里行间，聊以自慰，若有同道者因此文得些许欢喜，则是我之幸了。"

同人小说在网络上发表，网友能够及时与作者互动交流，发表自己的观点看法。读者的鼓励令作者感到惺惺相惜，坚定了写作的信心。一些读者还会热心地提出各种写作建议，"林冲的话心里全是老婆，建议让他以保她不受色狼威胁的名义收了她，然后慢慢处出感情。祝三和扈三的关系设定是对她不错但为人跋扈自大，扈对他并没多喜欢也就将就过日子。另外同为色狼，别黑周通，这位虽然强娶刘小姐但好歹在走流程，跟王董还是有区别的。倒是可以把董以原设定因求亲不成就叛国投贼杀掉上司全家

---

① ［德］汉斯·罗伯特·耀斯. 审美经验与文学解释学［M］. 顾建光，顾静宇，张乐天，译. 上海：上海译文出版社，1997：82—83.

强抢女儿的黑暗出身，做个大 BOSS，而且他武艺远高于扈，对梁山的重要度也远高于王，有利于剧情展开，王可以做智力辅助出些歪点子。"①

此外，从互动时间上看，读者与作者的交流是非常迅速而频繁的。《林扈传》的作者爱嘉木木于 2018 年 2 月 6 号 19 点 23 分在百度贴吧上发表第一篇帖子，网友"无为楼主"回复"抢占沙发"，是在 20 点 05 分，网友"都亭侯谷利"回复写作建议是在 23 点 14 分。如此频繁快速的互动交流是传统文学所无法比拟的，读者与作者之间的相互信任，共同的兴趣话题，有力地促进了网络文学的发展繁荣。

三、多元分化：网络时代水浒批评的特点

名家讲座借助电视等媒介传播，是一种学院派的"启蒙"式批评，它针对的是对《水浒传》感兴趣的非专业读者。他们有意放低身段，将作品进行通俗化的解读，努力激发观众的参与热情。与这种自上而下的讲坛相比，网络平台上的草根看水浒是一种真正的广场狂欢。网友们根据自己的既定的知识经验来分析作品，发表独特的见解甚至是一些不经之谈。一些优秀的网络评论一旦系统化、学理化，也会得到主流学界的认可，获得广泛的传播。这两种截然相反的研究路径代表着学术的通俗化努力与批评权力下放，从不同角度丰富了当下的水浒批评。

第一，当下水浒批评最显著的特点是"媒介融合"的态势。互联网的出现改变了人们的生存状态、生活习惯和思维方式。

一方面，电视、网络等新生媒体形成了强大的媒体霸权。与相对枯燥的文字阅读相比，人们更喜欢电视、电影等直观可感的传播媒介。与一个中心的权威式解读相比，读者更欣赏多中心、双向互动的交流。电子媒介是波动、圆形的传播，改变了传统媒介线性的传播，它可以瞬间传播到全球各地，任何地方的人只要上网就可以同步获得新的信息。每个人都有发言权和评论权，自由地表达自己的观点，即时地互动交流。专家讲座借助

---

① 爱嘉木木.《林扈传》中篇连载，全书十二回［EB/OL］（2018-02-06）［2022-03-17］https://tieba.baidu.com/p/5543075578？pv=1

新媒体的力量获得了前所未有的广泛传播，网络上匿名写手们如火如荼的评论与续写，这些为水浒研究注入了新的活力。

另一方面，新旧媒介彼此包容、共同融合的趋向更加明显。"根据媒介变革的理论，每一次媒介革命发生，旧媒介不是被替换了，而是被包容了，旧媒介成为新媒介的'内容'（如'口头文学'是'文字文学'的内容，'纸质文学'是'网络文学'的内容，文学是影视的内容，而这一切是电子游戏的内容），而旧媒介的艺术形式升格为'高雅艺术'。"[①]从传播方式上看，《水浒传》借助电影、电视、游戏、网络小说等形式广泛而迅速的传播，随之而来的水浒批评在新媒体的助力下开启了全新的发展阶段。这样，在主流的学院派批评之外，现代媒体为通俗化的文化讲座和多样化的网络批评提供了生存空间，它们具有蓬勃而旺盛的生命力，成为水浒研究中一道独特的风景。

第二，在解读名著的过程中，读者较为普遍采取的是"以今度古"的方式。

批评者在对文本进行解释的时候，都会从自己既定的知识经验出发，与文本的视域融合，从而揭示文本的价值意义。这种视域融合是作者、读者、批评者思想的沟通碰撞，是历史与现实、传统与现代的交汇融合。这种新旧视域的融合在不断地推陈出新，"旧的东西和新的东西在这里总是不断地结合成某种更富有生气的有效的东西。"[②]由于读者的政治立场和文化修养的不同，对于《水浒传》的理解自然也就会仁者见仁、智者见智。正统立场的读者会认为水浒是诲盗之书，男权思想的读者会坚定"红颜祸水"的看法，阶级本位的读者会认为《水浒传》反映了统治阶级与农民阶级的斗争，英雄情结的读者会理解为忠义是其思想导向。到了网络时代，随着思想文化的解放和舆论氛围的相对宽松，发表意见的渠道更为顺畅，人们对于《水浒传》的理解更为丰富多元，有些个人化的理解甚至过于牵强附会。

---

① 邵燕君.网络时代的文学引渡［C］.桂林：广西师范大学出版社，2015：129.

② ［德］汉斯·格奥尔格·加达默尔.真理与方法［M］.洪汉鼎，译.上海：上海译文出版社，1999：393.

　　《水浒传》的故事发生在北宋中叶，而二十一世纪的读者用现代人的眼光重新打量这个作品，就像是相交的两个圆一样，有少量重合的部分，更多的则是独立的空间。批评者大多是从现代角度对于人物形象进行人性化、个性化的理解。《水浒传》中的英雄人物都只爱拳脚功夫，不近女色，这种人物设定从人道主义的角度来看，是难以理解的。以完美英雄武松为例，鲍鹏山先生认为面对潘金莲的挑逗时，武松没有对她产生理解同情，他的一番义正词严的话反而把整个事情搞砸了，将潘金莲推到了对立面。甚至有论者认为武松是重度酒精依赖症。武松从神坛上被拉回人间，他的感情问题也被读者们所关注。《落日·但为君故》是一篇以武松、施恩为CP的网络同人耽美小说，将义薄云天的兄弟之情改写为细腻缠绵的断袖之情，众多网友回复"虐哭""哭了，太好看了""支持"。

　　第三，在消费时代，经典"祛魅"的趋向愈加明显。

　　"去精英化文学实践的大面积实施则得力于大众传播手段的迅速发展和普及所导致的文学和文化的参与手段的非垄断化和大众化，文学和文化活动的'准入证'的通胀和贬值。网络在这里起了特别重要的作用。"① 网络等大众媒体的普及打破了精英阶层对于文化的垄断权力，消费主义文化的盛行使得大众释放压抑已久的心理欲望，沉醉于经典的解构与颠覆的愉悦快感中。在消费文化的引导下，经典开始走下神坛，拿掉了神圣的面纱，与民众一起在广场狂欢，获得了世俗生活的合理性。

　　消费文化是一种以市场为导向的商业文化，文化产品放弃了内在品质的追求，服膺于资本运作的逻辑。在商业文化无孔不入的渗透影响下，人们对《水浒传》的解读中，出现了通俗化甚至媚俗化的倾向。《水浒传》改编的电视剧流传广泛，出现了美化人物的倾向，特别是对于女性形象人性化的理解，契合了娱乐时代大众的消费心理。为了博人眼球，网络上对于英雄人物的解读出现了个性化甚至庸俗化的解读，如将兄弟情义理解为同性恋，认为武松不过是黑社会的一个打手，是个滥杀无辜的残忍凶手。原本曲高和寡的《百家讲坛》为了迎合观众的喜好，从内容到形式进行了全

---

　　① 陶东风. 文学活动的去精英化［J］. 文化与诗学，2008（1）：58.

新的改良，主讲嘉宾成了学术明星，其周边的文化衍生品系列（如书籍，VCD）吸引了众多的粉丝前来购买。

现代社会中的个体是孤独而冷漠的，经典名著的魅力通过"键盘的舞蹈"将他们聚集在一起。"御宅族对同人文化的积极参与，又是与御宅族的趣缘社交相辅相成、相得益彰的，而那些人际关系的建立、集体活动中的开展，对于生活在'陌生人社会'的'原子化个人'来说，不失为一种宝贵的情感补偿，因而，许多御宅族会将由此形成的趣缘社群比喻为'有爱的大家庭'。"① 粉丝出于对于水浒研究共同的兴趣爱好走在一起，形成了一个情感维系的共同体，由一个个单独的节点连接成了人际交往的社交网络。

总之，网络时代的水浒批评是多元而丰富的，在磅礴芜杂的发展态势下呈现出勃勃生机。尽管在消费文化和市场逻辑的运作下，水浒批评出现了商业化、媚俗化的倾向，网络等新媒体为草根批评带来了前所未有的机遇。在打破学术资源垄断的藩篱之后，水浒批评如何兼容并包不同的思想流派，获得更为长足的发展，这是一个值得深思的问题。

第二节　当下水浒批评的不同维度

进入网络时代以来，水浒研究呈现出开放多元的局面，不同学科、不同领域、不同代际的批评者纷纷参与到水浒研究中来，为水浒研究开拓了新的研究视角，注入了新的生命活力。学院派研究专家鲍鹏山先生走出书斋，借助电视媒体传播水浒文化，解读梁山英雄，获得了观众的认可和喜爱。网络媒体的崛起为广大网民提供了自由表达意见的天地，十年砍柴借助互联网时代的东风，以酷评水浒的方式暴得大名。青年作家魏新的水浒作品典型地体现了网络时代自由狂欢的文风，在汪洋恣肆的潇洒文字背后

① 林品.　"有爱"的经济学——御宅族的趣缘社交与社群生产力［J］. 中国图书评论, 2015（11）: 7–12.

隐藏的是现代人的孤独和无奈。

一、《百家讲坛》的智者慧语

2008—2009 年，鲍鹏山先生登上央视《百家讲坛》，他主讲的《新说水浒》受到观众的热烈欢迎，创下了 2008 年 10 月以来《百家讲坛》的最高收视率。《水浒传》是一部观众耳熟能详的经典作品，前人的研究成果已经是汗牛充栋，鲍鹏山先生对于水浒人物的解读能够另辟蹊径，从文化视角来反思人物，在文本细节来透视人性，让观众在耳熟能详的故事情节中获得全新的感悟。

第一，细节中反思人性。

鲍先生以儒家通达包容的精神表达了对人物的同情与理解。对于水浒中的小人物陆谦，众多读者对其出卖朋友的龌龊行为不屑一顾。鲍鹏山先生能够独具慧眼，在细节中发现小人物的委屈与为难之处，在扪心自问的反思中表现对反面人物难得的同情与理解，在感同身受的悲悯中展示出了对人性的宽容。陆谦临死说："不干小人事。太尉差遣，不敢不来。"读者可能认为这不过是陆谦临死前随便找个理由为自己开脱，鲍鹏山读到这里却是"大吃一惊"。他先是提出林冲应该理解陆谦，他们同样在高太尉的淫威面前表现出了某种奴性。继而在更高的层面上追问读者，"我们面对我们的'太尉'的时候，我们'敢'吗？"当读者站在道德的高地指责陆谦的道德败坏时，大家已经习以为常地宽恕自己，苛责他人时，鲍鹏山先生的"我们'敢'吗？"可谓振聋发聩，让我们正视人性中的虚弱和卑污。

宋代范公偁在《过庭录》中记录先祖对子弟的谆谆教诲："人虽至愚，责人则明；虽有聪明，恕己则昏。尔曹但以责人之心责己，恕己之心恕人，不患不到圣贤地位也。"[①]人们在现实中很容易会责人严，责己宽，为自己在世界中的妥协忍让归结为种种的不得已，坦然地宽恕自己，而选择用严苛的标准对待他人。孔子特别强调人实现自我完善的内在自觉性，"我欲仁，

---

① 金沛霖主编.四库全书子部精要下［M］.天津：天津古籍出版社；北京：中国世界语出版社，1998：763.

斯仁至矣。"而提高道德修养的重要途径就是反省，"躬自厚而薄责于人，则远怨矣。"在现实中，每个人应该以"吾日三省吾身"的态度来严格要求自己，宽容地对待他人，这样就能在社会中减少矛盾和冲突，消除戾气和浮躁，社会关系更加和谐稳定。

第二，见解中展现胆识。

鲍鹏山先生是学院派知识分子，在解读水浒的过程中没有丝毫的学究气，在笔墨挥洒之间显示了一位学者的真性情。他并没有以卖弄学问来炫耀学者的身份，而是将自己真正地沉潜在文本中，读出了作品中的沉郁凝重，在与原作者施耐庵穿越时空的对话过程中淬炼出了智慧的火花。鲍鹏山先生在水浒的字里行间读到了人生的智慧，看到了千年不变的人性。"说说他们的性格，他们的命运，他们的心理，他们的人性。说他们，也就是说时代，说文化，说社会，说人生，说人性。从他们那里，我们看到的，不仅是他们，也是我们。"[1]

针砭时弊，一针见血。鲍鹏山先生是学术体制内的知识分子，并不借助学者的光环来卖弄学问，而是真诚地反思社会，剥去伪饰，敢说真话。"我常常感慨，无论是对历史，还是对现实，那些真正的有见识之言，一针见血之语，直揭真相之论，往往不是出自饱学的学究，出自拿着项目经费做项目的学者，而是出自乡野草民，出自哪些没有什么文化，斗大字不识一箩的粗野之人。"[2]鲍鹏山先生批判的是当下学界的浮躁之风，专家学者应该是胸怀天下、忧国忧民的知识精英，在现实中却畏首畏尾、自私自利，就像鲁迅在《祝福》中塑造的作为知识分子的"我"，在面对祥林嫂灵魂有无的诘问，"我"只能支支吾吾，狼狈而逃。

直抒性情，坦率自然。鲍鹏山先生十分欣赏鲁智深，"鲁智深是什么？是一种精神，是一种高贵，是一种令人心仪的气质。是《水浒》这部小说给我们书里的一个人格精神坐标。"[3]与一般学者习惯于中庸之道不同，鲍先生在解读水浒人物时爱憎分明，因为对鲁智深的正直豪爽赞叹不已，不

①　鲍鹏山.新说《水浒》[M].北京：中国青年出版社，2019：13.
②　鲍鹏山.鲍鹏山新说水浒2[M].上海：复旦大学出版社，2009：17.
③　鲍鹏山.江湖不远：《水浒》中的那些人[M].上海：学林出版社，2018：213.

乏溢美之词，甚至引起了一些读者的反对。① 对于鲁智深三拳打死镇关西的场面，鲍先生读得热血沸腾，内心里也在不停地喊"打他！打他！"，大呼"不亦快哉！"鲍先生对于这种暴力嗜血的阅读爱好进行了冷静的分析。封建社会的高压统治造成了人们的"带气生存"，使得社会上充满了暴戾之气，人们才会对水浒中的暴力书写如此情有独钟。

独抒己见，秉笔直言。金圣叹将武松视为天人，很多读者也对武松十分喜爱。鲍先生大胆地指出了武松并非完人，存在着"大人小样"的现象，如对女性不尊重、说话下流、滥杀无辜、无理取闹、奴性未除等。特别是一遇到权势人物的赏识，武松身上的奴性就暴露无遗。无论是怎样的英雄好汉，在权力面前立马变得无比卑微，林冲面对高衙内时手软的拳头，武松在阳谷县令、施恩父亲老官营、张都监等人面前的卑躬屈膝，都显示出英雄好汉身上习焉不察的奴性。

第三，趣味中传播文化。

从传播的角度来看，鲍先生成名的途径耐人寻味，他先是在《百家讲坛》中以幽默睿智的语言风格一举成名，之后出版了《鲍鹏山新说〈水浒〉》系列图书，又将《中国周刊》专栏文章结集为《江湖不远》，受到了读者的热烈欢迎。显然，这些读者大多是受到电视讲座的影响而对实体书籍产生兴趣的。在纸质传媒时代，学者出版自己的研究专著，影响范围极其有限，只有学术圈子内部的人才会了解。正是借助了电视媒体广泛的辐射力和双向交流的亲和力，鲍鹏山先生的水浒文化讲座才会产生如此广泛持久的影响，线下图书的出版进一步延续了电视讲座的热潮。

从语言风格来看，鲍先生既能鞭辟入里，从细微处发现大关节，又能保持风趣幽默的风格，深入浅出讲解水浒文化。一是用现代话语来阐释人物。他将王伦主政梁山时的狭隘保守形容为"就相当于今天的一些小企业主，只是把企业当成一个取钱的地方，没想到要做成事业。"② 将史进形容为

---

① 如张泽在《关于鲁智深打人的"艺术性"、"创意性"、"观赏性"刍议——与央视〈百家论坛〉主讲鲍鹏山教授商榷》（广州城市职业学院学报，2009 年第 4 期，36—42 页）中质疑鲍鹏山过于抬爱鲁智深而贬低其他好汉，这种做法有失偏颇。

② 鲍鹏山. 鲍鹏山新说水浒 2［M］. 上海：复旦大学出版社，2009：266.

"待业青年"，李忠为"无业游民"，鲁达为"正营级少校"，用读者熟悉的现代事物进行类比，拉近了原作与读者的距离，大家自然会心一笑，心领神会。二是对比的方法更形象生动，作者将梁山的三代领导人王伦、晁盖、宋江对梁山的发展理念分别总结为"自留地、江湖公社、割据诸侯"，这样三个首领的思想境界孰优孰劣，一目了然。三是金句频出，饱含深意。在分析李逵的暴力行为时，作者忍不住发出感慨，"不受约束的权力，最后招来的，一定是暴力。"① 这句话可以概括梁山好汉的命运轨迹，他们逼上梁山并非天生反骨，而是被权力逼迫得无处可逃，才会铤而走险，用非常手段进行反抗。四是善于发现幽默，并且在行文中使用幽默。鲍先生饶有趣味地解读了水浒中的幽默，发现了水浒中施耐庵有意为之的叙事技巧，在情节紧张曲折之余增添了趣味。鲍先生还调侃"施大爷如果在今天，一定是一个一流的导演。"② 这种生动风趣的解读方式改变了传统学术研究给人的晦涩难懂、刻板的印象，让文化解读变得更加平易近人。

二、知识愤青的犀利点评

十年砍柴是典型的70后作家，他放弃了体制内的工作，成为一名自由作家。他是一位网络世界的弄潮儿，借助网络而成名。2002年，他在天涯论坛注册了名为"十年砍柴"的ID，写了一篇文章批评当时的收容制度，他的犀利言论很快得到了众多网友的支持，成为网络红人。十年砍柴对水浒的解读是以当下的社会现实为参照物进行分析的，其犀利大胆的文风使他在网络上名噪一时，背后体现出文化底蕴的匮乏与思想的套路。

愤怒体现责任担当。由于曾经在《法制日报》工作，十年砍柴对于中国的法制建设十分关心，在解读《水浒传》时自然会对大宋王朝的黑暗吏治痛心疾首。他认为，县域是分析中国政治生态的标本，《水浒传》中郓城、阳谷就是明显的例子。这种分析可谓一针见血。在冷静睿智的分析背后，作者时常压抑不住自己的情绪，对腐败的愤怒溢于言表，这种情绪的

① 鲍鹏山.鲍鹏山新说水浒2［M］.上海：复旦大学出版社，2009：51.
② 鲍鹏山.鲍鹏山新说水浒2［M］.上海：复旦大学出版社，2009：121.

表达契合了草根们的表达需求，才会获得众多网民的支持。"画着花鸟画、写着瘦金体、听着宫廷音乐的宋徽宗，是何等的优雅，然而他的'花石纲'害得多少人妻离子散、家破人亡，这难道不是吃人？高太尉可以纵容自己的干儿子欺男霸女，难道不是吃人？高廉知府怂恿自己的小舅子强占民居，难道不是吃人？梁中书在自己的治内搜刮民脂民膏，难道不是吃人？"[①] 作者用一连串的反问表达了他对腐败现象的愤怒，借用《狂人日记》分析了吃人现象的普遍性与持久性，呼吁建设一个良好的法治社会。

　　无独有偶，一些知识分子在分析中国社会时都提到了愤怒的重要性，新加坡国立大学东亚研究所所长郑永年指出，草根社会可以用"愤怒"来形容。水浒世界是历史和现实生活的缩影，有了权力欺压下的冤屈不平，才会有暴力复仇的畅快淋漓。鲍鹏山先生在解读水浒时发现梁山好汉生气了，才会成为好汉，他表现出来的气愤是与水浒人物的感同身受，告诉人们不应该放弃生气的权利。而十年砍柴体现出来的愤怒则增添了几分对社会现实的关注，他关注水浒的目的是借古鉴今，以此来思考中国社会发展，特别是法治建设，这体现了一个草根知识分子的社会责任感和使命感。

　　闲看中反思社会人性。与出身高等学府的鲍鹏山先生沉醉于文本之美不同，十年砍柴作为草根学者显然属于不按套路出牌的个性表达。如果说鲍先生的解读是"正解"的话，十年砍柴的观点则多少有些另类，他采取的态度是"闲看"。"'闲看'就意味着这不是一个文学批评者一本正经地在做学问，而是成千上万的读者中的一个，在阅读中感悟出了些什么。"[②] 十年砍柴是从对当下社会的观察和思考出发，从《水浒传》中发现心有灵犀之处，进行分析总结，希望历史能够成为映照现实的一面镜子。他说，"《水浒》就是一部史书。如今当我阅读《水浒》时，心中充满着对那个时代中国人的悲悯。……历史总是这样一次次重复着《水浒》的故事。"①

一是对基层法制体系的反思。作者揭示了基层社会的"潜规则",大宋王朝的吏治十分腐败,用金钱来打点一切早已成为"常例",上至高高在上的高太尉,下至董超、薛霸这样的普通公人,一切都是按既定的游戏规则进行。只要手中有权力,就成为兑换经济利益的砝码。只有彻底打破这种"潜规则",让制度透明化、公开化,才能真正地告别梁山,走向现代法制社会。

二是对水浒政治潜规则的揭示。十年砍柴对于水浒社会的分析独具慧眼,他在《万事最大:排座次 定名分》中犀利地指出,排座次是"水浒"最重要的学问,排座次的实质就是原有梁山人马、二龙山、桃花山、白虎山、少华山等各大山头如何在新公司的架构下合理地分配利益。宋江采用天降石碑的方式来稳定人心,解决了梁山江湖中的关键问题。这就揭穿了兄弟情义的虚伪面纱,暴露出江湖社会的无情一面。

三是对女性不幸命运的关注。十年砍柴对于水浒中女性的悲惨人生十分同情,认为水浒中几乎没有正常的女性和爱情,是因为扭曲的封建社会造成的,作为"第二性",女性只能依附于男性,成为男性泄欲与生育的工具,根本没有机会争取自己的爱情。作者还发现了"二奶"的生存智慧,阎婆惜、白秀英因愚蠢狂妄丢失了性命,李师师因聪明过人、审时度势成为一位成功的"二奶"。

偏颇成就一家之言。十年砍柴是按照吴思的血酬定律来审视梁山世界的,于是,所有好汉们行侠仗义的故事被简化为生命与生存资源的交换,用这样的逻辑来阅读作品,只能发出一声"不过如此"的喟叹!文本的丰富性与复杂性被血淋淋的潜规所遮蔽,读者在阅读小说时感受到的锄强扶弱的正义感被彻底消解了,一切归于几千年来铁屋子的死寂沉闷和根深蒂固的奴性未除。

有网友对十年砍柴的批评可谓一针见血,"十年砍柴评《水浒》看似惊世骇俗,其实也只是跟随潮流而已。除了告别革命之外,就是跟随潜规则

---

① 十年砍柴.闲看水浒:字缝里的梁山规则与江湖世界 [M].太原:山西人民出版社,2010:5.

论。从吴思到十年砍柴,就是某种类型的套中人。从青年到中年,甚至到了老年,还在重复诸如厚黑学、潜规则、血酬定律以及官场秘笈那样的套路。"① 运用血酬定律固然能够短时间内夺人眼球,但是这种预设阐释的方式形成了先有"暴力最强者说了算"的结论、再去找能够支撑观点的具体例子的定向思维,时间久了就会难逃庸俗化的窠臼,让读者产生一种厌倦感。"一种研究方法即是提供一种特殊的视角;同时,任何一种研究方法都有可能遭到庸俗化——庸俗化的弗洛伊德主义或者庸俗化的女权主义绝不会比庸俗社会学高明。"② 血酬定律的理论为人们理解水浒社会打开了一扇窗,丰富了当下的水浒研究,与其他方法相比并无高下优劣之分,但这并不意味着这就是对水浒的唯一正确的解读。过于执着某一种理论,也许会造成某种意义上的"过度阐释"。十年砍柴认为,水浒英雄在采取暴力手段时会经过精细的利弊权衡,但是这一结论并不适用于所有人物。以鲁智深为例,他为了帮助被欺负的金翠莲,打死了横行霸道的镇关西,自己丢了职位,成为一名四处流浪的通缉犯,那么鲁智深是如何计算"血酬"的呢?鲁智深光明磊落,他是没有什么心思来盘算暴力的成本收益的,他完全是出自行侠仗义的本心。

　　十年砍柴的偏僻还在于分析人物内心时多用揣测的心理,并没有确实的证据。他认为宋江有得不到的东西必须毁灭掉的心理。"他对三娘求爱遭拒绝后,又怕霸王硬上弓有损自己的名声,毕竟他不同于在女人面前什么也不管的矮脚虎。"③ 在小说中并没有任何证据证明宋江对扈三娘有过求爱的举动,这种妄自揣测实在是毫无根据。对于石秀杀嫂的事情,作者宣布,"强烈怀疑杨雄和石秀之间有某种同性恋倾向。"④ 就连水浒中的小角色赵员外,作者也有自己的看法。他认为赵员外让鲁达去当和尚是一石二鸟,"明

---

① 刘松萝.论十年砍柴没有读懂《水浒》及其他[EB/OL].(2011-07-30)[2020-05-27]http://m.kdnet.net/share-7656155.html.

② 南帆.先锋的多重影像[M].北京:现代出版社,2017:177.

③ 十年砍柴.闲看水浒:字缝里的梁山规则与江湖世界[M].太原:山西人民出版社,2010:198.

④ 十年砍柴.闲看水浒:字缝里的梁山规则与江湖世界[M].太原:山西人民出版社,2010:171.

为给鲁达找个避祸的地方，其实是为了绝后患，一个如此有情有义的大英雄住在他家，他哪放心得下。"①作者得出这种惊人之论，却拿不出能够证明观点的论据，这些揣测只能是"欲加之罪，何患无辞"。

另外，作者使用的部分词语过于尖酸刻薄，有哗众取宠之嫌。作者是这样揣度《琵琶行》的，"那位漂亮的小老婆趁着他外出，和贬官的白居易眉来眼去，相互倾诉。"②十年砍柴用这样的语言描绘了一幅粗俗低级的调情画面，让"同是天涯沦落人，相逢何必曾相识"的缱绻诗意瞬间化为乌有。

三、网络世界的草根狂欢

魏新是一位青年作家，与鲍鹏山先生一样都是《百家讲坛》的主讲人。2010年，魏新主讲的东汉历史在播出后广受欢迎，而他关于水浒的作品《水浒十一年》在2008年出版后就受到了读者的热烈欢迎，有网友说"这书很《武林外传》啊写得，"甚至将此书戏称为《绿林别传》。③作者声称，"这本书里有很多激情，很多感慨。《水浒》是大家的，青春则是每个人的。每个人都会进入历史，每个人又都会被历史湮没。"④这部书很难被归类，作者兴之所至，率性而为，没有被既定的条条框框所束缚，作品既有历史的严谨细致，又有文学的感性自然，里面夹杂着大众文化的喧嚣与后现代的调侃幽默，诙谐泼辣的文字让读者大呼过瘾，读者在开怀大笑中又会感受到一种彻骨的悲凉，领悟到作者的言外之意，加深了对水浒的理解和认识。

从文化立场来看，作者采用草根视角折射出人物边缘化的心态。一般的研究者会将注意力集中在水浒中耳熟能详的英雄人物，而魏新则富有深意地塑造了两个不起眼的喽啰形象。刚出场时，这两个喽啰负责引渡，守

① 十年砍柴.闲看水浒：字缝里的梁山规则与江湖世界［M］.太原：山西人民出版社，2010：170.

② 十年砍柴.闲看水浒：字缝里的梁山规则与江湖世界［M］.太原：山西人民出版社，2010：88.

③ 徐峙立.小人物照不进现实的梦想［EB/OL］.（2008-05-14）［2020-05-27］https://book.douban.com/review/1379699/

④ 魏新.魏新讲水浒［M］.长春：时代文艺出版社，2011：211.

在梁山泊芦苇荡里的小船上，在严寒的冬日里冻得瑟瑟发抖。喽啰甲因为强暴了地主家的丫鬟而被逼上梁山，喽啰乙则因为偷牛事发无奈到梁山落草。后来，喽啰乙跟着林教头当跟班，用当年偷牛时练就的捆牛本领绑住了扈三娘。二人对于梁山的政局变动毫不关心，只是可惜自己当年烧的牛肉白送了。当宋江一行人来到东京费尽心机谋求招安的出路时，二人只是羡慕他们可以出去逛灯节。喽啰乙做梦都梦到家乡的水煎包，当梁山被招安后，他放弃了唾手可得的编制，决定回家继续卖烧牛肉。而喽啰甲最后当了逃兵，成了东海琉球岛上的一名流浪歌手，将最近几年发生的事情写了一首歌《改变1122》。作者用这两个微不足道的小人物串联了梁山的发展史，书写了一部英雄豪杰之外的草根"革命"史。"水泊八百里，水浒十一年。你们玩去吧，老子去种田。"这首喽啰乙的打油诗可谓画龙点睛，他以个人意识的觉醒来表达对宏大叙事的疏离。借助两个边缘人物的视角，以个人生命经验为主体的民间写作为权威历史的书写增加了一种开放、多元、动态的可能性。尽管梁山有一百零八条好汉，但一些人物却面目模糊，没有个性，而这两个名不见经传的小喽啰虽然没有姓名，也没有什么丰功伟绩，却让读者亲切可感，从这两个小人物身上看到了自己的影子。

作者以扈三娘、武松、史进、杨志为主角创作了短篇小说，呈现出了这些英雄人物在耀眼的光环背后所承受的痛苦、绝望与孤寂。众多批评者对于扈三娘的沉默进行了解读，鲍鹏山先生认为扈三娘的心已经死了，死于"义"，死于软刀子。十年砍柴则大胆提出扈三娘患了斯德哥尔摩综合征。魏新则以小说的方式塑造了一个外表平静如水，内心无比凄凉的扈三娘形象，她在遭遇了灭门之灾、下嫁之辱后，面对无力逃脱的命运，她只能一再地压抑自己，直到自己变得麻木不仁。这篇小说给人一种巨大的压抑感，人在命运网罗面前的渺小无力感。小说最后的"三娘，快跑"像是冲破黑暗的一束光芒，在悲凉中增添了一丝人性的温暖。在魏新的笔下，打虎英雄武松命中注定要孤独一生，史进的天真使他在社会上撞得头破血流，而名门之后杨志在颠沛流离的生活中活得像一条狗。

从写作方式来看，作者采用戏仿、拼贴的艺术手法造就了语言狂欢的景观。作者采用戏仿的方式将人们熟悉的事物进行模仿变形，从而产生了一种颠覆权威、解构崇高的快感。《水浒十一年》戏仿的对象包括电影、歌曲、网络游戏、文学作品（名人名言、诗歌、散文、知音体、武侠小说等）、电视节目（新闻联播、春晚、广告、足球解说等）等诸多形式，可谓包罗万象。作者对于以电影、电视、歌曲为代表的大众文化非常熟悉，在写作中往往信手拈来，将现代文化元素进行模仿和变形，使观众产生强烈的共鸣，达到幽默讽刺的效果。以电影为例，作者戏仿的电影作品主要有以下几种形式：一是对电影名称的戏仿，作者将宋江的招安大计戏仿为《黑客帝国》三部曲，其中第一部《血统》"关胜议取梁山泊"可改名为《克隆人的进攻》，第二部《重装上阵》，第三部《矩阵革命》，这三部电影的名字正是对《黑客帝国》三部曲的戏仿。二是对电影台词的戏仿，蔡京和童贯修新延福宫时的对话戏仿的是电影《大腕》中的经典台词。"什么叫皇帝你知道吗？皇帝就是买什么东西都买最贵的不买最好的，所以，我们盖宫殿的口号就是：不求最好，但求最贵。"幽默的台词让读者忍俊不禁。三是对电影内容的戏仿，《举起爪来》《金兵来了》的情节内容与读者所熟悉的《举起手来》《鬼子来了》基本一致，前者塑造了一个痴呆的金兵形象，后者讲述了一个村民被迫收留了两个受伤的金兵俘虏，最终全村人被金兵杀死的故事。读者会在一种熟悉感中领会其中的讽刺笔调，引发自身对现实的思考。

作者还有意使用了拼贴的方式，在混合杂糅的形式中产生反讽的效果。"拼贴是关于观念或意识的自由流动的、碎片组成的、互不相干的、大杂烩似的拼凑物。它包含了诸如新与旧之类的对应环节，它否认整齐性、条理性或对称性，它以矛盾和混乱沾沾自喜。"①《水浒十一年》是一部包含众多文化元素的作品，在结构严谨的编年体叙事中，作者借助自己丰富的想象和联想力将历史与现实、文化与社会融合在一起，既有精细入微的史料考据，又有感性多元的情感表达，达到了庄谐并出的幽默效果。

在介绍李师师的故事时，作者先是引用了《李师师外传》《大宋宣和遗事》以及刘屏山的《汴京事纪》等历史资料，分析李师师在北宋灭亡后的命运如何，接着联想到流行文化，《水浒传》电视剧中终于让李师师和燕青

---

① ［美］波林·罗斯诺．后现代主义与社会科学［M］．张国清，译．上海：上海译文出版社，1998：4.

有了一个美满的结局。然后就以戏谑的方式上演了李师师的爱情大戏，序曲为两个金兵的"二人转"，两位主角赵佶和李师师分别凄惨地唱了曲调《卷席筒》和京剧《锁麟囊》。随后，在悲伤的乐曲中，李师师陷入回忆中，想起了与燕青初次相逢的情形，两个人的爱情大戏还是无奈地散场，令人扼腕叹息。在浪漫而感伤的想象中，读者脑补了一场古典爱情大戏，产生了强烈的共鸣。

四、代际知识分子的"断裂"

许纪霖曾分析二十世纪中国六代知识分子，出生在 1960 年后的后"文化大革命"知识分子，他们没有"文化大革命"留下的烙印，不过"'文革'一代知识分子担纲的'文化热'却赋予他们早年的人格底蕴。"[1] 二十世纪六十年代至今，中国社会已经发生了翻天覆地的变化，知识分子成长的时代不同，其文化心态、思维模式自然呈现出某种普遍性的差异。

本文讨论的水浒研究的三位代表性学者鲍鹏山、十年砍柴、魏新正好属于老中青三代知识分子。从出生年代来看，鲍鹏山是典型的 60 后知识分子，十年砍柴是 70 初知识分子，魏新生于 1978 年 12 月，属于 70 末的知识分子。他们对古典名著《水浒传》产生了浓厚的兴趣，而他们迥然不同的解读方式呈现出鲜明的代际意识，透视出代际知识分子的文化人格正在逐渐发生蜕变。

（一）固守传统的 60 后知识分子

相对于"文化大革命"一代知识分子的命运多舛，60 后知识分子被称为"中国最幸运的一群人"。他们受到了严格的政治教育，又错过了上山下乡，躲过了自然灾害，赶上了毕业分配和福利分房，"他们读书的时候，国学经典已经滥觞，世界思潮大肆涌入，传承与革新集于一身。"他们真诚地追求理想，向往真理，"他们是尚有理想的最后一代，虽然虚幻但一直支撑

① 许纪霖.中国知识分子十论［M］.上海：复旦大学出版社，2003：85.

着他们的信念。"① 作为专家型学者，他们早已功成名就，在学术界拥有尊崇的地位，相对于社会政治层面，他们更加关心如何继承发扬文化传统的工作。

　　一方面，鲍鹏山先生所进行的是文化阐释的工作。道不远人，古圣先贤的文化精髓并不是高高在上的教条，而是融入了我们民族的血脉之中。在《水浒传》中，鲍鹏山先生在鲁智深对庸官义正词严的质问声中感受到了正义的力量，孟子的阳刚之风和浩然正气在水浒世界得到了淋漓尽致的体现。另一方面，鲍鹏山先生正在做文化传承的重要工作，就是要给未成年人讲解文学经典，希望学生能够从现代法制的角度来理解正义，反思小圈子的"义气"。

（二）时代巨变中的 70 初知识分子

　　十年砍柴是一位典型的 70 初知识分子，他在个人传记《进城走了十八年》中描写了童年时物质和精神上的双重匮乏，表达了依靠读书走出乡村的强烈渴望。"对我来说，进城只走了 18 年；而对整个中国来说，进城则走了几千年。"② 与 60 后留恋传统相比，70 初知识分子对于传统文化的学习"先天不足"，他们经历了改革开放时代浪潮的洗礼，已经失去了对理想主义的坚守，习惯于向前看，变得更加理性务实。他们依然保持对社会的关注热情，当他们用现实的眼光来看待社会时，发现一些不合理的现象，他们就会变得愤怒不平。

　　鲍鹏山先生将水浒社会放在历史和文化中进行思考，用同情之心来理解人物，在英雄好汉身上发现了儒家文化传承的因子。而十年砍柴则是在当下的社会框架中思考水浒社会，更多发现的是水浒中的权力规则和丛林法则。前者发现的是人物闪光之处，让读者心生感动，精神上得以升华，获得文化上的归属感；后者则是发现权力社会中的黑暗世界，让读者产生

---

① 中国最幸运的一群人！看看有没有你？［EB/OL］.（2017-11-10）［2020-05-27］https://www.sohu.com/a/203444765_99972612.

② 熊寥.“十年砍柴”感慨进城走了 18 年［EB/OL］.（2011-09-20）［2020-05-27］http://www.mzyfz.com/cms/jingyingrenwu/lingdaodongtai/renwuzhuanfang/html/825/2011-09-20/content-163754.html.

震撼之余，只能无奈地认同社会规则，信仰的破灭会加深文化的失重感。

（三）调侃嬉戏的 70 末知识分子

"传统会失去它们的拥护者，从这一意义上来说，传统可能退化，因为它们的承袭者不再沿用它们了；或者因为，那些曾经继承、修订和扩充它们的人现在偏向于选择其他的行为方式；或者因为，新一代人找到了其他的信仰传统，或者，根据他们所接受的标准，他们发现某些较新的信仰更能被人接受。"[①] 在 70 末知识分子身上可以看到文化传统的日益凋敝与犬儒主义的大行其道。他们经历了物质上较为充裕的童年，在大学阶段接受了系统的文化教育，时代的冲击与世界的多变让 70 末知识分子无所适从，他们失去了对社会的责任，不再对某些社会现象不平则鸣，与纷纷扰扰的社会现实相比，他们更加关心自己个人的生活和感受。70 末知识分子处在社会的转型期，传统价值已经失落，现代价值体系还没有完全建立起来，在茫然失措的精神困惑中只能选择以调侃嬉戏的方式来麻醉自我。

60 后与 70 初知识分子都是将解读经典作为一项重要的事业来进行的，而 70 末知识分子魏新则放弃了将文章作为"经国之大业，不朽之盛事"的追求，以嬉笑怒骂的态度来颠覆权威，以拼贴戏仿的方式来游戏文字，在夸张犀利的文字背后可以看到作者内心的失落与无奈。在他的笔下，杨志想要做狗而不得，道出了英雄末路的辛酸与绝望。扈三娘认为要想不再因为梦想幻灭而痛苦，首先就应该放弃梦想。这些跨越千年的人物形象之所以能够与现代读者产生共鸣，就在于人生境遇的相似性，在不可捉摸的命运面前，人们只能无奈顺从，放弃理想，像狗一样卑微地活着。

时代的迅速变化使得知识分子的代际区分越来越明显，当不同代际知识分子共同解读水浒社会时，他们看到的世界异彩纷呈又各不相同。在影响的焦虑中，新的一代基于自己的人生阅历和知识经验，对文学经典做出的个性化解读不可避免地带上了时代的烙印。"学术群体、师生链条，同时代的竞争对手，是他们共同构成了结构性的立场，学术创新就是在这里面

---

① ［美］E·希尔斯. 论传统［M］. 傅铿，昌乐，译. 上海：上海人民出版社，1991：19.

发生的。"①文化场域中，知识分子之间的互动与竞争激发了个人的才能，促进了学术的创新与发展。当传统文化学者、网络评论家、自由文化人共同参与到当下的水浒研究中，无论是在代际的更替上，还是在研究内容的拓展上，都能够更好地推动水浒研究向更为深广的方面进行开拓创新。当然，考虑到受众的需求，研究者为了让自己的成果获得更为广泛的传播，有时会降低研究的深度以迎合大众的趣味，以惊人的犀利之语来夺人眼球，以幽默嬉戏的语言来取悦读者，这些问题则是在传播效果最大化的目标下不得不在内容上做出让步而产生的。

第三节　重绘水浒研究地图

学院派批评一直是水浒研究的主流，在多元文化冲撞对话的今天，水浒研究有必要重新开拓新的研究领域，寻找新的学术生长点，以便重新绘制研究地图，推动研究的深入开展。目前，研究者的队伍在逐步扩大，知名的文化学者参与其中，草根学者异军突起，还有大量匿名的吃瓜群众在网络围观，进行创作或评论。在研究对象上，《水浒传》出现了多种媒介的传播形式，如影视、动漫、游戏、有声书等。在改编作品对英雄故事的重述中可以看到完美英雄形象的颠覆，体现了后现代主义文化的兴起。网络穿越小说的 YY 消解了现代人的精神焦虑，表现了大国崛起的现代民族国家想象。

一、众说纷纭话水浒

传统媒体时代，信息是自上而下单方向地进行传播的，每个受众只能

---

① ［美］R. 柯林斯. 哲学的社会学［M］. 吴琼，齐鹏，李志红，等，译. 北京：新华出版社，2004：9.

被动地接受信息，人们的思想有效地得到了控制。在网络时代，信息呈现出"去中心化"的新的传播模式，传播方式更加自主化、互动化、私人化，每个人都是传播者和接受者，能够自由地表达自己的观点。《水浒传》作为一部脍炙人口的经典名著，对于读者来说是常读常新的。新媒体技术的迅猛发展开阔了人们的文化视野。研究者不再仅仅局限于从传统的学术视野来审视作品，而是从不同视角丰富了对水浒的研究。著名学者鲍鹏山先生从儒家文化的角度让读者认识到了传统的厚重和人性的复杂，网络作家十年砍柴在水浒的字里行间看到了古今文化的相通性，刘传录先生则在颠覆传统研究定论的同时提出了别具一格的观点，青年学者魏新在挥洒笔墨间传达了现代人的那份孤独与无奈，可以说这些研究者是借水浒之杯酒，浇心中之块垒。

除了以上研究者进行较为系统的水浒批评，产生了较大影响之外，众多踊跃的网友们可以在网络世界发表自己的见解，意犹未尽之余还可以驰骋想象，写同人小说来表达自己的观点。"在接受美学看来，读者对本文的接受过程就是对本文的再创造过程，也是文学作品得以真正实现的过程。文学作品不是由作者独家生产出来的，而是由作者和读者共同创造的。"① 文学文本是一个多层次、多元化、开放式的结构，读者可以根据自己的知识经验、人生阅历、爱好兴趣进行接受，创造出个性化、形态各异的水浒世界。

血雨腥风的武侠世界。《水浒猎人》（时晨）彻底颠覆了水浒传奇故事，重新设计了更为宏大开阔的历史格局。原著中下落不明的栾廷玉成为小说的主角，他发誓要向梁山好汉复仇。传说中病死的晁盖重现江湖，再次掀起了江湖风雨。江湖中门派林立，除了大名鼎鼎的梁山之外，还有方腊的光之国、田虎的万兽城、崔道成的破戒僧兵团、四川唐氏的兵诛城、李师师的仙音阁。辽、金、西夏、大理、高丽各国势力纠缠其中，呈现的是一个波谲云诡的江湖世界。

无聊虚伪的官场社会。《李逵日记》（仓土）中通过厅级干部李逵的升迁之路揭示了官场的生存秘籍。"八方异域、异姓一家"的梁山泊实际上也

---

① ［德］H.R.姚斯，［美］R.C.霍拉勃.接受美学与接受理论［M］.周宁，金元浦，译.沈阳：辽宁人民出版社，1987：5.

不过是个争权夺利的名利场。晁盖与宋江表面上兄弟情深，实际上各怀鬼胎，恨不得对方早死，动辄因为一些鸡毛蒜皮的事情吵架，吵架时还非要手下表态。晁盖被宋江算计中了毒箭，受伤后说快救我，我还有救，而宋江等人哭得过于悲惨，故意装作没有听见。神医安道全磨蹭了半天才到，晁盖死不瞑目，眼睛盯着宋江，眼里满是愤恨。宋江一面用同样的眼神看他，一面还要努力地干号。

爱情至上的情义江湖。水浒传中注重的是义薄云天的兄弟情义，没有给爱情留下生存的空间。网友们在想象中弥补了原著的缺憾，文武双全的小李广花荣成为理想男神的首选。《水浒同人梦里花落知多少》（云夕颜）中清风寨的少年英雄花荣与北大的天才少女崔梦沄之间产生了一场唯美纯洁的爱情，从清风到梁山，从北宋到北大，两个人终于过上了幸福的生活。水浒同人小说也不乏耽美题材的作品，《大宋第一衙内》中改邪归正的高衙内与玉树临风的花荣惺惺相惜，满足了腐女们对爱情的想象。

二、媒介融合花样新

融媒时代，《水浒传》获得了更为广泛的传播，显示了文学名著永久的魅力。文学创作方面，人们可以在电脑或手机上阅读水浒传的同人小说，随时随地进行打赏或评论，与作者和其他读者进行互动交流。影视作品方面，取材于水浒的电影、电视剧不乏经典之作，最近几年的网络电影出现了一系列向水浒致敬的作品。这些作品主要是以人物系列的方式向经典英雄致敬，如鲁智深系列（《智深传》《智深传 2》）、林冲系列（《豹子头林冲之白虎堂》《豹子头林冲之野猪林》《豹子头林冲之山神庙》）、武松系列（《血溅鸳鸯楼》《伏虎武松》《武松斗杀西门庆》）。尽管质量参差不齐，但影视作品所具有的广阔发展前景是毋庸置疑的。

有声书方面，学者魏新在蜻蜓 FM 上讲解水浒，《水浒有魏道》已经获得几千万的点击率。《百家讲坛的》《水浒智慧》《鲍鹏山新说水浒》等节目在有声书上获得了不错的点击率。还有专门针对儿童的水浒节目《水浒传趣读》等。

与数量众多、知名度高的三国游戏相比，水浒游戏影响相对较小。水浒有关的游戏有《幻想水浒传》《水浒演义》《新水浒 Q 传》《水浒英雄传OL》（手机游戏）等。《幻想水浒传》是日本游戏软件公司科乐美在 1995年发行的角色扮演游戏，玩家可以控制 108 名角色，其中的角色造型、人物设定与故事内容以西方奇幻故事为背景，贴合了年轻网民的娱乐需求。该游戏虽然从《水浒传》汲取了灵感，但整体风格偏于西化，与水浒传原著的关联度不高。

2011 年张之益、郭崴娇执导的 14 集动画片《水浒传》以轻松幽默的方式讲述了水浒传的重要情节，有利于名著的传播普及。动画片《水浒英雄列传》（52 集）以现代人的视角解构梁山好汉，戏谑搞笑的风格深受青少年受众的欢迎。不过故事内容进行了现代化的演绎，与原著相距甚远。

网络时代《水浒传》的传播呈现出光怪陆离的繁荣景象，与水浒有关的短视频不在少数，网络小说、影视改编、实体出版、有声书、游戏、动漫等形成了文化产业的全产业链条，这就是未来文化产业的发展方向。

借助水浒传大 IP 的影响力，优秀的水浒传同人小说开始被人们所关注，进行了多种形式的改编，实现 IP 价值开发的多元化和最大化。《李逵日记》（仓土）写出了梁山世界中的人性百态与钩心斗角，特别是展示了官场中权力争斗的政治智慧。2010 年 9 月，小说先是发表在天涯论坛上，一天获得了 20 万的点击率，两个月创造了 200 万的点击率，受到了网友们的热烈追捧。借助网络的热度，小说很快正式出版，封面上写着"史上最爆笑最智慧的古代官场文学"。同时，《李逵日记》作为热门 IP，相关的动画、漫画、影视剧、舞台剧等改编权都已经售出。漫画家黑背根据《李逵日记》改编的搞笑漫画在 2012 年正式出版。尽管网文界竞争激烈，热点频现，《李逵日记》的 IP 热度没有持续下去，但这种多元化改编的探索还是难能可贵的。

三、青梅煮酒论英雄

在娱乐至死的年代里，后现代主义文化开始盛行，人们放弃了对于理性的追求，堕入娱乐和消费的陷阱之中，成为懒于思考的"沙发土豆"。"民间诙谐历来都与物质肉体下部相联系，它构成怪诞现实主义的一切形式。诙谐就是贬低化和物质化。"①特别是影视作品中，出现了对于英雄人物的恶搞倾向。作者以戏仿的方式重新讲述水浒故事，原来高高在上的英雄人物被打回原形，成为有血有肉的普通人，甚至因为他们的愚钝和正直成为读者取笑的对象。电影《水浒笑传》中的武松本来十分胆小，只有喝酒后才会变得神勇无比，在景阳冈上被大家误认为打死了老虎，成为名声显赫的大英雄。实际上他是一个喜欢贪小便宜的话痨，他的到来影响了武大郎的家庭生活，于是武大郎和潘金莲想尽办法要把他赶走。

2013 年优酷出品的微电影《水浒英雄武松传》延续了《水浒笑传》的搞笑风格，彻底解构了英雄武松的形象。关于行者武松的经典情节都被重新演绎，在景阳冈，老虎被武松用骨头引诱，自己跳下山谷。斗杀西门庆时，西门庆自己不慎踩到香蕉皮坠下酒楼。所有的英雄壮举不过是一场嬉闹的游戏而已。武松不断重复"等来日朗晴白日，在下路遇伯乐，成就一番事业，我一定会回来报答你的"这种大义凛然的话，与影片中武松猥琐小气吃霸王餐的行为构成了有趣的反差。观众在消解英雄的崇高形象时感受到一种娱乐的快感，这种戏谑的方式暗含着对权威的挑战和嘲讽。

"在没有英雄的年代里，我只想做一个人。"在一切都被娱乐化的时代，英雄已经成为过去的美好传说，每个人在喧嚣的社会中都是孤独而无奈的个体。读者都是带着自己的知识经验和人生阅历来理解小说文本的。当岁月的风沙掩盖了英雄的足迹之后，留给后人回味的只有历史的沉重和人性的复杂。对于叱咤风云的英雄人物，人们有了更多的同情和理解。林冲在面对蛮横无理的高衙内时，伸出的拳头又慢慢地放下，人在现实中总是有许多难言的苦衷，即便是英雄在权力面前也不得不低头。

一些边缘化的人物开始进入人们的视野。大型系列数字电影《水浒英雄谱》为水浒英雄做传记，一些不太被关注的梁山英雄成为主角，电影对英雄故事进行了大胆的虚构和创新，如《丑郡马宣赞》《没羽箭张清》《青眼虎李云》《轰天雷凌振》《金毛犬段景柱》。

相比之下，小说对边缘人物的描写更精细入微，能够引起读者的认

---

① ［俄］巴赫金．拉伯雷研究［M］．李兆林，夏忠宪，译．石家庄：河北教育出版社，1998：25.

同感。作家李黎在《水浒群星闪耀时》中进一步丰富了陶宗旺的形象。作为一个朴实的农民，他每日与铁锹为伍，只想安分守己地过日子。来到梁山之后，他将自己的东西全都仔仔细细地藏到仓库里，包括五千两银子、三百个装着蔬菜的坛子、两百袋大米、三百筐稻子、几百斤腌肉、一千盒干货糕点等。这是典型的中国农民式勤俭守家的做法，与梁山好汉杀富济贫的行径格格不入。这种可笑迂腐的行为，背后隐藏的是陶宗旺难以忘却的母子亲情和朝不保夕的不安全感。魏新的《水浒十一年》出现了两个名不见经传小喽啰，尽管他们没有姓名，也没有什么丰功伟绩，但他们平淡无奇的人生却让许多读者产生了认同感。

四、白日做梦说穿越

"作者与读者借助想象力摆脱现实的困扰，用穿越的方式建立了共同的传奇梦幻。它借助异时空的精神碰撞与交错所产生的强烈戏剧感与情节张力，转移了激烈竞争的现实环境，抚慰了现代都市人疲惫的心灵。"① 穿越小说中寄托了网友们在人生中无法实现的人生理想，缓解了他们在现实压力下的焦虑。在《水浒传》的网络穿越小说中，作者能够展开自己丰富的想象力，穿越到另一个未知的世界来实现埋藏在心底的英雄梦。

《水浒求生路》的作者囧僈坦言"我很喜欢《水浒》，只可惜结局不太好。我幻想如果能有个稍微好点的结局，不那么悲催。如果是自己想要的结局，那么就自己去构建。"② 正是因为成为全新乌托邦世界的创作者，穿越小说更多体现的是一个"爽"字。小说中，主人公在原来的世界中一般是个不得志的小人物，而在穿越后的新世界中却成为呼风唤雨的一代枭雄，极大地满足了小说创作者与读者在现实中被压抑的欲望。在穿越后，主人公因为对于水浒历史知识的熟悉和现代商业知识的运用，很快就能抓住各种机会青云直上，成就一番事业。

---

① 马季. 穿越文学热潮背后的思考［N］. 人民日报，2011-8-9（24）.

② 囧爱. 水浒求生路最新章节［EB/OL］.（2017-12-01）［2022-03-17］.https：//www.biqugeg.com/23_23878/.

女性自立，建功立业。扈三娘是一位悲剧人物，她下嫁王英后的沉默不语为网友们增加了想象的空间。网络小说《扈三娘外传》（修罗）中穿越后的扈三娘摆脱了王英的纠缠，成为宋朝的女元帅，事业成功的同时也收获了自己的爱情。扈三娘开始具有了独立的个性，敢于表达自己的想法。当宋江听到朝廷招安的消息后激动万分，而扈三娘清醒地认识到，朝廷腐败透顶，不可能是真心招安。她大胆地拒绝了宋江的将令，众人都对她十分敬佩。有网友很快留言对小说表示赞同，"好，变成了扈三娘好，一丈青的命运最惨，也最可怜，一定要帮她改运。打倒伪君子宋江，让亲爱的扈三娘吐气扬眉。帮她报仇血恨，甩掉大色狼王英，找自己心仪的人。"①

逆天改命，积极向上。在《穿越水浒之我是高衙内》（迷途知返者）中，穿越后的高衙内面对强占贞娘、发配林冲的现实，他决定改变现在的人生轨迹，借助父亲高俅的权势，来实现自己的人生理想。他用真心打动了林娘子，解除了与林冲的误会，放下身段苦心练武，广交英雄豪杰，从一个作恶的纨绔子弟成长为一名冲锋沙场的大将，赢得了大家的尊重。

商业成功，事业发达。在水浒传的穿越小说中，坏人能够改恶从善，扭转命运，好汉们不再清高自许，抓住商业良机，赚得盆满钵溢。《水浒英豪传》（固执的胖子）中的鲁智深不仅武艺超群，还极具商业头脑，开办了连锁火锅店，香气四溢的美食立刻征服了众多好汉。他还将一位慈眉善目的老和尚打造成了神通广大的活佛，利用蜡烛自燃、香气四溢、活佛飞天等手段，使得众多信众深信不疑，获得了不菲的收入。

民族崛起，国家振兴。体育强国梦凝聚着家国情怀，是民族复兴、大国强大的重要标志。《水浒奥运队》（柳不惠）中，水浒好汉们穿越来到现代社会，经过一番波折后，成为国家队运动员。各位好汉都充分发挥了自己的特长，过关斩将，在国际比赛上大放光芒。戴宗轻轻松松取得马拉松比赛、男子一万米和20公里竞走的冠军，李逵夺得铅球比赛的金牌，时迁打破了跳高的世界纪录，顾大嫂获得女子铅球冠军，扈三

---

① 修罗.扈三娘外传［EB/OL］.（2006–05–15）［2022–03–17］.http：//www.jjwxc.net/onebook.php？ novelid=101825.

娘勇夺女子七项全能比赛的冠军……在美好的 YY[①] 中，满足了大众对崛起中国的想象。

当下的水浒研究不应该囿于一隅，关于水浒传的传播出现了跨媒介的多屏互动现象，网络小说、网络电影、手机游戏、动漫等新的文艺形式丰富了传统名著的现代内涵，这些饶有意味的作品传达了当代读者被压抑的焦虑与欲望，从中可以窥见大众文化心理变迁的轨迹。这些文化现象改变了既定的水浒研究版图，应该得到研究者进一步的关注，以便更好地推动水浒文化的传播发展，促进文学名著的传承创新，彰显文化自信。

---

① 网络用语。

第二章 《水浒传》同人作品改编

网络媒介的出现极大地推动了《水浒传》的传播，激发了广大网友的积极主动性。《水浒传》成为网络小说创作的文化宝库，网络写手不断从中汲取灵感，创作出一系列网络同人小说。传统的印刷文化中，《水浒传》的传播是单向、直线型的，接受者只能被动地接受权威的学术观点，缺少及时的反馈。根据接受美学理论，文本的意义只有通过读者的接受活动才能得以实现。"一部文学作品的历史生命如果没有接受者的积极参与是不可思议的。因为只有通过读者的传递过程，作品才进入一种连续性变化的经验视野。在阅读过程中，永远不停地发生着从简单接受到批评性的理解，从被动接受到主动接受，从认识的审美标准到超越以往的新的生产的转换。"[①]在多向互动传播时代，网民对文本的"召唤结构"进行个性化的解读，从草根的视角进行狂欢的戏仿和大胆的解构，在虚拟世界中享受想象的狂欢。这个积极主动的创作与传播过程消解了传统的学术权威，改变了水浒世界的面貌，有效地扩大了经典的传播范围，为文学经典在当代社会的传播接受带来了新的机遇和挑战。

---

① ［德］A.R.姚斯，［美］R.C.霍拉勃.接受美学与接受理论［M］.周宁，金元浦，译.沈阳：辽宁人民出版社，1987：24.

第一节 网络文学中水浒英雄形象的嬗变

互联网技术是伴随着西方社会后现代主义思潮兴起而发展壮大的，九十年代网络文学借助发达的网络传播技术而异军突起。处于社会转型期的网络文学呈现出的游戏化写作倾向、对宏大叙事的解构、平面化的表达的特征，在文化逻辑层面契合了后现代主义的怀疑精神与反叛态度。"网络及其文学中凝聚着解不开的后现代情结——后现代话语的知识态度、边缘姿态、平面化理念等，影响了网络文学的精神建构，而网络的思维范式和话语模式犹如复调音乐中的'卡农变调'般响彻后现代主义的思想旋律，蕴藏着后现代文化的逻辑内涵。"①

詹姆逊在对后现代主义构成元素的论述中指出："一、后现代文化给人一种缺乏深度的全新感觉，这种'无深度感'不但能在当前社会以'形象'（image）及'摹拟体'（simulacrum，或译作'类象'）为主导的新文化形式中经验到，甚至可以在当代'理论'的论述本身里找到。二、故此，后现代给人一种愈趋浅薄微弱的历史感，一方面我们跟公众'历史'之间的关系越来越少，而另一方面，我们个人对'时间'的体验也因历史感的消褪而有所变化。"② 网络文学具有鲜明的后现代主义的精神品格，文学生产以狂欢化的形式解构了艺术的崇高性，以平面化的言说来削平深度模式，以共时性的虚拟世界打碎了时间的线性逻辑，整体上呈现出从崇高到低俗，从原创到复制，从严肃到虚无的特征。

网络文学以戏仿的方式重新演绎古典名著，消弭了高雅文学与大众文化的界限，体现出解构一切、颠覆传统的文化批评精神。以《水浒传》为例，改编之作层出不穷，如《乱弹水浒》《水浒日记》《水浒十一年》《李逵日记》《扈三娘们传》《孙二娘日记》《宋江日记——及时雨的"飞升"传奇》《宋江日记——我的处事心经与管理心法》《流氓的歌舞》《Q版梁山好

---

① 欧阳友权.网络文学的后现代文化情结［J］.文艺理论与批评，2003（2）：38—43.

② ［美］詹明信.晚期资本主义的文化逻辑：詹明信批评理论文选［M］.陈清侨，严锋，等译.北京：生活·读书·新知三联书店，1997：433.

汉》《缺钙水浒》等作品，以其嬉笑怒骂的幽默表达、古今交融的传奇笔法、刻意夸张的艺术形象凸显了网络时代"去经典化"的解构特质，因其鲜活生动的时代气息受到读者的热烈追捧。改编作品将高高在上的英雄还原为充满烟火气息的平凡小人物，同时大大丰富了某些边缘化的人物形象，对于被妖魔化的女性形象也进行了新的解读。

一、英雄形象的世俗化

《水浒传》中英雄形象的智慧、勇敢、无私、崇高等优秀品质，满足了读者的英雄崇拜情结，对后世影响深远。"文学艺术里的正面人物和英雄形象不但体现了一定的社会理想，还体现一定的道德信仰和行为规范，而且还往往表现一定的时代精神乃至民族精神。因而这样的人物形象也往往成为人们心目中的偶像和楷模，具有巨大的精神影响力和精神凝聚力。"[1] 当下社会中，消费文化大行其道，英雄已经失去了原来的神圣光芒，被随意涂抹上了世俗色彩。改编作品着力渲染的是人物的本能欲望，特别是情欲和权欲。

《水浒传》最为人诟病的是对于女性的歧视，梁山好汉似乎都有重度的"女性嫌恶症"，个个打熬筋骨，对于女色弃之如敝屣。按照弗洛伊德的精神分析理论，力比多存在于人格中的本我，是内在的根本驱动力量，包含着食欲、性欲等生存本能。这些心理能量，需要及时得到疏导和满足。出于生存的欲望，这些处于社会边缘的群体不得不上梁山，落草为寇。而身体欲望也是一个无法回避的话题。二十世纪三十年代，施蛰存就曾用精神分析手法重新演绎了石秀的故事，石秀暗恋巧云，爱而不得起了杀心，在巧云被虐杀的痛苦中满足自己变态的情欲。施蛰存的小说《石秀》是比较严谨地遵循原著的情节逻辑来描写人物的心理变化历程的，将不近女色的英雄改写为性格阴暗的施虐狂，表面上看新奇大胆，从心理逻辑层面看还是合情合理的。

---

① 张炯.论文学的思想倾向性［J］.文学评论，2015（2）：5-12.

相比之下，网络改编作品则更为大胆张扬地释放了人性的欲望，大加渲染梁山好汉们各种隐秘的世俗欲望，英雄好汉被矮化为好色的凡夫俗子，在美色诱惑面前个个被打出原形。高衙内在《大宋早报·娱乐周末版》上发表文章，通过列举大量事实，从逻辑学分析到性心理，从婚姻制度说到恋爱周期，最后得出一个惊人的结论：梁山的男人全是基佬（除了王英）！作者还号召男科专家来梁山义诊，动员社会力量帮助他们。这是用新的人性眼光来透视古代英雄，他们的不近女色是不正常的，像王英那样被英雄所不齿的好色之徒才是正常的，压抑欲望会导致变态的人格，而放纵欲望才符合人类的本性。

在《孙二娘日记》中，武松与潘金莲相互爱慕，决定私奔。在这里，没有任何道德伦理的制约，人物都是受自身的欲望所支配。原来的那场惊天动地的毒杀亲夫的案子已经改写为一场风花雪月的浪漫爱情故事。每个人都找到了幸福的归宿，武大郎虽然失去了貌美的妻子，但在多年暗恋他的茶水店老板娘王婆的帮助下，恢复了平静的生活。最后武大怕丢人，只好编了个谎言说武大被西门庆所伤，武松为兄报仇，把西门庆给狠狠咬了一口，最后因为西门庆感染狂犬病毒，所以武松被判有期徒刑三天，剥夺咬人权利终身。原著中的正义感已经荡然无存，故事变得支离破碎，荒诞不经。

《李逵日记》中，弟兄们本来懒散成性，对于打劫并不积极，自从玉如意委身风尘后，大家立刻找到了奋斗目标，个个兴奋地大白天就敢去闹市抢劫。宋江等一众头领都是翠红楼的常客，月结算账，从不拖欠。朱武装作正人君子不去翠红楼，平时脸憋得铁青，只好偷看春宫图解闷。宋江与义妹扈三娘的关系变得暧昧不清，扈三娘成亲六个月就生了个大胖小子，李逵嘴上不敢说，心里觉得孩子长得像宋大哥。最后就连李逵也动了凡心，要娶妻成家。

所有的英雄好汉都难逃情网的束缚，鲁智深并非是单纯的出于道义而救落难女子，只是他长相丑陋，遭到女子的礼貌拒绝。好男人林冲在擒到扈三娘时，也心急难耐，做好了成亲的准备，只是宋江作梗，才没有成就好事。后来，他与孙二娘厮混在一起，两个人在一起玩"S/M"游戏，因为闹的动静太大惊动了梁山。史进身上的九纹龙其实是为了纪念自己的九次失恋。

　　除了情欲的张扬之外，梁山好汉们都在不遗余力地追逐权力。人物被异化为名利场上的权力符号，失去了对道德正义的坚持。大家都挤破了脑袋要当官，虽然平时大骂当官的都是王八蛋，一旦有当王八蛋的机会，谁也不肯错过。大家都为了职务晋升而不择手段，晁天王生病了，下属们蜂拥而至，门槛都被踏破了，后来听说是中了毒箭，性命难保，立马都没影了。晁天王刚咽气，大家不忙着料理天王的后事，就吵吵嚷嚷地推举宋大哥坐头把交椅，临走时都不约而同地带走了自己的礼物。梁山好汉不是像读者想象的那样，整天大碗喝酒，大块吃肉，过得潇洒快活，当头领要左右逢源，谨慎小心，要记住领导的大小节日，到时都要意思一下。过年过节，更要好好表现一下。到过年的时候，大家都绞尽脑汁忙着给宋大哥送礼，吴用抱着一个欧洲进口的马桶，林冲则是带着着一箱 555 香烟，阮氏兄弟三个则是拿着一大麻袋酸枣儿和春药，时迁带了双皮鞋，宋万送了一身西服，童威和童猛则是给宋江请了一个俄罗斯小姐，柴进拿着一大套年终合订本的《花花公子》，鲁智深送了一小瓶"我爱一条柴"，王英夫妇送了一个可以偷窥和照相的新款手机，还有的送"会忍肾宝"，五花八门的啥都有，都快能开杂货铺子了。在改编作品中，人物不过是在不可遏制的欲望驱使下的符号而已，永远追求着难以餍足的人生目标，在替天行道这个精美的幌子之下，包裹的是虚伪懦弱的人性。

二、边缘人物的再创造

　　金圣叹曾评价《水浒传》，"叙一百八人，人有其性情，人有其气质，人有其形状，人有其声口"。[①] 其中的主要人物形象如武松、李逵、鲁智深，确实形象生动，令人过目不忘，然而也有相当一部分人物形象比较模糊，缺乏个性。例如，地魁星神机军师朱武被笼罩在智多星吴用的光环之下，人物形象比较单薄。在《李逵日记》中，朱武成为一个洞明世事的聪

---

① （清）金圣叹.金圣叹评改　水浒上·序［M］.武汉：华中理工大学出版社，1998：2.

明人，正因为他能看穿政治权谋的把戏，他才不受领导的重视。朱武大智若愚，在领导面前总是一副憨样，表态时从来是双手赞同，发言时总是高呼领导英明，提意见也都是领导注意身体之类的话。朱武告诉李逵，陪领导干十件好事不如陪他干一件坏事关系来的铁。他还编了个顺口溜，说什么陪领导工作受累，不如陪他闲扯开会，陪他闲扯开会，不如陪他尽情一醉，陪他尽情一醉，不如陪他贪污受贿，陪他贪污受贿，不如陪他一女同睡。朱武知道领导不喜欢他这样的聪明人，所以他就采取韬光养晦的方式收敛锋芒，处事低调，其实他比吴用更有智慧，比宋江更有心机。正是有了朱武的冷眼旁观，犀利点评，李逵才会洞悉官场的升迁秘诀。朱武作为小人物的生存智慧显然是现代生活职场心术的投射，只有认清形势，化解危机，才能在职场立于不败之地。

晁盖在原著中也是处于比较尴尬的地位，一般认为，晁盖权术不敌宋江，未死之前已被宋江架空。各路英雄好汉如百川归海般仰慕宋江，山寨的事务都是由宋江安排指定，晁盖只是空有大哥的名分而已。金圣叹就认为，宋江"能以权术软禁晁盖"，宋江自从上山后，就安插心腹，暗压众人，明欺晁盖，显得咄咄逼人。而晁盖临终留下的遗嘱似乎又是专门给宋江留下的难题。关于晁盖与宋江的关系，在原作中努力表现的是两个人生死与共的兄弟之情，这些矛盾之处值得进一步探索。① 网络改编作品用权谋文化的视角来重塑晁盖的形象，晁盖和宋江表面上看是生死之交，骨肉兄弟，骨子里却是水火不容，钩心斗角。扈三娘生了大胖小子，晁盖和宋江因为鸡毛蒜皮的事情吵了起来，晁盖说孩子像爸爸，宋江说孩子像妈妈，刚刚吵得脸红脖子粗，喝了酒之后，两人又像亲兄弟一样，手拉手痛说革命家史，晁天王说生辰纲的事情，多亏贤弟及时通风报信，宋大哥说在江州，多谢老哥的救命之恩。两个人在背后天天骂对方的八辈祖宗，见了面照样称兄道弟，把酒言欢。晁盖的死成为山寨不可言说的秘密，晁盖计划去打曾头市，本来宋江和晁盖要礼让三次，结果只让了一次，宋江就沉默不语，晁盖只好亲自出马。在与敌对阵时，晁天王的战马不知被谁捅了一

---

① 张国风.小说中的百味人生［M］.北京：商务印书馆，2012：11—20.

刀，一马当先冲出阵去，不小心中了毒箭，而当他病重时，安道全磨蹭了半天才来看病，晁盖有气无力地说快救我，可是周围的人都置若罔闻，晁盖死后眼睛瞪得大大的，眼里全是愤恨。而宋大哥一边卖力表演，使劲干号，一边嘴边浮出一丝冷笑。原著中豪爽义气的晁盖形象被彻底解构，他不过是权术斗争的失败者，在心狠手辣的宋江面前败下阵来，枉费了性命。

此外，原著中的反面形象也得到了重新翻案。大反派高俅是皇帝的宠臣，是他阻挠招安，设计陷害，一手造成了梁山好汉们的人生悲剧。现在，人们更为全面地评价高俅，他身处逆境坚忍不拔，抓住机会逆转翻身。也许是对于中国足球恨铁不成钢的迫切渴望，高俅卓越非凡的球技得到新的认可，今何在调侃高俅为"世界足球之父"，高氏父子成立了最高足球俱乐部，在国内战胜了禁军队之后，开始了世界性的足球征战，在世界各地，所向披靡。唯独在日本比赛时，中了国王武大一郎的圈套，回国后作为卖国贼被就地正法。为了纪念高俅为世界足球运动做出的卓越贡献，他被追认为"人类足球之父"，每到他的殉难日，各国下半旗致哀。而原来一块皮子缝合的足球，改为碎块缝合，以纪念高俅被砍碎的脑袋。在这个为高俅翻案的故事中，折射出现代社会对中国足球的焦虑，对日本的民族主义情绪，以及阿Q式的"老子当年比你阔多了"的精神胜利法的自我安慰。

在《流氓的歌舞》中，高衙内成为一位多愁善感的文艺青年，他在八十岁写的《墓中回忆录》充满着炽热滚烫的情话，"我知道，她的微笑是我最后的防线，那个名字承载着我生命中最多的重量，让我一生中所有其他的遭遇都相形见绌黯然失色。"他对林娘子一见钟情，想尽千方百计讨其欢心，他的痴情感染了众位街坊，大家都说高衙内有情有义，指责林冲狼心狗肺，林娘子心如铁石，应该让有情人终成眷属。满城的舆论居然都站在了高衙内这一边。

三、女性形象的个性化

《水浒传》中的梁山好汉们信奉着"红颜祸水"的教条，毫不掩饰对于女性的鄙夷和厌恶，对于触犯道德禁律的女性痛下杀手。女性形象或者是失去女性魅力的男性化角色，如孙二娘、顾大嫂，或者是不守妇道的恶魔淫妇,如潘金莲、潘巧云、贾氏、阎婆惜等。这些女性角色笼罩在男权社会的阴影之下,她们只是一个被观看的客体,没有自己的行动能力,更没有资格发出自己的声音。女性真实的痛苦和无奈在男性的视角下完全被遮蔽。改编作品中对于原著中概念化、妖魔化与男性化的女性角色进行了全新的塑造,重新彰显在男性世界中被忽略的女性情感与女性欲望。

扈三娘是一位"雾鬓云鬟娇女将",飒爽英姿,光彩照人。可惜在原作中她是一个哑美人,全家不幸灭门,又无奈嫁给一个"形貌峥嵘性粗鲁"的好色之徒,面对这么惨烈的人生,她却没有任何的反应,一直沉默不语。在男权文化中,女性在社会化过程中被诱导为社会所认可的第二性的角色,她们是沉默的群体,失去了表达意见的权利。在程善之的《残水浒》中,扈三娘在得知真相后,愤而杀死李逵,为家人报仇。《水浒十一年》对于原著的空白处进行了大胆的想象与合理的虚构,丰富了人物的心理活动,重新塑造了一个忍辱负重、心如死灰的扈三娘形象。扈三娘在生命中一直都是处于被动附庸的地位,她的婚姻不过是家族之间博弈的砝码。在战斗失利后,宋江觊觎扈三娘的美色,在心事被李逵戳穿后,又将扈三娘许配给矮脚虎王英,以拉拢人心。含垢忍辱的扈三娘与林冲产生了惺惺相惜之情,却有缘无分。忍辱负重换来的依然是忍辱负重,这是小人物无法摆脱的宿命。三娘复仇无望,心如死灰,只能任由命运的孤舟在波谲云诡的江湖中随波逐流。

母夜叉孙二娘是一个被男性世界所同化的女性形象。在电视剧新版《水浒传》中,着重加强了孙二娘与张青的感情戏,孙二娘的形象变得更加柔情细腻,而人肉包子也只是江湖传言而已。《孙二娘日记》以私语的方式讲述了美女作家孙二娘的情感体验,每天过着舞刀弄棒的日子,她的内心却很文艺。她开通了 Blog,取了一个自己喜欢的名字"少女的心"。孙二娘的初恋情人是史进,老公是张青,而她暗恋的对象则是武松。武松为她取了笔名"忧郁的花朵",孙二娘经常在《梁山早报》上发表文章,成为知名女作家。

林娘子是《水浒传》中少有的正面女性形象,她是男权社会无辜的牺牲品。在网络改编作品中,林娘子不再仅仅是简单化的贞妇形象,她柔情似水,具有巨大的人格魅力,三年的时间让林冲改掉了暴躁的坏脾气,成为温文尔雅的君子。受辱之后，她忍气吞声，规劝林冲不要冲动鲁莽。在突如其来的灾祸面前，她异常冷静地选择以自杀的方式捍卫自己的爱情。这段有始无终的美好情感，丰富了原作中的叙事空白，让原本模糊的人物形象变得个性鲜明。

《水浒传》中知名度最高的女子非潘金莲莫属。二十世纪，欧阳予倩的话剧《潘金莲》，魏明伦的荒诞派川剧《潘金莲》，香港作家李碧华的小说《潘金莲之前世今生》都对潘金莲的故事进行了重新演绎。他们从人性、女性的视角对潘金莲给予了更多的同情与理解，拂去男权社会泼来的污水，对男权话语进行了大胆的解构。改编作品一方面向内探索人性，继续沿用人性的观点来理解潘金莲的纠结痛苦，在《水浒十一年》中，以人物对白的方式再现了潘金莲的爱恨交织的情感世界，她因为对于武松的爱得不到回应，才报复性地接受了西门庆的追求。她在临终前向武松倾诉心曲，感慨伦理道德束缚了凡俗人生，压抑正常的人性，"贞节牌坊、伦理道德可以令那么多尘世中的凡夫俗子心惊胆战，包括打虎英雄，堂堂八尺男儿，竟不如一个弱女子敢爱敢恨！"武松无言以对。作品颠覆了武松杀嫂的合理性，武松的道德优越感在潘金莲出于女性立场的诘问下丧失殆尽，两人的地位戏剧性地颠倒过来，尽管潘金莲为了自己的欲望付出了生命的代价，美的毁灭带给人崇高的悲剧感，英雄内心的懦弱自私让人唏嘘不已。"将潘金莲与 12 世纪社会现实和 16 世纪叙事结构分隔开的意识形态间隙是历史的。她的不适来源于'现代'与'前现代'间被感知的分隔。潘金莲表现出了对她在历史中独特位置的感知，并且隐含地将早前的社会与叙事规范指为不仅与她的观点而且与历史的进程不相容。潘金莲标志着对赋予文学人物历史意识这种历史学对文学的使用的重估。"①

另一方面置换时代背景，用时空大挪移的方式将其演绎为一个时尚的网络爱情故事。宁财神的《在路上之金莲冲浪》描述了金莲被武大从河北农村带到大都市中，先后邂逅了帅哥西门庆、网络作家陈经济、从长沙来北京出差的应伯爵、自由撰稿人武松，在武松的精心指点下，连作文

---

① ［美］柏右铭.潘金莲故事的 20 世纪版［A］.朱栋霖，范培松主编.中国雅俗文化研究（第一辑）［C］.上海：上海三联书店，2007：193.

都不会写的金莲终于成功跻身网络十大才女之列。作品与原作已无多大关联，只是借助几个脍炙人口的名字来恶搞经典，用随心所欲的文字游戏来指涉当下的网恋现象，巧妙地戏谑当代的网络文学众生相，博得读者的会心一笑。

总之，网络文学对于经典人物形象的解构主要通过世俗化与现代化两种途径实现的。从内容上看，采用世俗化、平面化的眼光来审视人物，将原来崇高神圣的英雄进行调侃嘲讽，对现代生活中的各种假正经、伪崇高进行解构，在无厘头式的嬉笑中揭穿了现实可笑的真面目。英雄只是遥不可及的古老传说而已，在现代社会，人们已经不相信英雄，用现代世俗化的生存来想象古代的英雄故事。毕飞宇的《武松打虎》消解了武松在景阳冈打虎这一经典故事的存在性，故事只能存在于说书人的叙述中，而一旦说书人无法继续说下去，武松的故事便无以为继，这个英雄传说只是一个人们虚构的故事。从形式上看，将人物与现代时空进行对接，让人物说的都是现代时尚词汇，网络段子、流行歌曲、经典电影、名人名言等充斥其中，令读者眼花缭乱，产生了强烈的喜剧效果。叙事方式上也采用片段化、零碎化的方式打破了原来的全知全能视角和线性逻辑的叙事线索，以个体视角的叙事最为典型，如《李逵日记》《宋江日记》《孙二娘日记》等。

解构是对结构的系统性和逻各斯中心的对抗，网络文学以个人化的视点颠覆了历史的宏大叙事，以女性主义的思维来质疑男权中心文化，以欲望化的书写消解了英雄的崇高完美。网络作品将英雄从神坛打入世俗人间，这种狂欢化的艺术手段体现了大众文化时代个人思想的自由和对权威的反抗，是对神话模式的质疑，对人生价值意义的再思考，具有一定的价值追求。而当下的网络文学已经出现恶搞的倾向，如把武松描写为粗鄙的小人物，满口的黄段子，被宋江安排掏粪，身上散发出恶臭，让石秀唱大段的rap，就连王进的母亲也不掩饰对于成熟男人的欣赏。这已经超出了艺术审美的范围，过度的解构造成思想的复制和灵魂的虚无。"恶搞带来的恶果却是价值立场的混乱以及无价值的狂欢。过分恶搞的背后是无聊，过分的艺术翻新的背后是审美的疲乏。"①网络改编作品如果只能彻底解构传统，无法实现自我建构，丧失人文精神的底线，失去文学审美的追求，这样的解构风潮只能成为文坛上的过眼云烟。

第二节 《水浒传》网络改编作品中的戏仿现象

一、引言

文学经典的历史性和开放性为读者提供了丰富的阐释和想象空间。《水浒传》自问世以来就受到了众多读者的热烈欢迎，层出不断的续作可以看到其中隐含的权力机制和时代精神的影响。清末俞万春的《荡寇志》表现出"惩盗"的正统立场，抗战时期，张恨水借《水浒新传》演绎了水浒英雄抗击金兵的故事，以达到鼓舞民族精神、坚持抗战的目的。二十世纪四十年代解放区的新编历史剧《逼上梁山》与《三打祝家庄》显示了革命意识形态对民间文化资源的借用和改造。与早期改编作品对原作的接续、发展、修正、借用不同，当下网络时代的改编作品更多地采用戏仿的方式进行了重构式的书写，是在颠覆经典的彻底解构中进行的结构行为。

戏仿（Parody），又名戏拟，从词语的分析上看，"Parody 来自希腊语 parodia，paro 作为前缀，一方面有'near'伴随、附近之意，另一方面还有'counter'反面、对抗之意。从中文来看'戏'是对抗，'仿'是伴随。戏仿是二元对待的交往活动即源本（hypotext）与仿本（hypertext）的对话活动。"②戏仿即是对经典文本（源本）进行的调侃式的模仿，从而产生一种新的文本（仿本）。戏仿的盛行与当下网络技术的成熟运用有着密切的关联。在互联网时代，信息传播的公开化和全球化为普通民众创造了新的话

---

① 罗慧林.从戏仿到恶搞：娱乐泛滥时代文学的价值危机［J］.当代文坛,2007（4）: 21-24.

② 殷学明.戏仿：后现代文本生产的症候［J］.文艺评论，2012（5）：17-21.

语空间。网络的自由与开放消除了中心话语的权威性，个体可以充分地表达自己意见，宣泄内心的欲望。这种非中心化的边缘姿态使得人们在言说历史时开始质疑传统的宏大叙事，不再相信那些传奇的英雄故事。"关于过去的这种深度感消失了，我们只存在于现时，没有历史；历史只是一堆文本、档案，记录的是确已不存在的事件或时代，留下的只是一些纸、文件袋。"①网络文学追求的不是经典性，它放弃了深度和价值的质询，更关注的是当下和现实。不少网络作品采用戏仿手法重新演绎经典名著，将读者耳熟能详的场景故事进行现代性改写，把严肃的情节打造成了让人捧腹的喜剧性故事，把正义的英雄解构为世俗生活中的平凡人物，如此强烈的反差产生了一种光怪陆离的奇特效果。网络改编作品采用狂欢性的嬉闹与戏谑性的模仿颠覆了历史的书写，而在戏仿背后所贯穿的时代精神则修补了原著中人性缺失的破绽，人类欲望的发掘和宣泄显示了消费时代无处不在的游戏化的文化态度。

二、戏仿的分类

"文学的定义既是必然的重复，同时又是自我消化：作者可以通过一种新排列或是未曾有过的表达成为其话题的'所有者'，他避开低廉的抄袭者的外衣，穿着价昂的作者新装。"②戏仿是以游戏态度有意地效仿原有的文本，这种互文性的写作在模仿中进行创新，又在变化中不断地重复。网络小说中的戏仿主要有以下几种情况。

（一）对社会现实的戏仿

将英雄传奇故事与现代生活背景相拼贴，人物的名字未变，而情节、背景、线索都有了很大的变化。作品中的历史只是人物生活的空间，是故事的背景，历史背后的思想与蕴含的时代精神才是作家要表达的重点。在

---

① ［美］弗·杰姆逊.后现代主义与文化理论［M］.唐小兵，译.西安：陕西师范大学出版社，1987：187.

② ［法］蒂费纳·萨莫瓦约.互文性研究［M］.邵炜，译.天津：天津人民出版社，2003：60.

古今交融的喜剧故事背后，这里折射的是当下的社会弊病，渗透着作者对现实深沉的感喟与无奈。

1. 官场的虚伪

《李逵日记》中将重义轻利的梁山好汉们还原为世俗中人，李逵为了从堂级干部被提拔为厅级干部，煞费苦心，想尽办法巴结领导，给宋大哥送礼。他总结出送礼的三等境界，雪中送炭，锦上添花，适得其反。朱武提醒他，陪领导干十件好事不如陪他干一件坏事关系来的铁。作者影射的是现实中普遍的送礼现象，让耳熟能详的英雄好汉随口说出经典的网络段子，英雄的崇高感顿时消失，取而代之的是横扫一切的世俗之风。

《扈三娘们传》中，宋江选出的"梁山十杰"是平衡了各项关系精心打造的，原来的"十杰"无一上榜。新十杰包括：被改造好的地富反坏右分子——呼延灼，妇女运动的早期领导人——顾大嫂（女），封建家庭的叛逆者——柴进，警界楷模——雷横等，将现代的名词生搬硬套在古代人物上，张冠李戴产生的巨大反差让人啼笑皆非。

2. 现实的沉重

在《流氓的歌舞》中则讽刺了现实的堵车现象，汴梁城成为国际大都市之后产生了严重的交通拥堵现象，而林冲的父母就是在堵车的时候闲谈认识的，越聊越投机，等到堵车结束后，两人各抱着个孩子回家了。历史人物生活在富有现代感的生活场景下，会让读者产生一种"你懂得"的心有灵犀，拉近历史与生活的距离。夸张的讽刺笔调营造了强烈的喜剧氛围，于不动声色中写出了现实的人生百态。

3. 网络的虚妄

网络作品对于栖身其中的网络社会也大胆地进行调侃与嘲讽，网络写手参差不齐，他们为了走红不计代价。《在路上之金莲冲浪》中则一本正经地介绍了网络作家的成名捷径。刚开始语无伦次，文不对题不要紧，多写一些影视明星的杂文随笔，骂得越凶越有个性，攒够一定数量，就可以出文集，再找人写篇推荐信，这样就可以混成网络作家。作品将潘金莲置换在现代的网络社会，她纠结在虚幻与现实的爱情中，更迷失在了嘈杂与无序的网络文学之中。而武松也没有任何的英雄壮举，因为56K的接入速率黑电信账号未遂被关进了公安局，成为失足青年。作品在嘲讽现实中虚伪矫情的网络作家，也在感慨鱼龙混杂的网络世界。

（二）对文本语言的戏仿

网络小说为了达到语言陌生化和娱乐化的效果，就会不断创造出新的词汇，新的语言组合形式。对语言文本的戏仿主要有以下几种情况。

1. 对成语、熟语的戏仿

对成语的戏仿，如强暴民狗（仿拟"强暴民女"），沉迷狗色（戏仿"沉迷女色"）。对熟语句子的戏仿，如一个不幸男人背后，总有一个难缠的女人。（戏仿"一个成功男人的背后都有一个伟大的女人"。）女为悦己者整容，士为知己者装死。（多一字而面目全非）。

这种类型的戏仿非常之多，随处可以信手拈来。根据上下文语境，网络写手们灵感迸发，通过替换个别语素或词汇，利用网络语言的衍生性产生大批网络新词，造就新的经典段子，产生了强烈的幽默效果。

2. 对方言的戏仿

例如，"恁是说让宋江这个鳖孙归顺朝廷，去打方腊那个鳖孙？"赵佶高兴地说："中！中！中！恁是忠臣！恁这个主意——老美。"（《水浒十一年》）

在这里，一口地道河南方言的赵佶与人们印象中风雅高贵的皇帝形成了鲜明的反差。大概作者受到电影《手机》的启发，葛优扮演的严守一开玩笑说，搁在宋朝，从国家领导人宋徽宗到妓女李师师，上上下下都是说河南话。

3. 对革命话语的戏仿

轻佻幽默的语境中充斥着高尚的革命话语，产生了强烈的喜剧效果。如"公孙胜说他要研究一颗原子弹，所以大家伙儿都拿出去大炼了钢铁。""原子弹""大炼钢铁"等字眼使人联想到那个红旗招展的激情岁月。在古今交融的场景中，让读者产生时空错乱之感。

更有意思的是林冲与孙二娘在玩"S/M"游戏，当大家看到捆绑的孙二娘和拿着鞭子的林冲时，只有"黑旋风"李逵天真烂漫，当即对林冲发出了正义的怒吼："放下你的鞭子！"（《流氓的歌舞》）这里戏仿的是抗战期间盛行的街头剧《放下你的鞭子》。《放下你的鞭子》是革命时代的经典作品，在搞笑暧昧甚至有些色情的场景中随意植入这些革命符号，以恶作剧的方式来建构被剥离了意义的荒诞场面，消解了既定的革命范式和宏大话语。

4.对文学作品的戏仿

（1）对古代诗歌的戏仿。这是好色之徒王矮虎所做的妙文，"妻不在美，贤惠就行；妾不在德，会叫就成；官不在廉，少贪则名；人不在帅，有钱则灵。斯是梁山，惟吾德馨。美人床上横，娇喘如银铃，谈笑有流氓，往来无白丁。可以吹长萧，诵真经，无赌博之乱耳，无醉酒之劳形，济州翠红楼，山上聚义厅，矮虎云，何陋之有？"（《李逵日记》）这对脍炙人口的《陋室铭》的模仿，用平民的庸俗平凡来解构隐士的清高孤傲。

（2）对现代诗歌的戏仿。例如，"黑夜给了你黑色的眼睛，你却用它去混黑社会。""高尚是卑鄙者的通行证，卑鄙是高尚者的墓志铭。"这是在向朦胧诗派的顾城、北岛致敬，巧妙的翻转消解了诗歌的深邃意境与理想信念。

（3）对外国经典作品的戏仿。例如，"一会儿想碰一下辽国，一会儿箭一般地直冲向金国，宋徽宗赵佶叫喊着，就在他勇敢的叫喊声里，马政听出了欢乐。在这叫喊声里——充满着对燕云十六州的渴望！"作者在戏仿高尔基的名作《海燕》，借用海燕的自由翱翔来形容宋徽宗的雄心壮志，古今中外杂糅在一起。

（4）补丁拼贴式的戏仿。例如，小说中人物附庸风雅所做的诗歌，"明月几时有，黄河入海流，谁知盘中餐，春风吹又生。""心在山东身在吴，兰陵美酒郁金香。他年若能开飞机，敢笑拉登不丈夫。"这是不同诗句的混搭，成了非驴非马的四不像，产生了黑色幽默的艺术效果。

（三）对大众流行文化的戏仿

在商品经济发展的时代背景下，日益发达的大众传媒成为文化传播发展的载体，流行文化以崭新的姿态登上历史舞台，成为裹挟一切的时代潮流。它弥漫在生活的各个角落，也在改变着人们的生活模式。小说文本将流行文化现象穿插其中，打乱时空对古典名著乱弹一气，产生了古今交融的奇特叙事效果，其中暗含着对历史、人性、真实的新的理解。

1.对歌曲戏剧的戏仿

在网络作品中，流行歌曲、曲艺戏剧的改编极为常见。在宋江的流亡之路上响起的背景音乐异常耳熟，"死了只能挨！不挨上一刀不痛快！脑袋没掉心不在！成了别人下酒菜……"(《水浒十一年》)武松的故事被改编成山东快板，到处流传，而现在武松也成为快板的表演者，说着自己为主人公的快板，"当里个当，当里个当，闲言碎语不要讲，听我表表山东的打虎英雄武二郎！"(《孙二娘日记》)就连风流皇帝赵佶也和戏剧结下了不解之缘，金兵攻破都城后，他就像曲调《卷席筒》里起解的小仓娃那样，凄惨地唱道："赵佶我离了——东京大殿，一路上我受尽饥饿熬煎，众金兵好比那牛头马面，他和我一说话就把那脸翻——"让古人唱现代歌曲戏剧，以现代化的生活细节充实古代人物，加强了现实的讽刺效果。

2. 对经典电影的戏仿

在电影的光阴缤纷中，构造了一个个世俗神话，让观众产生了真实的幻觉。网络小说采用不同的手段来向经典电影致敬，无论是人物台词，还是电影名字，随意拈来，挥洒自如。例如，《水浒十一年》中，童贯修新延福宫的大段独白，模仿的是电影《大腕》的台词："一定得选最好的黄金地段，雇最好的设计师，建就得建最高档次的宫殿，假山直接入户，水池子最小也得四百平米。……皇帝佬一进门儿，甭管有事儿没事儿都得冲他说万岁万岁万万岁，一口地道的东京腔，一点东京郊区的口音也不能有，让皇帝佬倍儿有面子。"

《流氓的歌舞》中提到林冲父母因堵车而结缘，有好事者就以他们俩为原型，拍了一部电视连续剧，叫《东京爱情故事》。后来这部剧风靡全国。这里复制的是九十年代风靡一时的流行日剧《东京爱情故事》的名字，虽然名字相同，但此东京非彼东京，让读者产生驴唇不对马嘴的戏谑感。而习以为常的堵车让人头疼不已，居然还产生了一出风花雪月的浪漫故事，匪夷所思的故事让读者眼花缭乱，啼笑皆非。

网络小说还把梁山的招安看作是一场由宋江精心导演的三部曲。"黑客帝国"是一部以招安为主题的大片，总导演宋江分三部曲完成。"血统"是第一部，第二部"重装上阵"，第三部，"需要不断兼并"。宋江拿着喇叭冲片场所有工作人员喊："准备，五！四！三！二！一！Action！"招安大业是宋江费尽心机才完成的宏大目标，现在不过是一出自导自演的三部曲大片而已。招安的意义在喇叭的喧闹声中被消解，变成了一场"白日梦"。

3. 对新闻综艺等电视节目的戏仿

在网络时代，传媒产业正在异军突起，影响深远。新闻联播、各类综艺节目、电视广告等都成为网络小说戏仿的对象。"在赵佶观看的新闻联播里，公元1120年的主要内容是：为节省人力物力，大力发展物质文明建设，正月，国家皇帝赵佶提出罢道学的方针政策。将儒道合一，这一举措受到了人民群众的强烈拥护和深切爱戴。"这是对新闻联播的心照不宣的模仿，新闻的套路可以套用在任何时代任何事件之中，毫无违和感。其中的反讽意味不言自明。

综艺节目的桥段也随处可见，菜园子张青对人质说，"胶布有好几种，你现在有三个答案可以选择，注意，如果自己不能确定可以打求救电话，或者在座的观众也可以替你回答，但机会只有一次，你要好好把握。"让古人说出时髦的现代话语，嘲讽一切的戏谑精神跃然纸上。网络小说对于脍炙人口的广告也是情有独钟。"宋江行侠仗义，地球人都知道哦……"（《缺钙水浒》）铺天盖地的广告也蔓延到了水浒的英雄世界，令读者不禁莞尔一笑。

4. 春晚的戏仿

每年的春晚都是万众瞩目的焦点，也成为大家吐槽的热点。梁山集团人才济济，表演个山寨春晚，自然不在话下。节目单如下：阮氏三兄弟演唱了一曲原生态味道十足的《渔家傲》；杜迁、宋万这对老搭档合说的对口相声《我是黑社会》，公孙胜现场的魔术表演；压轴的，是朱贵和刘唐表演的小品《黑店》。这是根据梁山好汉的特长与职业安排的节目单，令人捧腹。（《水浒十一年》）赵本山的经典作品《卖拐》成为网络小说戏仿的热点。"经常被忽悠的老百姓，太需要一个真正的防忽悠热线了：有人卖拐请按1；卖车请按2；卖高价船票请直接按110。"（《水浒十一年》）

5. 对网络游戏的戏仿

例如，宋江在公元1117年的经历为背景的RPG角色扮演游戏，第一关清风山被俘，第二关揭阳岭酒店，第三关揭阳镇遇到穆家兄弟，第四关浔阳江上遭劫，第五关江州因反诗被抓。（《水浒十一年》）这是以网络游戏来戏仿宋江当年的惊魂之旅，尽管每个关口都是危险重重，只要宋江亮出自己的名号，就能够化险为夷。人生如戏，宋江的传奇人生也不过是人生的一场游戏而已。

三、戏仿的特征

网络文学具有鲜明的后现代主义的精神品格。文学生产以欲望化的书写解构了艺术的崇高性，以平面化的言说削平了深度模式，以共时性的虚拟世界打碎了时间的线性逻辑，整体上呈现出从崇高到低俗，从原创到戏仿，从严肃到虚无的特征。费瑟斯通这样解释后现代主义，"艺术与日常生活之间的界限被消解了，高雅文化与大众文化之间层次分明的差异消弭了；人们沉溺于折中主义与符码混合之繁杂风格之中；赝品、东拼西凑的大杂烩、反讽、戏谑充斥于市，对文化表面的'无深度'感到欢欣鼓舞；艺术生产者的原创性特征衰微了；还有，仅存的一个假设：艺术不过是重复。"① 不过，戏仿并非是一种简单低劣、毫无创新的机械性复制，它是有针对性地寻找、挖掘、放大文本中的空白和破绽，使得原典在人们的记忆中复活更生，其中灌输的时代精神，拉开了原本与仿本的距离。戏仿在解构中实现了结构，不动声色地对原典进行了改造与重写，它以游戏娱乐的姿态将传统僵化的知识生产体系踩在脚下，宣泄内心的焦虑不满，满足了自我表现欲，人们的审美意识得以重塑，实现了文学的广场化狂欢。

（一）狂欢化的渎圣姿态

巴赫金在分析拉伯雷的创作时，阐发了欧洲中世纪的狂欢节文化对文学的影响。民间狂欢的节庆仪式与网络的大众狂欢有诸多相通之处，只是后者又被涂抹上后现代主义的油彩，变得斑驳陆离。互联网的匿名性、虚拟性、开放性为全民参与网络狂欢提供了平台，每个人都是独立平等的，可以平等地进行交流，这样打破了精英文化对话语权力的垄断。狂欢是对既定成规的放弃与挑战，打破了一切官方秩序的束缚，纵情玩乐，放荡不羁，充满对一切神圣事物的不恭和嘲笑，正如巴赫金所说的"以丑角弄人身份亵渎神灵"。哈桑指出，狂欢"这个词还传达了后现代主义喜剧式的甚

---

① ［英］迈克·费瑟斯通.消费文化与后现代主义［M］.刘精明，译.南京：译林出版社，2000：11.

至荒诞的精神气质，而在斯泰恩、拉伯雷和滑稽的前后现代主义者那里已有所预示。狂欢在更深一层意味着'一符多音'——语言的离心力、事物欢悦的相互依存性、透视和行为、参与生活的狂乱，笑的内在性。的确，巴赫金所称作的小说与狂欢——即反系统，可能就是指后现代主义本身，至少指其游戏的颠覆的、包孕着更生的要素。"①

　　网络文学采取的是底层视角和平民姿态，向一切神圣高贵的事物发起挑战，将圣洁的文学粗暴地"脱冕"，以娱乐化的手法消解严肃的主题和权威的地位。写手们采用插科打诨、拼贴复制、耍贫嘴、装正经、无厘头、粗鄙化、怪诞夸张等手法来颠覆崇高，消解神圣，在偶像坍塌的瞬间享受着宣泄的快感。在网络作品中，一切都被颠倒，"把一切高级的、精神性的、理想的和抽象的东西转移到整个不可分割的物质—肉体层面、大地和身体的层面。"②这种"降格"手法使得正反颠倒，上下颠倒，乾坤倒转，充满着更新的激情和对权力的挑战。在《梦回水泊梁山》中，国际通缉犯姚成功穿越到宋朝成为武大郎，借助修仙法门和现代科技知识，很快就结交了众多兄弟，成功坐上了梁山的第一把交椅。在享受权力满足的快感中，姚成功还享尽齐人之福，妻子潘金莲温柔贤惠，名妓李师师甘心为妾，女将祝英对他死心塌地。原作中替天行道的正义追求被现实中的世俗享乐所取代，姚成功（"要成功"的谐音）的遭遇是现代社会人们内心隐秘愿望的投射与放大，梁山泊成了利欲熏心的名利场，湮灭理想的修罗地。

（二）讽刺性的艺术追求

　　改编之作中，古代英雄们使用的语言都是翻新后的名言警句、诗词歌赋、歌词电影等，在喋喋不休的唠叨中杂糅着方言俚语、英文网语、流行词汇、网络段子等，机智俏皮的语言是对原典的枯燥、庄重、死板的反讽，消解了源本对永恒性和经典性的追求。英雄们响当当的名号在现代化的语

---

　　① ［美］伊布哈·哈桑.后现代景观中的多元论［A］.王岳川，尚水.后现代主义文化与美学［C］.北京：北京大学出版社，1992：129.

　　② ［苏］巴赫金.拉伯雷研究［M］.李兆林，译.石家庄：河北教育出版社，1998：24.

境中名声扫地，揭开了人性中的懦弱自私，自然产生了喜剧性的反讽效果。正如研究者所说："当我们在自己的讲话里重复我们交谈者的一些话时，仅仅由于换了说话的人，不可避免地定要引起语调的变化：'他人'的话经我们的嘴说出来，听起来总像是异体物，时常带着讥刺、夸张、挖苦的语调。"人们会制造少见的句子或不被允许的句子，"意图只在于重复出交谈者的一小段话，并赋予它讽刺的语调。"①《水浒传》中的兄弟义气是何等的豪情万丈，替天行道是如此地激荡人心，在改编作品中，兄弟义气不过是骗人的把戏，很多好汉是被义气"骗"上山来的，替天行道也只是个幌子而已，骨子里追求的还是银子和女人。

《李逵日记》被称为"厅级干部李逵官场笔记"，小说将梁山泊描写为尔虞我诈的官场，以憨厚单纯的李逵由堂级干部升迁为厅级干部的过程为主线，讽刺了官僚体制下的人物的虚伪无聊，暴露了官场的污浊黑暗和对人性的挤压扭曲。按照艾布拉姆斯的《欧美文学术语辞典》中对反讽的分类，反讽可以分为以下几种：

1. 苏格拉底式反讽

通过穷追不舍的追问来揭示事情真相，显示对方观点的荒谬。李逵找宋江想要讨个官做，宋江一再追问李逵，"你会扯淡吗？你会吹牛逼吗？你会睁着眼说瞎话吗？"李逵并不知道，官不是想当就能当的，扯淡、吹牛、说瞎话都是当官的基本功。一连串的滑稽问题切中官僚主义的要害，揭开了官场虚伪的面纱。

2. 戏剧反讽

作者和读者洞悉真相而某些人物不明就里。宋江密令李逵在第一把交椅上安了钉子，在众人吵吵嚷嚷要宋江当大哥时，宋江死活不肯。李逵悄悄地把钉子砸平，请宋江坐下。大家都不明白为什么宋江刚才不肯坐，而现在又主动坐下。其他人都蒙在鼓里，李逵故意笑而不答。原本一件微不足道的小事，却成为梁山悬而未决的秘密。除了读者、当事人知道这件事情外，其余的人都被蒙在鼓里。

---

① 转引自［俄］巴赫金.陀思妥耶夫斯基诗学问题［M］.白春仁，顾亚铃，译.北京：生活·读书·新知三联书店，1988：267.

3. 宇宙反讽

主人公有着宏大的理想，最后被命运捉弄。刘彦原本是高中科举的读书人，他不愿意做贪官污吏，仰慕梁山好汉"替天行道"的理想，来到梁山当了一名小兵。后来却发现，替天行道只是扯淡而已，这里不过是群普通的强盗而已，都盼着能被朝廷招安戴顶乌纱帽。刘彦是位怀着崇高理想的知识分子，而在现实中他的理想四处碰壁，明明真心拯救百姓最后却众叛亲离，愤然离世。理想和现实俨然是云泥之别，让人产生了巨大的心理落差。

4. 浪漫反讽

先建立浪漫的幻想，通过操纵人物再打破这种幻想。《流氓的歌舞》中，作者介绍高衙内的房间里挂着一副对联，"曾因酒醉鞭名马，生怕情多累美人。"紧接着，作者笔锋一转，说写到这里的时候，老婆非常不满，说他开始胡编，因为这是郁达夫的句子。这种类似元小说的写法，作者突然跳出来进行解释说明，揭示了文学的虚构本质。一切故事都是作者虚构的，仿本如此，源本也未必就是真实的。

（三）陌生化的审美体验

从读者的角度看，"人情好奇而厌常"，程式化的人物情节与习惯性的思维方式容易让人们失去新鲜感，采用陌生化手法对既定文本进行改造加工，可以打破前在的思维定势，使欣赏者耳目一新，从而延长愉悦的审美感受，增强审美效果。"艺术的手法是将事物'奇异化'的手法，是把形式艰深化，从而增加感受的难度和时间的手法，因为在艺术中感受过程本身就是目的，应该使之延长。艺术是对事物的制作进行体验的一种方式，而已制成之物在艺术之中并不重要。"①阅读者对于水浒故事烂熟于胸，改造后的水浒故事通过熟悉的人物情节等种种暗示，唤醒了读者的阅读记忆，契合了既往的审美经验，同时，作品通过变形、反常、夸张、扭曲、拼贴、大话等陌生化手法，拉开了与原典的距离，增加了人们理解的难度，造成读者待指向的受挫，使读者在遇挫与开释的交替循环中，获得鲜活生动的

---

① ［苏］维·什克洛夫斯基.散文理论［M］.刘宗次，译.南昌：百花洲文艺出版社，1994：10.

阅读感受。在这里，"前在性"与"陌生化"构成了相互矛盾又相互依存的悖论关系："前在性"构成了"陌生化"的基石，而"陌生化"又反过来不断地消解"前在性"，实现新的审美体验。牢固的阅读经验与求新的感官刺激构成了一种审美的张力，产生意义裂隙，填补叙事空白。在这些驰骋古今的翻新故事中，新旧不同叙事范式发生着冲撞、对抗、变形，读者在期待视野的不断延宕中收获着陌生新鲜的阅读体验。

陌生化效果的产生主要有以下几种方式：

第一，古代人物冠以现代名词。改编作品中，人物脱离了历史时空，成为游移不定又支离破碎的形象。语言与主体发生了分离，造成了能指的漂浮与所指的空洞。小说中，宋徽宗满口方言，一口一个鳖孙，武松打起了快板，石秀唱起了rap，高衙内唱起了酸溜溜的情歌，林冲每天追问自己"我是谁？我从哪里来？我要干什么？"人物语言与角色行动的剥离打破了读者对英雄人物的刻板化印象，剥去了偶像的金粉之后出现的是凡俗的人生，巨大的落差会让读者感到面目一新，产生强烈的阅读兴趣。

第二，经典故事进行现代包装。改编作品是在古代经典的基础上进行的自由虚构，对于经典情节进行了充满揶揄色彩的戏仿。以"武松打虎"为例，《缺钙水浒》中，武松先和老虎进行了友好的协商，劝老虎不要吃自己，否则会得高血压、高血脂，影响身体的曲线美。《孙二娘日记》中，武松说起了打虎故事的快板，到了紧要关头大卖关子，"一瞬间，一刹那，眼一睁，手一扎，冲老虎，一把抓，老虎一声'救命啊'，已然痛苦又惊讶，要问它是咋地啦，这次累了下次吧。"最后才解开打虎的真相，是他抓住了老虎的胸部。李冯的《我作为英雄武松的生活片段》让武松穿梭在现实与梦境之间，真实与幻觉已然混淆不清，似乎是"老虎的头就如棉花包一般不着力"才有了打虎的辉煌事迹，又似乎打虎的事情从未发生，只是一场梦而已。这个英雄传说只是一个人们虚构的故事。世上已无英雄，侠客之梦灰飞烟灭。

第三，人物角色加以现代演绎。改编作品对于原作进行了大刀阔斧的改造创新，花样翻新的故事让读者眼花缭乱，新奇不已。有的作品对于人物的改动不大，还是按照人物的性格发展逻辑和既定结局组织情节，对于其中的叙事空白则用现代性的眼光加以补充，使得人物性格更加完整。《李逵日记》中对于晁盖的死亡进行了新的解读，宋江采用很多花招来制造舆论，又密令心腹陷害晁盖，晁盖中毒后又拖延治疗，最终晁盖不治而亡。晁盖不再是原作中单纯豪爽的汉子，他在权力斗争中败给了心狠手辣的宋江，梁山上演了一场波诡云谲的"宫心计"。还有的作品对人物和场景进行了乾坤大挪移的改写，演绎一场风花雪月的网恋爱情故事。在宁财神的《在路上之金莲冲浪》中，潘金莲的感情在武大郎、西门庆、陈经济、应伯爵、武松中犹疑徘徊，在武松的帮助下，她成功跻身于网络十大才女之列。作品只是借助几个耳熟能详的名字来恶搞经典，用随心所欲的文字游戏巧妙地戏谑当代的网络文学众生相，让读者忍俊不禁。

（四）游戏性的写作态度

从网络写手的创作追求看，他们追求的并非是"经国之大业，不朽之盛事"，而是在消解了文学的载道功能之后，凸显个人的表达欲望和压抑情感的宣泄。对于写手来说，网络打破了主流文学的垄断权力，让每个网民都获得了话语权，可以畅快淋漓地表达自己的观点，形成了众声喧哗的文学景观。每个人都有可能参与到文学的写作、传播、接受等活动中来，文坛降低的门槛让很多的非专业写手获得了大展身手的舞台。这些写手们努力追求的是文学的趣味性，大有"语不惊人死不休"的势头。因《流氓的歌舞》而走红的网络作家稻壳认为，作品大受欢迎的"最简单的原因，就是因为里边还有一些幽默感吧。有人对我说，看这篇东西，从头笑到尾。我这个人比较随便，也比较喜欢开玩笑，所以写小说也不喜欢板起面孔来，小说首先应该具有娱乐性，必须让人看，至于说文字的背后要传达什么想法，有没有发人深省的思想内涵，这不能刻意为之。"[1]《李逵日记》的作者仓土也提到，"本想娱乐下自己，却意外开心了观众，"写作时"无牵无挂，信马由缰，指点人物全凭一己之好恶，酣畅于笔，痛快于心！"[2]

从写作手法上看，戏仿是一种语言的游戏艺术。语言中的能指与所指本是不可分割的两个层面，而在戏仿中，能指在千变万化的语言游戏中变成了空洞意符。人们在语言游戏中乐此不疲，又被话语所游戏、所支配。

---

① 稻壳.《流氓的歌舞》颠覆了自我［N］.中华读书报，2002-05-22（14）.

② 仓土.李逵日记（3）忠义千秋［M］.北京：九州出版社，2014：1.

其中对于语言规则和审美习惯进行了彻底的颠覆，使得美丑互变，真假难分，黑白颠倒，崇高矮化为低俗，低俗的趋势已经势不可挡。

首先，语言层面上，让古人说方言、俚语、歌词、网语、俗语、段子等现代词汇，产生一种强烈的喜剧效果。而在《缺钙水浒》中，由于加入WTO，就连老虎也掌握了外语，可以用人类语言与武松进行谈判。其次，叙事场景上，经常出现古代与现代时空的交错，时间的线性逻辑被碎片化的空间场景所取代。《流氓的歌舞》讲述的就是一个双重线索的故事，一条线索是林冲如何在鸡人之乱中立功，又是如何来到梁山，最后破解父亲遗嘱的过程，另一条线索是"我"作为一个现代人，过着庸俗无聊的生活，找不到人生的方向。最后，叙事方式上，复调叙事产生了众声喧哗的效果，《缺钙水浒》中，王进母子忽然说起了不流利的日式中文，王母对王进说，"八嘎！你的快点到后院看看咱们的车还有油的没有，有的话，咱们就悄悄地溜走，房钱的不付。"这段对话立刻引来观众的质疑，大家抗议把《水浒》拍成了东瀛剧。导演赶快出来澄清自己不是东瀛人，为了打入东瀛市场，才进行了大胆的改编。观众与导演的出场破坏了故事的真实性和完整性。

网络写手们都是带着玩票的性质进行即兴写作，以文字游戏来调侃生活，寻求自我满足。这种"狂欢广场式的自由自在的生活，充满了两重性的笑，充满了对一切神圣物的亵渎和歪曲，充满了不敬和猥亵，充满了同一切人一切事的随意不拘的交往。"① 人们在众声喧哗的热闹中宣泄着平时被压抑的情绪，用自在酣畅的笑声来表达对权威的蔑视，在对崇高的嘲笑中享受着破坏的快感。

网络作品固然具有标新立异的创新精神和颠覆传统的革命价值，在浩如烟海的作品中存在不少文字垃圾。部分浅薄之作只是为趣味而趣味，从文字中硬挤出笑料来吸引读者，为网民们奉献的是色泽诱人却毫无营养价值的文化快餐。这种娱乐性没有审美价值的支撑和文化精神的内涵，造成的快感也会稍纵即逝，来去匆匆。作品内容单薄缺乏回味，读者阅读时十

---

① ［苏］巴赫金.陀思妥耶夫斯基诗学问题［M］.白春仁，顾亚铃，译.上海：三联书店，1988：184.

分轻松，读后也不会有太多的思考。在《缺钙水浒》中，高俅问王进，"你就是教头小王吧？"王进回答："太尉啊，我叫王进，你可以叫我帅哥，也可以叫我俊男，叫我小王也行，但是请不要在小王后面加个吧字，听起来很像小王八啊。"里面的对话纯粹是相声式的耍贫嘴，毫无节制和底线地恶搞经典。

四、结语

"经典是各种权力聚集、争夺的力场，考察不同时代、不同民族的文学作品的经典化过程与解经典化过程，以及不同时代、不同民族的人对文学经典的接受方式与阅读态度，就不仅具有文学史的意义，而且也是勘测社会文化史的重要线索。"① 经典的确立与背后文化权力机制密切相关。《水浒传》由"海盗"的禁书被确立为文学经典，显示了知识者所代表的权威文化的话语权。当下社会，对于《水浒传》的去经典化的过程，呈现了市场经济背景下高雅文化式微、大众文化崛起的现象。

网络改编作品是在大众文化崛起的背景下对经典文本的再阐释和再解读，是后现代主义盛行的现代社会对传统的反抗和对崇高的解构。戏仿的使用打破了僵化的知识体系，形成了新的审美风格，在幽默机智的语言背后隐藏着反讽的锋芒，在嬉笑狂欢的热闹中掩盖着现代人的孤独与寂寞。不过，当下的戏仿有堕入恶搞的趋向，缺乏深度的平面化特征和对知识的简单复制是其先天的痼疾，商品社会的消费性更加深了其生产的泡沫化和审美的快餐性。

总之，戏仿之于审美转型的价值意义不可小觑，其美学特质和文化内涵值得进一步追问和探索。

---

① 陶东风 . 文学经典与文化权力（上）——文化研究视野中的文学经典问题［J］. 中国比较文学，2004（3）：72.

第三节 《水浒传》网络改编小说日记体的叙事特征

日记作为一种现代常见的文体，其特点是袒露自己的内心，排除外界读者的存在。根据朱自清的研究，中西方日记均是起源于编年体史书。① 中国古代文人虽有"吾日三省吾身"的自省习惯，出于矫饰心理，不敢正视人心人性的复杂。在清朝中后期出版了大量的文人日记，如号称"晚清四大日记"的《越缦堂日记》（李慈铭）、《翁同龢日记》（翁同龢）、《湘绮楼日记》（王闿运）、《缘督庐日记》（叶昌炽）。这些文人日记目的在于"记言"，隐藏真实的内心想法，塑造美好的自我道德形象。"古代日记往往轻于'文'而偏于'史'，重在'存掌故，资考证，备读史者之参稽'。"②

"五四"前后，在西方翻译文学的影响下，国内出现了日记体小说创作的高潮。女作家冰心、庐隐、冯沅君等人都喜欢采用日记体的形式来表现启蒙大潮中女性的独立与觉醒，痛苦与迷茫。现代文学史中出现了《狂人日记》《莎菲女士的日记》《鬼土日记》《腐蚀》等一批优秀的作品，作者不约而同地选择了日记的形式，架构了相对封闭的心理空间大胆地表达内心的真实感受，小说叙事艺术的创新性和开拓性与采用日记体"这种有意味的形式"③密不可分。日记体小说在二十世纪二十年代兴盛一时，契合了一代新青年觉醒后无路可走需要宣泄自我的精神需求。"由于获得了一种改造世界的方法论，30 年代以后的读者在接受作家持有的一套理念的时候，已经从自动转为自觉，原先建立在真实性基础上的契约体系被废弃，而一套建立在对理论的把握和方法论的运用之上的新的契约体系逐渐接管了小说创作的话语权，日记体小说逐渐淡出了中国文坛。"④

---

① 钱念孙.论日记和日记体文学 [J].学术界，2002（3）：213.

② 陈平原.中国小说叙事模式的转变 [M].北京：北京大学出版社，2003：194.

③ [英]克莱夫·贝尔.艺术 [M].薛华，译.南京：江苏教育出版社，2005：8.

④ 吴辰.文学契约的重建与写作方法的探寻：论现代中国日记体小说的产生 [J].江海学刊，2018（2）：205.

到了二十一世纪初，网络小说兴起之后，日记体网络小说如雨后春笋般大量出现，改编自经典名著《水浒传》的网络小说《李逵日记》《水浒日记》等作品以嬉笑怒骂的方式、诙谐风趣的风格赢得了众多读者的欢迎。网络写手以日记体的形式进行写作，能够真诚地表达自己对社会的认识和内心的情感，从而最大程度地亲近读者，让读者产生强烈的共鸣之感，获得了巨大的成功。

一、假作真时真亦假

日记最突出的特点是真实地表达内心的感触，在排除了外界的种种干扰之后，作者可以无所顾忌，直面自我。真正的日记是私密不公开的，读者只有作者自己，而作者在创作日记体小说时，心中已经有了预设的读者群体，因此在写作时努力为一个虚构的故事营造强烈的真实感。"纵观日记发展的历史，在种种日记变体中，日记文体的'私语言说'已经蜕变为'形式的诱惑'，特别是以日记体小说为代表的日记文学尤其如此。日记体小说完全背离了'日记的正宗嫡派'，它与日记的根本区别在于内容的虚构性。"[1] 日记体小说在虚构的内容外面加上一层真实性的糖衣，让读者被真实感的障眼法所迷惑，其实读到的是一个经过精心伪装的"真实"故事。

一方面，日记体小说出现了重故事轻人物的叙事倾向，故事比重的增加与人物心理的减少进一步削弱了日记的真实感。日记体小说采用第一人称的形式进行叙述，以主人公"我"的人生经历和心理活动来结构全篇。中国传统的章回体小说注重叙事的连贯性与完整性，不注重人物心理活动的开掘。二十世纪初，在西方文学思潮的冲击下，五四作家开始学习以日记体的形式来挖掘人物的心理活动，塑造的人物形象更富有情感的冲击力。与《狂人日记》为代表的经典日记体小说相比，网络小说空有日记体的外壳，在叙事艺术上放弃了对人物内心的开掘，那种大胆犀利的批判与振聋发聩的呐喊已经消失不见，以快节奏的搞笑故事取代了人物的意识流动。

---

① 张高杰.中国现代日记体小说演变历程［J］.平顶山学院学报，2016（1）：1.

水浒传改编的网络小说主要讲述主人公所经历的各种搞笑故事，并不注重对人物形象内蕴的挖掘与塑造，人物对自己的生活并没有任何的反思与反省，只是随波逐流发一些无关痛痒的人生感慨而已。网络小说对人物心理的挖掘并不充分，小说《孙二娘日记》中夸张荒诞的搞笑故事穿插着主人公忧郁感伤的抒情，风格上显得有些格格不入。小说《潘金莲日记》中，作者声称"企图用现代女性的眼光去诠释宋朝一个处于底层的女性，（大户人家的婢女）是怎样从一个天真无邪，活泼可爱的少女，成为'毒害'亲夫的'杀人犯'的。"①在小说中，潘金莲嫁给武大郎之后处处谨小慎微，在对武松产生好感之后，怕这种大逆不道的想法被别人知道，要将这份爱意深深埋葬起来。与大胆而狷狂的莎菲女士相比，潘金莲成为三从四德的良家妇女，不断压抑自己内心的欲望。她从无知少女到纵欲少妇的巨大心理转变在日记中没有得到充分的体现，人物形象也就难以产生真实感的艺术魅力，无法使读者产生思想的震撼感与艺术的愉悦感。

另一方面，网络小说中出现的第一人称叙事不断被解构，作者把故事解构得支离破碎，作者与读者默认的真实性契约已经无从建构。

戴维森曾提出"第一人称权威"（first person authority），"在直觉上，一个人关于自己的心的状态的第一人称陈述具有不可置疑的权威性，而他关于他人的心的状态的第二或第三人称陈述则不具有这样的权威性。"②网络小说有意解构了日记体形式所具备的真实性，"关于写日记这个破习惯，其实我原本只是打算有事时写写，没事写毛啊？话说其实很多人都有写日记的习惯。比如数百年后的新中国有个叫雷锋的哥们，做好事不留名但全都给悄悄地记在日记上了，比那些捐点钱就题个字签个名甚至出个书的富豪们智慧多了去了。苦于本人爱心确实有限，没干多少好事，只好胡乱记记。"③在作者的调侃下，原来真实性无可置疑的私人日记成为沽名钓誉的工

---

① 春泥护花.潘金莲日记［EB/OL］.（2017-07-31）［2022-04-14］.http://www.fengliuxiang youyuan.net/panjinlianriji/389.html.

② 唐热风.第一人称权威的本质［J］.哲学研究，2001（3）：54.

③ 张苡陌.爆笑荒诞的青春——《水浒日记》［EB/OL］.（2011-06-27）［2022-03-17］. http://bbs.tianya.cn/post-14-845896-1.shtml.

具，日记不再是严肃的自我灵魂剖析，不过是小人物胡乱记录的生活琐事而已。

在故事讲述中，网络小说将耳熟能详的水浒人物与现代人的人生感悟融合在一起，产生一种虚实难辨、混沌难言的叙事效果。作者采用水浒英雄的名字可以让读者产生亲切感，水浒人物在职场、学界、战场上疲于奔命的生活又会让读者产生荒诞感，其中折射出的人生百味又会让读者百味杂陈。《水浒日记》一开篇，便是主人公混江龙李俊闪亮登场，他水性极好，祖上三代渔民，这些与原著中的人物描述相一致，会让读者有一种似曾相识的熟悉感。李俊化身为国子监权威认定的人民教师，背着行李来到水浒学院报到，看到了学术江湖中的蝇营狗苟，感叹逝去的青春岁月，最终青涩单纯的热血教师进化为八面玲珑的职场达人。作者有意套用水浒英雄的名字，以便让读者顺利接受自己所建构的水浒社会，而水浒社会是现代社会的一个缩影，其中充斥着丰富的现代化社会的生活细节显示了与水浒人物的错位，这就很快解构了日记体应具备的真实感。小说不时出现的心灵的疲惫、生命的困乏、现实的无奈，又会让读者产生强烈的共鸣。这种建立在真实基础上的虚构折射出的是网络时代人们享受孤独又渴望沟通的社会心态。作者之所以采用这种日记体的形式来进行写作，主要的目的不是在文学创作上求得突破，更重要的是迎合文学市场的需求，以戏仿经典的方式满足读者的口味，以情感的共鸣与读者产生心照不宣的默契。

二、笑中有泪热点多

水浒传网络改编小说采用日记体的形式呈现主人公的心路历程，主人公带领读者体会职场的酸甜苦辣，搞笑滑稽中又夹杂着人生的无奈心酸，社会热点的植入增加了文本的真实感，对社会潜规则的揭示会让读者产生"你懂得"的共鸣。

第一，鲜明的后现代主义倾向。"幻影的破灭出现在后网络时代，人们高度注重自我体验，抛弃了以往'完整性'、'统一性'的古典知识限定。任何事物都可以用来调侃，任何事件都能够去讽刺，不再有某一个固定标准值得去遵守，拼接、戏仿、解构变为网络文化常态。网络文化加速了现代生产领域向后现代拟象社会的堕落。"① 网络小说本来就是天马行空，日记体的叙事方式摆脱了外在的形式束缚，排除了外界的干扰，作者的自由度更高，可以大胆地表达自己的观点，对现实的秩序等级进行颠覆与解构。这里的水浒世界已是天翻地覆，"李俊不是水浒里的那个混江龙，李逵也没提着板斧砍人，吴用只是痣多星，林冲被唤作包子头，李师师是个研究生，宋江不见得是及时雨，扈三娘不幸成了人家的小三。"②

小说《孙二娘日记》中，宋江遇见了罗贯中，宋江情急之下说出了《西游记》的台词，罗贯中作为《水浒传》后半部分的作者，免费向大家透露了以后的命运走势。这种无厘头的混搭文风张冠李戴，颠三倒四，成为无深度、无中心的后现代文本，成功解构了原著中的江湖世界。

网络小说只是借用了水浒人物的名字来演绎一个现代故事，展现现代人的生命体验。水浒原作中的英雄好汉都有脍炙人口的绰号，在江湖上远近闻名，绰号提炼出了人物最突出的特点，带有封建时代的文化烙印，可谓形神兼备。而《水浒日记》对于人物绰号进行了重新演绎。小说中的林冲是大宋驻联合国代表，因为长相酷似包子被网友戏称为包子头，他每次出现在电视里时总是衣冠楚楚，面带微笑，呼吁冲突各方保持冷静，以和平方式解决问题。作者还不忘调侃一句，"后来据说有个叫施耐庵的网络写手，他杜撰了一本叫做《水浒传》的小说，居然把林冲的绰号由'包子头'说成是无比生猛的'豹子头'，无限费解于文艺工作者的虚构能力，看来营销高手在民间啊！"③ 这里的包子头林冲与原著中的英雄林冲已经风马牛不相及，熟悉的名字背后讲述的是毫无关联的另类故事，日记体所具有的真实性被破坏。

---

① 杨文慧.新媒体生态下网络文化的后现代主义转向［M］.北京：中国政法大学出版主，2018：420；孙江.传媒法与法治新闻研究（2017年卷）［M］.北京：中国政法大学出版社，2018：420.

② 张苡阳.《水浒日记》——福建人爆笑小说，不只巴神才思考人生！［EB/OL］.（2011-06-22）［2022-03-17］.http://bbs.tianya.cn/post-92-587076-1.shtml

③ 张苡陌.水浒日记［M］.北京：新世界出版社，2012：15.

第二，悲喜交融的叙事风格。水浒传改编的网络小说采用了戏仿、拼贴、反讽等手法，产生了强烈的喜剧效果，读者在阅读时能够获得颠覆经典的快感，获得愉悦的阅读感受。作者用诙谐幽默的语言揭开了伪君子的面纱，放大了人内心的自私与浅薄，展示了人生的荒诞与戏谑，完成了一场语言的狂欢派对。狂欢与大众文化息息相关，意味着对主流文化的反叛，从而呈现出复调多元的话语模式。"狂欢化成了对理想化、权威化、终极真理、专横话语、唯我主义等进行颠覆的代名词。"[1]人们在狂欢中暂时远离了现实世界，宣泄了积压的情绪，对森严的秩序和等级进行了大胆的解构。《李逵日记》中，宋江作了一首歪诗，众人一顿吹捧。李逵来到朱武的住处，让朱武点评这首诗，朱武大骂"狗屁不通"，在得知是宋大哥的大作之后，立马改口说这首诗隐含哲理，奥妙无穷。

"现代主义和后现代主义各有自己的病状，如果说现代主义时代的病状是彻底的隔离、孤独，是苦恼、疯狂和自我毁灭，这些情绪如此强烈地充满了人们的心胸，以至于会爆发出来的话，那么后现代主义的病状则是'零散化'，已经没有一个自我的存在了。"[2]狂欢化固然可以让人们心醉神迷，产生畅快淋漓之感，不过在破坏了传统的逻各斯中心主义之后，人的主体性也被消解，找不到自己存在的位置，这就是"主体的非中心化"。网络小说喜剧性文字背后隐藏着一种深刻的悲剧性，这是人难以逃脱的人生宿命。读者在短暂的快感之后，又会陷入现实的空虚与痛苦之中。小说中出现了喜剧性格与悲剧结局的结合，随着故事的演进，梁山好汉被招安，最后的结局都很凄惨。《宋江日记》中，宋江采用种种下作手段算计了晁盖，在日记中颇为自得地总结了架空晁盖的成功经验，他最后还是被棋高一着的高俅所设计，饮下了毒酒。《孙二娘日记》在喜剧性场面的背后总隐藏着一种挥之不去的忧郁，最终在招安后曲终人散，大家各奔东西。

每个人在生活的急流中被命运所裹挟，谁也无法主宰自己的命运，短暂的狂欢并不能打破人生的锁链，最终人生只能得过且过。《水浒日记》中

① 夏忠宪.巴赫金狂欢化诗学研究［M］.北京：北京师范大学出版社，2000：21.

② ［美］詹姆逊.后现代主义与文化理论［M］.唐小兵，译.西安：陕西师范大学出版社，1987：169.

的李逵原本是积极进取的文艺青年，大学时代获得了一大堆的奖状奖章，工作之后很快被社会所同化，变得浑浑噩噩。小说在欢乐无比的叙述中穿插了富二代柴进因失恋而死亡的事件，这种人生的悲欢离合、大起大落能够给读者强烈的情感刺激，让读者摆脱具体人事的纠缠，获得一种更加深刻的人生感悟，提升了对生命价值的认识。

第三，持续植入的社会热点。雅思贝斯指出，"人对于自己生活于其中的时代的批判，与人的自我意识一同发生。"① 个人如何认识时代，审视自我的精神，成为一个重要的问题。网络小说在对水浒故事改头换面的书写中投入了对时代的思索与追问。《武松日记》记录了武松成名后的生活，"短短的两个月，我就从县里到州里已连续被邀请做了数十场报告了。而且每次的标题都会求新立意，震撼人心。如论吊睛白额大虫之死，如老虎和武松谁才是天下第一，再如武松和老虎的前世今生，更如武松和大虫不得不说的故事。还有一些特别的一对一的访谈报告，如武松打虎之虎谈两人行，松虎有约，快乐打老虎，说出你打虎的故事，打虎奇谈等等。但无论什么样的报告，我来者不拒，而且更重要的是报告内容我也越做越好，越讲越精彩，越讲越融入感情。"② 作者刻意将新鲜贴近、富有生活气息的现代元素融入武松身上，让武松具有了强烈的现代感，同时有意对现实进行了深刻的反讽。"在后现代主义这里，反讽处于支配地位中。"③ 武松忙于到处作报告，在一次次的报告中不断重复自己打虎的故事，每一次的报告标题都在大力渲染英雄形象，最终树立起武松高大威猛的打虎形象。武松做的打虎报告的现实价值远远超过了打虎事件本身，这显然是对社会中过度包装宣传现象的反讽。

作者借助这些社会热点的融入可以间接地表达对于当下社会现实的看

---

① ［德］卡尔·雅斯贝斯.时代的精神状况［M］.王德峰，译.上海：上海译文出版社，2003：4.

② 董太龙.武松日记4——成名后的日子——笑谈水浒（原创）［EB/OL］.（2018-09-02）［2022-03-17］https：//baijiahao.baidu.com/s？id=1610370357503221639&wfr=spider&for=pc.

③ ［美］林达·哈奇.后现代主义诗学理论［A］.王岳川，尚水.后现代主义文化与美学［C］.北京：北京大学出版社，1992：264.

法，让读者感到似曾相识，产生强烈的共鸣。《水浒日记》中频频出现对现实的吐槽，"习惯了纯天然无污染的地沟油，习惯了国外暴跌国内暴涨的汽油，习惯了大尺度式开放的主持人秀下限，习惯了墙体开裂面积缩水的天价房，还习惯了小店价格欺诈的把戏……"①在一个虚构的时代背景下对社会现实进行批评，既能够符合主流意识形态的规训，又能够满足网民们急于吐槽的心理需求。

三、人格面具下的私语

"因特网为孤独的人提供了一个理想的与他人交往的社会环境，它不但提供了一个大大扩展的社会网络，而且网络还提供了一种不同的社会交互模式，这种模式或许对于那些孤独的人特别具有吸引力。"②在虚拟的网络背景下，网民隐藏在电脑屏幕的背后，可以用虚拟性的身份进行网络互动，在不同身份之间随意转换。在这样的情境下，网友摆脱现实中的身份限制，卸下人格面具，大胆地宣泄内心的情绪，表达自己真实犀利的看法。

"电视的发展，互联网的兴起，更是试图全方位地满足人类这些不断被文明挤压的原始情绪和本能欲望，尤其是电脑和互联网的普及给受众提供了宣泄本能的最佳媒介出口。"③在网络时代，网民们可以变身为"键盘侠"，在电脑上肆意挥洒表达内心的感受，将现代都市原子化生存方式下被压抑的本能释放出来，从而在想象的世界中获得暂时的狂欢。现代社会摆脱了传统的血缘地缘的限制，每个人都在都市中漂泊着，这种无根的漂浮状态让人们不可避免地陷入孤独的境地。而通过互联网的连接作用，每个人不再是孤立无援的，他们能够在互联网提供的平台上进行创作、分享、评论自己匿名创作的网络小说，形成由"趣缘"而聚合在一起的社交群体。这

---

① 张苣陌.水浒日记［M］.北京：新世界出版社，2012：218.

② ［英］莫妮卡·T.惠蒂，［澳］阿德城安·N.卡尔.网络爱情：在线关系心理学［M］.何玉蓉，周昊天，译.北京：商务印书馆，2010.16.

③ 许莉.多维的影像视界：从视知觉角度探究数字媒介的终端差异［M］.北京：中国传媒大学出版主，2013：183.

样，个体的孤独在网络时代成为一群陌生人的集体狂欢。《水浒日记》的作者张苠陌非常感慨自己的写作过程，正是网友们的互动让他获得了巨大的成就感。"2011 年 5 月，我在天涯论坛以《水浒书院之李俊日记》为题开始网络连载本书，每天千把字地写着，和众多文友、读者打成一片，饶有趣味。写到后段，愈来愈发觉情不自禁，感觉自己走进了自己的小说，随着剧中人物的波荡而波荡，也喜也悲。之后转往猫扑原创板块发帖，网友点击跟帖量之巨让我始料未及，才发现，走近这小说里的不止我一个，原来，许多人也和我一样笑着哭，哭着笑。"① 在写作过程中，作者要投入了大量的情感和精力，这种网络写作往往与作者的现实工作无关甚至会造成某种妨碍，众多的网络读者也在共同"笑着哭，哭着笑"的互动中进行了网络世界的情感连接，情感的共鸣成为网民们进行交流和分享的重要驱动力。

网络写手非常注意隐匿自己的真实身份，在小说中化身为水浒人物，在虚拟世界中宣泄现实中被压抑的心理能量。人在现实社会中为了以特定的角色适应外部世界不得不戴上人格面具，当人们被某一人格面具所禁锢之后，就会习惯将自己的自然天性束缚起来，人性就会变得萎缩压抑。"在这样一个刻板固定的人格面具下，自我想要实现自性的内驱力就会对这一固执的定位制造压力，从而导致补偿性的潜意识内容或能量的爆发。"② 虚拟身份能够让网民摘下沉重的人格面具，在一个想象的世界中自我实现的内驱力得到释放。这种释放本能的快感让他们乐此不疲，他们能够在颠覆权威的过程中获得愉悦，在同气相求的过程中驱赶寂寞，从中获得人生的成就感。

日记体小说的方式能够让网络小说获得一种强烈的真实感，作者在写作时可以自由切换成另一款人格面具，将真实的心灵感触袒露出来，"日记写作是一种最私密的表达行为，使得作者能够运用这种方式来诉说作为一个社会人不能在生活剧场的'前台'所表达的东西"。③ 读者在阅读这些文

———————————

① 张苠陌.水浒日记［M］.北京：新世界出版社，2012：233.

② ［美］Barbara A·Turner.沙盘游戏疗法手册［M］.陈莹，姚晓东，译.北京：中国轻工业出版社，2016：15.

③ 黄健.被围观的私语——名人日记出版现象观察［J］.中国图书评论，2014（10）：116.

字时，鲜活的生活细节和灵动的人物形象会让他们产生强烈的代入感，不知不觉会被这种强烈的真实感所打动。日记本身具有一种形式的魅力，用真实的外衣包裹着虚构的内容，潇洒的文字背后隐藏着孤寂的灵魂。"日记的私语言说就成了人类语言活动中最典型的霸权话语，日记的言说者成了所有言说主体中最主观的话语独裁者，因为它从根本上违背了语言的交流本性，其私语言说的可信度也就同历史文本所强调的客观真实性大相径庭。这样，日记作为一种闭合文本，从'记忆'走向'失忆'、从'真实'走向'失真'、从'可信'走向'可疑'，即从有序走向无序也就不可避免，日记的解体及其本义的消解也就成为必然。"① 这种寂寞的私语并不是像真正的日记一样拒绝读者的存在，相反，作者在写作时是有自己的预定读者群体的，是有针对性地写给目标读者的，这样在互联网平台上一个陌生人的灵魂私语打动了无数个屏幕后面的读者，无数双手指在键盘上飞舞表达着对于作品的感动和喜爱，成为一群人的网络狂欢。

网络同人小说选择日记体的形式能够迅速拉近与读者的距离，细腻真切的生活经验让读者亦步亦趋地"入吾彀中"，产生强烈的认同感。日记体小说的私密性质也会极大地满足读者的窥视欲望，在窥探他人生活的过程中缓解了现实中的压力。部分日记体同人小说创作随意，与原作没有多大关联，只是生搬硬套原著中的人名，曲解原著中的情节，使得作品的艺术性不高，最终只能成为文坛的昙花一现。"原创性的欠缺在同人小说中表现得最为明显。这类小说利用原著塑造的人物发起新的行动，串联新情节，或依托原著关系对原本着色不多的人物进行渲染和补充。它与传统文学续写经典不同，并不注重各方线索丝丝入扣，紧密贴合原著人物性格，而是在虚构的前提下尽情发挥改造，不需要对解释的合理贴切性负责。"② 对于网络小说的创作来说，日记体形式不应该仅仅是个噱头，更应该以坦诚的内心情感与生动的人物形象打动读者。

---

① 赵宪章.日记的私语言说与解构［J］.文艺理论研究，2005（3）：90.

② 许苗苗.网络小说：类型化现状及成因［J］.文艺评论，2009（5）：34.

第三章 《水浒传》人物形象改编分析

《水浒传》中塑造的人物形象极具个性化和感染力，一直为读者所津津乐道。《水浒传》在传播过程中出现了续书、戏剧、网络小说等多种形式的改编作品，这些作品对水浒人物进行了改头换面式的改造，融入了个人的现代生命体验，注入了时代的新元素。读者在接受过程中阅读期待和理解路径被打破，在"期待受挫"中产生了陌生化的阅读体验，产生了强烈的阅读欲望，从而推动了名著的广泛传播。本章主要以林冲、武松、潘金莲三个人物形象为例，分析人物形象演变的内在逻辑，考察社会文化的演进线索，思考现代文化建构的多元性。

第一节 林冲形象的现代改编

林冲是《水浒传》中家喻户晓的人物形象，作为"逼上梁山"的代表人物，人们对其惨烈的悲剧命运给予了深深的同情与理解。明代李开先的《宝剑记》重新塑造了林冲的形象，他由一位隐忍的豪杰英雄演变为坚贞的忠臣义士，最终的结局也被改写为大团圆的结局。显然，作品的改编寄托了作者的人格理想和道德信念，作者将自己的谏官经历融入了戏剧创作中，将小说中的个人恩怨上升为戏剧中的忠奸斗争。在现代文学史中，也有不少作家以林冲的故事为题材进行全新的改编，包括茅盾的短篇小说《豹子头林冲》（1930）、吴永刚的话剧《林冲夜奔》（1940，根据1939年拍摄的电影《林冲雪夜歼仇记》的剧本而创作）、杨绍萱等人集体创作的京剧《逼上梁山》（1943）、吴祖光的话剧《夜奔》（1944，三年后再版更名为《林冲夜奔》）等作品①。透视不同作家对同一题材的现代改编，可以发现其中隐含着政治权力机制的制约和时代文化语境的影响。

一、评论与创作

期待视野是指"由接受主体或主体间的先在理解形成的、指向本文及本文创造的预期结构。它的最重要的意义和用途是将文学放在一个本文（作者）与读者在历史中不断相互作用的过程中来运作。"②读者个人的知识构架、人生经历、审美倾向、文化修养、政治态度等都有所不同，自然对于作品的解读呈现出不同的面貌。

其中，历代读者对林冲人物形象的评价可谓众说纷纭，莫衷一是。金圣叹赞赏林冲作为英雄的隐忍与决绝，"看他算得到，熬得住，把得牢，做得彻，都使人怕。"③陈忱认同林冲快意恩仇的复仇行为，"林冲误入白虎节

---

① 其他关于林冲故事的改编作品还有田汉创作的二场京剧《林冲》（1929），以及高阳的历史小说《野猪林》《林冲夜奔》（1984）。诗歌作品有台湾诗人杨牧的《林冲夜奔——声音的戏剧》（1974）。而较有影响的是诗人聂绀弩的《林冲》（二首）和《水浒人物之林冲娘子》（1982），"男儿脸刻黄金印，一笑心轻白虎堂"传达出了动乱年代中的慷慨悲凉之感。而随着影视艺术的发展，《水浒传》多次被改编成电视剧搬上荧幕，引发了一次次的收视热潮，这种电视媒体的传播方式由于其震撼的视听效果能够吸引更多的观众，满足了大众文化的消费性，也从一个层面验证了《水浒传》的无尽魅力。对于林冲形象的改编有两大亮点：一是加强了林冲与娘子夫妻情深的刻画，使人物性格更加真实丰满；二是对于人物结局的改编，1998年版的《水浒传》中，林冲由于不能手刃仇敌，含恨而亡。2011年的电视剧版本中，强调的是林冲在鲁智深坐化后的悲伤中病逝，无论哪种结局都使得人物具有了浓重的悲剧色彩，作品的观赏性更强，更能感动广大观众。

② 金元浦.接受反应文论［M］.济南：山东教育出版社，1998：122.

③ （清）金人瑞.读第五才子书法［A］.朱一玄，刘毓忱.水浒传资料汇编［C］.天津：南开大学出版社，2002：221.

堂，冤苦极矣！不有风雪山神庙，何以消其冤苦乎！雪天三限，屈郁极矣，不有山亭大并火，何以豁其屈郁乎？"① 进入二十世纪以来，人们经历了西方文学思潮的洗礼，开始重新认识林冲形象的性格意蕴。特别是林冲身上的软弱顺从、逆来顺受的一面遭到了评论者的非议，这是因为林冲这种委曲求全的"绵里针"性格是中国国民的典型代表，而此种国民性不加彻底改造、反思，不改变现有民众的精神状态，很难建立新的社会政治秩序。张恨水对林冲谨小慎微的性格颇有微词，他认为林冲"冲撞高衙内之后，即当携其爱妻，远觅栖身立命之地，以林之浑身武艺，立志坚忍，何往而不可托足。奈何日与虎狼为伍，而又攖其怒耶？同一八十万禁军教头，同一得罪高太尉，而王进之去也如彼，林冲之去也如此，此所以分龙蛇之别欤？"② 当然，也有论者对于林冲的不幸遭遇表示了充分的理解，欧小牧认为林冲并非胆小如鼠之辈，"这顶怕事的人"一再地退缩忍让只是为了保住自己的身份地位，倒是天道不公，"谨慎谦恭，都成了闯祸的引线，犯罪的根繇，则天之报施善人，竟何如哉？③ 而在阶级论逐渐甚嚣尘上成为社会思想的主流之后，林冲身上承受的苦难与无奈的反抗便成为被压迫阶级的象征，林冲也成为革命的英雄形象。"以林冲这样一个封建统治阶级中的下级军官，从有正义感、同情人民转变到背叛统治阶级，参加人民革命的行列，是阶级立场的根本转变。"④

透过不同时代对林冲形象评论的变化，从中可以发现时代审美倾向、民族精神、社会思想的变迁，而正是这些潜在因素的制约，使得现代文学史中对于林冲形象的改编呈现出斑驳复杂的意味。现代作家在阅读《水浒》的时候，在时代思潮的裹挟下，由于既定的心理范式的影响，就会借助于

---

① （明）陈忱.水浒后传论略［A］.朱一玄，刘毓忱.水浒传资料汇编［C］.天津：南开大学出版社，2002：490.

② 潘知常.说《水浒》人物［M］.上海：上海文化出版社，2008：13-24.

③ 欧小牧.林冲［A］.欧小牧文集（第1卷）［C］.天津：百花文艺出版社，1993：75；陈洪，孙勇进.漫说水浒［M］.北京：人民文学出版社，2001：141-146；周思源.周思源新解《水浒传》［M］.北京：中华书局，2007：116-126.

④ 齐燕铭.旧剧革命划时期的开端［A］.中国京剧院.旧剧革命的划时期的开端——延安平剧研究院纪念文集［C］.北京：中国戏剧出版社，2005：358.

想象的力量和细致的文笔，创造性地丰富作品的空白，从而使作品传达出与原作不同的意味，也使改编作品带有了个人性和时代性。作家的改编显然是一种特殊的接受形式，不是直截了当地表达自己的观点，而是"借他人之杯酒，浇胸中之块垒"，借助人物形象来补充作品的沉默之处，传达出个人的审美意识和时代的思想倾向。

二、人性关怀与现实焦虑的投射

五四新文化运动带来了文学界、思想界的全新革命，在西方人道主义思想的关照下，人们开始认识到《水浒》中人性的泯灭、对生命的冷漠、对女性的蔑视等落后的一面。周作人在《人的文学》一文中就将《水浒》列为强盗书类，认为其妨碍人性的健康成长。而在现代的改编作品对《水浒》进行了"革命"式的阐释，在全新的改写中注入了素朴的人道关怀，同时也包含着当时社会现实的投射。

从人的层面来看，新戏力图展示温暖的人情与健康的人性，人物形象更为饱满立体。吴祖光在《夜奔·序》中说，"我爱这一群人，这一百零八个大孩子，他们有的是互爱，互助，坦白，天真；重义气如山斗，视生命如鸿毛；这一切一切不都是现代人所缺欠，所不屑为的么？世情的浇薄使我们更倾心于《水浒》里的同情与温暖。"[①]作者显然看重的是这群"可爱的强盗"身上所凝聚的纯真质朴的人性，而这些都在功利世俗的现代社会中消失殆尽。

在《夜奔》的第一幕一开场就展示了林冲温馨的家庭生活，林冲因为生高衙内的气，几夜未眠，林娘子把林冲哄着睡着了，无意听到娘子对爱情的坚贞表白之后，林冲"（用手托起娘子的下巴，笑个不住）小孩子……"，甚至耍孩子脾气，要求娘子陪着才肯去睡。在第四幕第二场林冲与老兵聊天提到了家人，林冲忍不住内心的悲伤，"侧过身去，偷偷拭泪"。

这里展示了英雄儿女情长的一面，剧作中丰富了生活细节的描写，也

---

① 吴祖光.林冲夜奔［M］.上海：开明书店，1947：1-2.

使人物形象血肉丰满，亲切可感，满足了读者对于"英雄美人"的期待视野。这些夫妻恩爱的日常场景在原作中是没有的，尽管在《水浒传》中林冲与娘子是琴瑟和谐、才貌相当的一对夫妇，二人的情感生活在小说中则是一段空白。在儒家思想占主导地位的专制社会里，奉行的是"存天理，灭人欲"的道德标准，漠视人的正常情感需求，《水浒传》中大多数好汉都不近女色，而有妻室的好汉对妻子也不会轻易流露真情。这些对现代读者来说自然是觉得不近情理之处，改编者则从平等的现代观念出发，弥合了这一不和谐的裂隙，使原作中单薄平面的人物形象变得立体多面，同时剧作中乐极生悲的情节模式更容易引起读者的共鸣。

作者通过尖锐的矛盾冲突塑造人物形象，赋予林冲的性格更多的反抗性。在第二幕中，林冲误入白虎堂，被高俅诬陷定罪，林冲在被冤枉之后，与高俅针锋相对，据理力争。林冲的反抗是逐步升级的，在被武士拖走时"（大喊）林冲不服"，在陈情遭拒之后，"（嗔目）听我说完！"，高俅强词夺理，林冲先是"（愤极）高俅！你心里明白！""（厉声）高俅！"，在洞悉真相后，"（冷笑）哼……""怒极不语"，在发现高衙内带回妻子后，林冲大声质问奸贼，"（大步赶回）高俅，你身为太尉，设下骗局，抢人妻女！算不算倚势凌人！"高俅在证据面前，无法自圆其说，只好支吾其词，狼狈不已。之后，林冲怒骂高俅，"高俅！你还算人！""（顿足大怒）高俅！你欺人太甚！"作者借助人物外在的动作、神情、语言细致地表现了人物心理的变化，包括震惊、反驳、怨恨、气愤、轻蔑、痛苦、无奈等诸多情绪反应。作者将原作中简单的场景写得如此激动人心，就在于将原来"一边倒"的情形改写为"正邪之战"，林冲个人力量虽然微薄，他的慷慨陈词显得大义凛然，虽败犹荣，与他的浩然正气相映照的是高俅龌龊卑鄙的小人嘴脸。这种善恶分明的二元对立的情节模式显然更能满足读者的阅读期待，同时斗争性的加强也使林冲的性格更加丰满，引起读者的尊敬与同情。

在林冲与老兵交接草料场时，两人的交谈如此质朴真诚，表现出患难之中人情的可贵。这位身份卑微的老兵，出于善良温厚的本性给予林冲这位落难英雄力所能及的关照，使这位苦命的好汉在严寒中感受到一丝人间的温暖。在脍炙人口的林冲与鲁智深的好汉义气之外，底层民众的这种相互扶持、共渡难关的精神也值得肯定。这显然流露出作者对于社会现实的焦虑感，在人情冷淡的现代社会中，在生灵涂炭的战火烽烟中，只有在严酷现实中感受到的生命的力量和真情的可贵，才是支撑人们走下去的精神支柱。

　　从社会层面看，新戏汲取民族精神力量，呼吁反抗一切强权暴政。吴永刚的剧本《林冲夜奔》突出了内忧外患的社会背景，细致描绘出林冲的性格由委曲求全到决绝复仇的转变过程。作者坦言改编的动机除了喜爱水浒人物外，还有现实因素的刺激，"自幼生长在现代高俅军阀势力压迫下的北方，在农民当中那些血淋淋的故事，是常常听得见见得着的。水浒中人的印象，便常常活跃在童年的心中，""想把水浒传中的血淋淋的故事，写成活生生的教训！这是我在孤岛上烦闷的生活中写'林冲雪夜歼仇记'的最大的意图。"[1] 在当时的上海孤岛掀起了一股历史剧的热潮，包括阿英的《明末遗恨》、于伶的《大明英烈传》、阳翰笙的《李秀成之死》《天国春秋》等剧作，这些剧作都在历史人物和故事传说中寻找被遮蔽的民族文化传统，作者身处上海孤岛，对于当时日寇侵华的罪行痛心疾首，于是在历史故事中借古喻今，歌颂英雄的反抗精神，希望借此激发人们的民族血性，发扬勇于抗争、杀身成仁的民族精神。作者认为，在受到侮辱忍无可忍的时候，是应该站起来与强权作斗争的，这种以暴抗暴的精神是值得赞许的。"至于陆谦富安之流，现在满眼都是这一类的人物，我想借林冲的刀看看那些狼心狗肺是怎末长的？"[2] 从电影取的名字"林冲雪夜歼仇记"可以看出，作者借林冲的快意恩仇来一扫胸中的怒气，宣泄被压抑已久的愤恨不平。作者对隐含读者的设定，显然是现实中遭遇外侮的广大民众，隐含读者与现实读者的重合，更能理解作品文本的内涵，与文本之间形成良好的交流。

　　正因为林冲承受了巨大的磨难，隐忍了太多的痛苦，最后他手刃仇人后的痛快大笑，才会显得酣畅淋漓，大快人心。这里，林冲的绝境求生式的复仇与李逵式的滥杀无辜是泾渭分明的，林冲无端受辱，误中圈套，差点枉送性命，他的复仇是天经地义的，杀掉仇人后的快感主要是由于沉冤得雪，李逵拿起大板斧排头砍去则是杀得性起，只有在不断地杀人中方能获得

① 吴永刚.《林冲雪夜歼仇记》摄制后记［J］.新华画报，1940（6）.
② 吴永刚.《林冲雪夜歼仇记》摄制后记［J］.新华画报，1940（6）.

满足的快感。显然，林冲的复仇既报了"私仇"，也泄了"公愤"，是因为林冲的身上凝聚着广大遭受压迫、无处鸣冤的底层民众的身影，以高太尉为首的上层官吏既造成了士人个人的不幸，也造就了国家的灾难，自然就成了众矢之的，杀之而后快。对读者而言，普通民众在现实中郁积的愤恨不平，特别是当前受到外寇欺压的屈辱感，都在"以暴除暴"的英雄复仇的情节中得到了暂时的宣泄和满足。正是在这样的读者接受心理基础之上，这个具有复仇正义性的"血淋淋"的故事让人们坦然接受，拍手称快。

在剧本《林冲夜奔》结尾，鲁智深与林冲共同奔向梁山，"出走"的结局象征一个光明的、充满希望的结尾。"他们都是很有抱负，现在暂时在那里躲一躲，等待时机，好替天下人做番事业。"① 这是深处黑暗中的人们所希冀的希望之光，作者借"水浒"之杯酒，浇"抗战"之块垒，希望以此激励广大民众坚持抗战，抵御外侮，从而迎来我们民族光明的未来。

三、阶级本位立场与革命英雄的塑造

在二十世纪"红色三十年"中，马克思主义阶级理论风靡一时，茅盾便采用了这一新兴的阶级理论阐释《水浒传》，他的小说《豹子头林冲》将人物置身于其出身的阶级阵营中，从阶级性来分析人物的性格的形成发展，阐释小说中的矛盾冲突。茅盾认为，"善于从阶级意识去描写人物的立身行事，是《水浒》人物描写的最大一个特点。"林冲之所以一再忍耐，逆来顺受，这和其出身有密切关联，"林冲出自枪棒教师的家庭，是属于小资产阶级的技术人员，他有正义感，但苟安于现状，非被逼到走投无路，下不来决心。"② 在《水浒传》中，林冲出身于军官家庭，他的父亲与岳父都是教头，但在小说《豹子头林冲》中，茅盾改变了林冲的出身，"本是农家子的他，什么野心是素来没有的；像老牛一般辛苦了一世的父亲把浑身血汗都浇在几亩稻田里，还不够供应官家的征发；道君皇帝建造什么万寿山的那一年，

---

① 吴永刚.林冲夜奔［M］.上海：国民书店，1940：137-138.

② 茅盾.谈《水浒》的人物和结构［A］.茅盾全集：第 23 卷［C］.北京：人民文学出版社，1996：139.

父亲连一副老骨头都赔上；这样的庄稼人的生活在林冲是受得够了，这他才投拜了张教头学习武艺。"

正是因为出身贫苦，他才会对统治阶级残忍的本性认识深刻，在得知杨志不肯落草打算谋求出路的时候，林冲才会认为这是"向当道豺狼献媚妥协"的卑鄙行径，自己早已对统治者不存半点幻想了，"什么朝廷，还不是一伙比豺狼还凶的混账东西！还不是一伙吮咂老百姓血液的魔鬼！"小说通过林冲杨志两个人阶级出身、思想认识、人生道路的对比可以看出，作者认为农民先天具有很高的阶级觉悟，反抗性强。而林冲与王伦的私人恩怨也被上升到了阶级冲突的高度，"'秀才'这一类人始终是农民的对头"，王伦的问题就不只是心胸狭隘那么简单，而是作为统治阶级的象征必然会遭到被压迫者的反抗。林冲"具有农民的忍耐安分的性格，然而也有农民所有的原始的反抗性。"① 林冲性格中隐忍与反抗的双重性就从他的阶级出身得到了很好的解释。来到梁山之后，王伦不肯收留他入伙，林冲一气之下本来要结束王伦的性命，要为普天下受气的英雄好汉出一口气，但是转念一想，现在没有合适的人选作山寨之主，自己也没有什么个人野心，只好就此罢休。"他的农民根性的忍耐和期待，渐渐地又发生作用，使他平静起来。"尽管茅盾对于林冲出身的改写稍显突兀，但他对阶级理论的娴熟运用使得人物的复杂性格有了内在依据，人物行动的选择在情理之中，并非简单生硬地套用理论，在小说素材上没有选择林教头风雪山神庙这一情节高潮，而是截取了林冲要纳投名状的故事片段，心理描写细腻真实，在艺术上是相对比较成功的作品。

1943 年，中央党校创作了新编历史剧《逼上梁山》，在延安引起了很大的轰动，毛泽东亲自写信给作者杨绍萱、齐燕铭，说《逼上梁山》"将是旧剧革命的划时期的开端"。毛泽东对这部剧的高度评价，这"是因为它满足了中共当时的争取民众、壮大势力的政治需要"②。延安的京剧革命是出于

---

① 茅盾 . 豹子头林冲 [A].茅盾全集：第 8 卷 [C].北京：人民文学出版社，1985：197.

② 李伟 ."使它能够适应于政治的需要"——论京剧改革的延安模式 [J].戏剧艺术，2004（1）：54.

政治实用目的而进行的，是为了启蒙民众、振奋精神而在京剧的旧形式中注入了现实革命内容，使之更好地满足时代斗争的需要。《逼上梁山》对原作进行了脱胎换骨式的改变，创造性地将革命意识形态与传统艺术形式进行了有机的结合，为后来的大规模的戏曲改革活动奠定了良好的基础。

首先，《逼上梁山》①突出的不是个人英雄，群众成为舞台的主角。

"中心的问题，则是这个剧的主题主要的不应该是林冲的遭遇、个人英雄的慷慨和悲歌，而是在林冲遭遇的背后，写出广大群众的斗争和反抗，一个轰轰烈烈的创造历史的群众运动。"②林冲的故事只是情节线索，剧本所着力表现的是群众的伟大力量，林冲在个人意志上是不坚定的，对统治者存在幻想的，"只有林冲提高了觉悟，了解到他自己为什么到处被奸贼陷害，又到处得到父老兄弟搭救，因而把自己对高俅个人的恨，转化为对整个统治阶级的恨之后，他才能彻底转变，才能真正意识到他的唯一出路，就是和群众一起投奔梁山闹革命。"③

《逼上梁山》彻底改变了以往作品将林冲个人命运遭遇作为情节主线的做法，而是要以点带面，在传统故事情节之外，加入受压迫的广大群众

---

① 《逼上梁山》曾经修改了二十多次，初稿有二十三场，包括街哄、托孤、投靠、发迹、行路、点卯、逃亡、练兵、降香、菜园、庙门、设计、刀诱、白虎堂、刺配、长亭、追林、宿店、野猪林、回报、酒馆、山神庙、杀奸。第一次演出时，改为三幕二十六场，第一幕有流亡、升官、花石纲、阅兵、肉市、降香、菜园、庙门、设计等九场，第二幕有刀诱、白虎堂、刺配、长亭、追林、宿店、野猪林、回报等八场，第三幕有酒馆、诡计、武岗镇、草料场、捕孟、结盟、察奸、山神庙、上梁山等九场。1944年演出后又改为三幕二十七场，第一幕有十一场：动乱、升官、捕李、献策、阅兵、肉市、家叙、救曹、菜园、庙门、设计，第二幕有八场：刀诱、白虎堂、刺配、长亭、追林、宿店、野猪林、回报，第三幕有八场：酒馆、借粮、草料场、结盟、查奸、山神庙、除奸、上梁山。（此版本收入1949年出版的《人民文艺丛书》，本文依据的正是该版本，不再赘述。）1980年，金紫光在延安演出本的基础上整理的《逼上梁山》压缩为十二场。（见金紫光.逼上梁山[M].北京：中国戏剧出版社，1980年.）

② 刘芝明.从《逼上梁山》的出版到平剧改造问题[A].中国京剧院编.旧剧革命的划时期的开端——延安平剧研究院纪念文集[C].北京：中国戏剧出版社，2005：339.

③ 金紫光.在延安参加编演《逼上梁山》的经过[A].延安平剧改革创业史料[C].北京：文津出版社，1989：98.

奋起反抗，逼上梁山的场面。剧本没有像茅盾的《豹子头林冲》那样为林冲改写出身，从阶级出身来看，林冲是八十万禁军教头，虽然受着上层官吏的欺压，但他作为下层军官也应是统治阶级的一员，并不是理想化的农民出身。这一出身决定了林冲不可能是戏剧所要努力塑造的英雄形象，林冲作为封建营垒中的一员，必须在人民群众的帮助教育下，认清楚统治阶级的罪恶，才能真正转变过来，投身到革命队伍中来。甚至有人质疑林冲的阶级出身，把他当成剧中的主要人物来描写似乎不够理想，实际上在剧中林冲只是起到了穿插故事线索的恶作用，真正的主角则是广大的人民群众。

　　"在讨论中为了对照高俅与朝廷的穷奢极欲，粉饰太平，就添上了灾民在幕后的饥寒呼号。以后觉得无力，乃发展出第一场《动乱》，以及《升官》末尾加了殴打灾民的过场和《捕李》一场。"关于农民描写太少，"于是又充实了一幕一场《动乱》，把灾民改成李老和李铁，使前后的人物联系起来。"为了把农民表现得有力些，"于是就提出花石纲的问题，提到农民李老、李铁两个人物。这个问题绍萱同志很强调，大家同意，于是就由燕铭同志写出了《借粮》和《草料场》两场。"① 通过剧本的不断修改可以看出，戏剧所着力营造的一种"官逼民反，不得不反"的社会氛围，备受压迫的穷苦农民成为舞台上的主角。贯穿故事情节的有两条线索，一是以李氏父子、曹正等为代表的底层民众在官府的横征暴敛下反抗暴行的革命行动，二是以观众非常熟悉的林冲个人命运的遭遇为线索，这两条线索本应突出后者，但在戏剧中，后者不断被前者所打断、影响，作者煞费苦心地让二者相互渗透，强调林冲对灾民的同情，对李小二、曹正的帮助，对诸位乡邻的感激，同时周围的群众也一直在帮助、指引着林冲，曹正、李小二都曾劝说林冲去梁山，最终林冲与众多压迫者抵抗官府、共赴梁山，让林冲真正成为群众的一员。

　　其次，戏剧中的矛盾冲突得到了进一步的提炼和升华。

　　戏剧冲突不仅是林冲与高俅父子因林娘子引发的个人恩怨，而是以林

---

　　① 刘芝明. 从《逼上梁山》的出版到平剧改造问题［A］. 中国京剧院编. 旧剧革命的划时期的开端——延安平剧研究院纪念文集［C］. 北京：中国戏剧出版社，2005：340-342.

冲、李铁、曹正、鲁智深等为代表的受压迫者与高俅为代表的上层统治者之间不可调和的阶级矛盾。"戏剧的基本特征是社会性冲突——人与人之间、个人与集体之间、集体与集体之间、个人或集体与社会或自然力量之间的冲突；在冲突中自觉意志被运用来实现某些特定的、可以理解的目标，它所具有的强度应足以导使冲突到达危机的顶点。"① 在戏剧第一幕第一场"动乱"就揭示了尖锐的阶级对立，黎民百姓生活在水深火热之中，高管权贵过着夜夜笙歌、声色犬马的享乐生活。李老唱到，"地租科差压榨紧，背井离乡去逃生，一路藤条无处奔，穷人哪里可安身？"李铁一家人因为灾荒逃难到了东京，被士兵驱逐后到了沧州安身，又因花石纲的差役与官府对立。高衙内无理敲诈曹正的肉铺，各级官吏借征收草料之际对百姓大加盘剥，盗卖国家粮草，征收差役更是蛮横霸道，《逼上梁山》一再强化渲染的是百姓作为弱势群体备受欺压，已经到了忍无可忍的地步。

而林冲与高俅的矛盾在驱赶灾民时就已产生，而在"阅兵"一场中，林冲用锄头铁镐演练的"穿沟战法"，遭到了高俅的斥责。在高衙内调戏林娘子之前，两个人的矛盾已上升到坚持全民皆兵的抗战与祸国殃民的投降两条路线之争，高衙内的恶行只是造成事件进一步恶化的推动因素。"原稿把林冲和高俅之间的矛盾赋予了政治内容，写林冲主张抗敌御侮，高俅主张妥协投降，作为两种政治矛盾的反映，而把谋占妻子的内容推到第二位，这就同《水浒传》以及过去同一题材的戏曲和电影限于描写林冲个人的苦难遭遇，林妻的贞烈不屈和夫妻间的生离死别，意义截然不同。"正因为如此，在"长亭"一场中，"结尾增写一个老军，代表禁军兄弟赶来送行，表明林冲与禁军士兵间的密切关系，以此冲淡剧中夫妻间的个人感伤。"②《逼上梁山》着重表现的是被压迫者的屈辱、愤激、反抗的共同情绪与革命意志，儿女情长被阶级血仇所代替了。

最后，民间文化资源的有效转化。

---

① ［美］约翰·霍华德·劳逊.戏剧与电影的剧作理论与技巧［M］.邵牧君，齐宙，译.北京：中国电影出版社，1989：213.

② 齐燕铭.旧剧革命划时期的开端［A］.中国京剧院.旧剧革命的划时期的开端——延安平剧研究院纪念文集［C］.北京：中国戏剧出版社，2005：358-360.

在《逼上梁山》中反复出现"公道"一词，在第一场"动乱"中，李老与李铁在逃难途中发生了争执，李老所代表的正是农民传统的道义观，"安分守己，天理自有公道，这年景不好也是常事，打劫抢粮岂不犯了王法？"李铁作为新一代农民的代表，早已认识到旧有的伦理原则现在无法适用了，"你不看那官府今日要粮，明日要款，就是无有灾荒，穷人也难以生存，还讲甚么天理公道！"尽管李氏父子的立场不同，他们的出发点却是一致的，无论是安分忍耐，还是奋起反抗，都要追求传统的天理公道，即只要人们辛勤劳作，就应当过上丰衣足食的美好生活。林冲面对的也是毫无公道的世界，他的上司高俅本是帮闲的泼皮无赖，"现今是大权在握，一手遮天。你想这个世界还有什么公道哇？"在长亭送别林冲时，一老汉大为感叹，"你看林教头为人忠厚，仗义疏财，竟落得这样下场，这世上还有甚么公道哇！"

一方面是人们对于公正和谐的社会伦理秩序的孜孜不倦的坚守和支持，另一方面则是这种追求在现实中却是处处碰壁，而社会制度越是腐朽不堪，人们对于美好理想的向往则显得更加迫切。正是因为社会对民众的压迫如此深重，人们已经被逼到无路可走的境地，到了忍无可忍的地步，正所谓"官逼民反，不得不反！"这样，人们对于黑暗势力的反抗也就具有了先天的合理性和正义性，由善恶对立的传统思维转化成阶级斗争的新内容也就顺理成章。

"政治意识形态对于'旧剧'采取的却还是'改造'、是想在'旧形式'中加进'新内容'、而不是消灭或破坏它的较为宽容的立场，从而也就保留了源于民间文化的审美资源的运作空间，既体现了意识形态对于民间资源的借用和提升，往往也会使民间文化内容在'运作机制'的框架中支撑或生发出新的意识形态意义。"① 现实中，统治阶级代表的恶势力无情地践踏了民间的伦理秩序，二者的矛盾已经到了一触即发的地步，革命意识形态借助人们内心对于社会合理秩序的普遍向往和追求，鼓动人们以暴抗暴，以暴力革命的方式来摆脱奴隶的地位。这样，革命伦理吸收改造了民间理想

---

① 周涛.《逼上梁山》与延安"旧剧革命"的运作机制［J］.延安大学学报（社会科学版），2011（5）：61.

的合理因素，摒弃了保守落后的一面，并注以阶级斗争的内涵，这样就与根深蒂固的民间文化传统达成了某种契合。

吴永刚的《夜奔》强调的是个人决绝的复仇行动，而仅隔四年后，《逼上梁山》中已经升级为整个被压迫阶级的暴力反抗，这一变化说明革命话语对民间文化资源进行了有效地整合利用，不仅将传统的英雄复仇故事进行了革命化的改造，以抽象的阶级性代替了丰富的人性，更重要的是，在终极目标的诉求中即对公平正义的理想社会的追寻中，二者达成了共识。

通过现代文学作品对林冲形象的不断阐释与不同改编可以看出，作者所处的时代背景、拥有的理论资源、自身的文学修养等造成了诠释角度的多元化，使传统的英雄形象具有了现代社会的丰富内涵。无论是对人物人性丰富性的发掘，对民族复仇精神的呼唤，还是作为为现实政治服务的宣传武器，这些都不同程度地反映出时代文学思潮变迁对于作家创作的影响。作者基于同样的小说文本，但依据的文本意义不尽一致，产生共鸣的地方各不相同。在人道主义思潮、抗战文学主流、马克思主义阶级理论等不同角度的折射下，作者秉持的观念不同，自然就使改编的作品呈现出了丰富多彩的面貌。对林冲形象的历时性变化的分析中可以感受到现代社会中社会文化变迁的时代脉搏的律动。

文学经典的阐释空间是多元而开放的，阐释的可能性越丰富，其审美价值就会越高。"在世代相传的接受链中，一部作品的接受必然要经历不断加深、巩固、发展或修正、推翻的过程，只要人类存在，这一过程便会无限延续下去，永远不会终结。"① 对水浒传的阐释与改编也会如此，作为审美文本具有未定的开放性，其蕴含的意义具有无限的丰富性。

---

① 林骧华，朱立元，居延安.文艺新学科新方法手册 [M].上海：上海文艺出版社，1987：224.

第二节　武松形象的现代改编

在《水浒传》中，作者施耐庵用整整十回的篇幅塑造了武松的形象，武松作为一个精彩绝伦的"天人"形象，得到了众多批评家的肯定，成为大众读者心中崇拜的偶像。二十世纪以来，在中国面临国难当头、生灵涂炭的危急时刻，武松的形象被寄予了"侠之大者"的期待，在革命话语中，武松成为被压迫阶级的一员，与张都监、西门庆这些地主阶级的压迫者有不共戴天的阶级仇恨。随着中外文化思潮的碰撞，对于武松形象的认识开始摆脱了单一的肯定性评价，武松身上所体现的人性，甚至痞性、庸俗性、暴力性的一面得到曝光，武松作为英雄的形象开始被解构，从高高在上的完美英雄沦为了芸芸众生的普通一员。文化消费时代中，英雄已经无处觅影，武松形象呈现出猥琐、无能、迂腐、低俗的特点。"英雄是一种原欲"，英雄不会死去，人们对于英雄的观念虽然发生了变化，但这依然是一个需要英雄的年代。

一、完美英雄的塑造

金圣叹对武松非常欣赏，认为武松的性格集众人之所长，"固具有鲁达之阔，林冲之毒，杨志之正，柴进之良，阮七之快，李逵之真，吴用之捷，花荣之雅，卢俊义之大，石秀之警者也。断曰第一人，不亦宜乎？"①武松的性格并非一开始就是完美无缺的，南宋龚开的《宋江三十六人赞》中曾提到武松"酒色财气，更要杀人，"武松作为行者，应该遵守出家人的戒律，而通过史料可以看出，早期的武松形象更具有江湖气息。通过武松调戏蒋门神的小妾和孙二娘的细节透露出，武松长期浪迹江湖，性格中难免有些江湖习气。这些"风话"无损于武松的高大形象，反而丰富了武松的性格特征。在"武十回"的精彩故事中，读者沉浸在快意恩仇的江湖世界

---

① 陈曦钟，侯忠义，鲁玉川．水浒传会评本（上）[M]．北京：北京大学出版社，1981：486.

中，很容易忽略这些性格上的小瑕疵。

武松在景阳冈醉酒后徒手打死老虎，可谓孤胆英雄，勇猛过人；他与兄长的手足之情温暖人心，可谓兄友弟恭，情深义重；他明知犯法也要斗杀西门庆，不顾一切为兄长复仇，可谓孝悌英雄，大快人心；他将蒋门神赶出快活林，在鸳鸯楼大开杀戒，可谓义字当头，敢作敢为。在武松身上既有豪爽义气的侠客风貌，又有忠孝两全的儒家人格，不近女色的英雄品格，可以说是一个理想的英雄形象。

"抗战国统区剧作家往往把侠义／侠客作为民间文学审美资源加以提取和利用，借重传统文化的力量唤醒民族情感、民族文化并予以现代整合，实现对传统文化的认同和价值归属，作为形成民族意识、国家意识、现代民族精神以及完成'抗战建国'的有效途径。"① 在国家危难的时刻，民族精神得到前所未有的重视。知识分子从水浒侠义精神中汲取精神力量，试图以侠义精神的价值规范与道德伦理来感染民众，促进民众阶级意识与民族意识的觉醒。

戏剧家田汉于 1942 年创作了十八场京剧《武松》，宋江在送别武松时，对天下大势忧心忡忡，大宋王朝外有强敌虎视眈眈，内有奸贼蒙蔽圣听，他鼓励武松报效国家，"若得同心协力，内除奸佞，外扫胡尘，措天下于泰山之安，也不枉兄弟们结拜一场。"武松唱道："武二生平虽鲁莽，却也知担负起天下兴亡。"② 戏剧中的宋江与武松就不再是单纯的江湖义士，他们身在江湖心忧天下，关心时局，体现了一种"侠之大者，为国为民"的精神格局。"侠义"的精神从传统的"士为知己者死"的"私义"层面获得了更为深刻的升华。

京剧《武松》中塑造的西门庆形象是一个典型的地方恶霸，他恃强凌弱，勾结官府，强逼黄叟的女儿黄菊姑做三房，若不是武松打抱不平，父女俩差点投河自尽。于是戏剧中第一次出现了武松与西门庆对峙的场面，二人互不相让，剑拔弩张。这就提升了武松传统的报私仇的境界，武松成

---

① 焦欣波．"侠义"与现代民族精神的构建——论抗战时期国统区的新编水浒戏剧[J]．现代中国文化与文学，2017（3）：303.

② 田汉．田汉文集：第 9 卷［M］．北京：中国戏剧出版社，1983：65.

为被压迫阶级的代言人。舞台上出现了善／恶、正／邪、光明／黑暗的二元对立，形成了巨大的戏剧张力，进一步强化了人物的矛盾冲突。

武松发出了这样的感叹，"叹人间处处是景阳冈，白日街头有虎狼；倚持豪强欺负善良，哪把那贫穷人放在心上。"他决定要"扶贫弱专打豪强"，"莫怕山中母大虫，从来苛政比它凶。且将打虎除凶意，去与宗邦立大功。"在阶级对立鲜明的封建社会，武松要用铁拳匡护人间正义，甚至不惜"以武犯禁"维护底层民众的利益，武松也就成为抗战期间集合了传统侠义精神与现代民族精神的一个典型形象。田汉在《关于现实主义》一文中指出，"在中国抗战的现阶段，在全世界光明与黑暗战斗无比激烈的今日，我们需要真能深刻抉发民族缺点的作品，更需要能唤起广大国民高度抗敌情绪为实现崇高的建国理想不顾一切牺牲的作品。"① 田汉着力塑造的阶级英雄武松形象，二元对立的情节结构模式，有意采取的观众喜闻乐见的戏剧形式，② 这些都表现了田汉试图以富有精神感召力的文学作品来唤醒民众抗敌热情的努力，激发民众对民族英雄的向往与崇拜。

茅盾曾发表《谈〈水浒〉》一文，他用阶级的观点重新审视这部文学名著，认为《水浒传》是宋代市民阶级的"文化娱乐"，"'替天行道'的杏黄旗，在市民阶级的艺人手里又加以理想化：受招安、征辽的故事，正表示了市民阶级对于封建阶级统治者的'对内主剿'、'对外主和'的痛恨，故借'小说'以示抗议，以寄其愿望。"③ 其中显然投射着作者对于国民党政权"攘外必先安内"政策的批评。在阶级话语盛行的革命年代，人们习惯从阶级观点来审视《水浒传》，发现其中强烈的阶级对立。1945年，延安平剧院创作的新编历史剧《武大之死》开篇就描写了西门庆开的药铺卖假药，郓哥买了假药有苦难言，又不敢得罪西门庆，只好自认倒霉。西门庆嚣张跋扈，作恶多端，是典型的恶霸形象。

---

① 田汉.田汉全集：第15卷［M］.石家庄：花山文艺出版社，2000：369.

② 该剧1942年作于桂林，最初为湘剧，1944年在贵州改为京剧。京剧显然比地方戏能获得更多的受众，产生更大的影响力。

③ 茅盾.谈《水浒》［A］.过常玉，刘德广.名家品水浒［C］.北京：中国华侨出版社，2009：19.

作者王一达在该剧中凸显了阶级之间的鲜明对立，以西门庆、县令为代表的统治阶级为所欲为，草菅人命，颠倒黑白。西门庆与县令狼狈为奸，县令在收到武松的诉状后，立刻派衙役给西门庆通风报信，而西门庆心领神会，派人给县令送去了五百两纹银。县令在受贿之后，以证据不足为由强行驳回了武松的诉状。武松在一告失利之后，在武大断七之日召集各位邻居，请来了何九叔、郓哥作为见证，获得潘金莲与王婆口供之后，再次状告西门庆为哥哥申诉冤情。而县令不问青红皂白，一口咬定武松不守王法，诬赖好人，将他重打四十大板后哄下堂去。田汉的京剧《武松》中出现了知县陈文诏的形象，他对武松有知遇之恩，武松感恩图报为知县押送礼物到东京亲戚处。武松路遇大盗劫财，当面对大盗质询"倘若他是清官，他上任不过两年，这许多财银哪里来的？""只是武都头英雄盖世，如何却与赃官押送金银？"武松无言以对，只能呵斥对方"休要多言！"。田汉戏剧中并未出现武松与县令陈文诏的直接冲突，略去了武松为陈文诏效力的合法性，而在《武大之死》中县令是一个面目模糊、贪赃枉法的贪官形象，作品中更突出的是他作为统治阶级的残忍冷酷的阶级本性。该剧中，武松作为被压迫阶级的一员，与县令之间的矛盾变得更加尖锐。

从下层民众来看，《武大之死》中表现了底层民众相互扶助、互相关爱的阶级情谊。郓哥买到假药后，是善良的武大借钱给他，让他重新去抓药。在郓哥与王婆打架后，吃饭都没有着落，又是武大借钱给他，帮助他渡过难关。潘金莲的形象不再是欧阳予倩笔下的女性觉醒者，她被西门庆的花言巧语所迷惑，在无奈中走向沉沦。潘金莲是一个被侮辱的底层妇女，与西门庆的偷情是她被人算计后落入陷阱，她的内心一直充满了罪恶感，最后扑向武松的尖刀，主动赴死。作者以这种折中方式解决了革命伦理与个人道德之间的矛盾。统治阶级骄奢淫逸与底层民众的饥寒交迫形成鲜明的对照，而武松作为都头为兄长武大诉冤却状告无门，最后只好铤而走险，自己去复仇。

两剧最后的结局都是武松去衙门自首，"这一行为在某种程度上意味着反抗国民党统治的强度有所降低，有利于民族抗战，而且也表明抗战当前不宜过度倡导国家与民族、国家与政治之间的分裂和冲突。也就是说，武松的'英雄侠义'仍然需要在国家意识的号召下去完成宋江所寄托的愿望。这是侠义精神及民间立场向现实'妥协'的一种态度。"①
这说明侠义精神仅有民间道德伦理的支持是不够的，还需要回归到民族
国家的法制框架内。作为民间英雄，武松有情有义，又有勇有谋，同
时，他又具有了阶级英雄的正义感和使命感，将民族大义、家国情怀、
阶级意识、英雄血性集于一身，可以说"时势造英雄"，武松成为一个
完美的英雄形象。

二、解构英雄的崇高

武松作为一个阿波罗式的完美英雄，其英雄性与非英雄性是相辅相成
的。孙绍振先生发现了武松身上的痞性与匪性，他认为武松的原则是"我
先认识的人，我的兄弟，我为他的利益拼命就是义。如果这么分析的话，
武松醉打蒋门神，夺回快活林，到底是英雄的行为，还是痞子团伙、恶霸
的行为，值得研究。"②细读文本会发现，英雄武松同样具有凡俗的一面，面
对斑斓老虎会腿软害怕，遇到上级提拔会感恩戴德，在蒙冤受辱后会大开
杀戒。小说《金瓶梅》中出现的武松形象就变得更为世俗，他在复仇时找
不到西门庆，误杀了李皂隶，被刺配充军。武松的性格变得更加鲁莽冲动，
对于兄长武大之死找不到任何有力的证据。在遇赦回乡后，假意要娶潘金
莲为妻，最后将潘金莲杀死，逃到梁山做了强盗。此时的武松只是个薄情
寡义的世俗之人，失去了英雄的豪气。

二十世纪以来，武松的英雄形象开始被人们所质疑，读者开始正视英
雄性格中人性的一面，甚至从颠覆英雄形象中享受解构权威的乐趣，武松
的形象发生了以下变化：

第一，武松的"无欲"被大众诟病。

"色欲是诱惑力最强大的，英雄难逃美人关，人性使然，《水浒》英雄

① 焦欣波.“侠义”与现代民族精神的构建——论抗战时期国统区的新编水浒戏剧
[J].现代中国文化与文学，2017（3）：310.

② 孙绍振.武松的痞性、匪性和人性［J］.名作欣赏，2009（22）：58.

不论多么纯洁，与色欲有所沾染是很难避免的。"①《水浒传》中的英雄都是不近女色的好汉，这种禁欲式的生活显然被现代人所诟病。武松作为一位伟丈夫，面对潘金莲的诱惑时表现得十分无情，完全不顾潘金莲的内心想法，一点没有惜香怜玉之情。作为正常人的七情六欲在这里已经被超我严格地压制，异化为对女性的强烈厌恶，最终导致对女性的暴力杀戮。如果武松对女性有更多的同情心，对待潘金莲的暗示能够换一种处理方式，也许故事就不会是这种惨烈的结局。

二十世纪初，欧阳予倩创作的话剧《潘金莲》中，武松坚信"礼仪纲常是万年不变的"，他的冷漠拒绝让潘金莲失望到了极点，转而投向西门庆的怀抱。潘金莲对于武松的批评一针见血，"你因为想教人家称赞你是个英雄，是个圣贤，是个君子，就把您的青春断送了！"武松为了保持自己的清白名誉，严格恪守叔嫂之间的伦理道德，不敢越雷池半步。在潘金莲眼中，武松是个不解风情的假道学，是男权社会中折磨女性的代表。与潘金莲的敢爱敢恨、追求真爱相比，武松的性格显得刻板保守，站在了女性解放的对立面，成为男权社会的帮凶。

二十世纪九十年代，杜家福改编的戏曲《潘金莲》中改变了欧阳予倩笔下潘金莲对武松的一往情深，潘金莲变得更加泼辣犀利，大骂武松胆小如鼠，"哼！哼哼哼！你不过是个懦夫！懦夫！"新时期的潘金莲需要的是敢作敢为、追求真爱的男子汉，与武松的一本正经相比，西门庆更能讨到她的欢心。

魏新的《水浒十一年》中潘金莲对武松十分失望，她看破了武松内心的软弱和不安，认为他枉为八尺男儿，一生被伦理道德所束缚。"武松就算有打死老虎的本事，也不具备打破世俗观念的勇气。他一生都没有爱情，还不如王矮虎，豁出去不要脸了，最终抱得美人归。"②对于武松来说，有形的猛虎能够打死，无形的伦理道德却束缚了他的一生，潘金莲死后，他摒弃了人的正常欲望，成为战场上的杀戮机器，一生注定与爱无缘，孤独终老。

---

① 古耜.中国作家别解水浒［M］.北京：北京联合出版公司，2012：225.

② 老了.水浒十一年：1112年—1122年［M］.济南：山东画报出版社，2008：113.

第二，武松的情欲得到书写。

二十世纪八十年代以来，文学摆脱了传统的宏大叙事模式，开始向人学回归，重新正视人的正常欲望。"文学回归人学立足于这样的理论预设：人不仅是欲望的承载者，而且是欲望的创造者和欲望主体本身。"①欲望是人类社会前进的不竭动力，人类无法摆脱与生俱来的各种欲望，只能在欲望的驱使下采取行动。

正视欲望具有重要的文化启蒙意义，能够让人们的思想冲破传统文化的枷锁，更好地解放人性、审视人性。"在 80 年代，欲望的释放更多的与文化的解放相关，它的解构与颠覆意义伴随着欲望叙事对前期压抑所带来的巨大冲击力，因而这一叙事有着与启蒙叙事相一致的人文深度，其实它隶属于整个 80 年代的启蒙人文叙事。"②

欧阳予倩笔下的潘金莲作为女性对爱情和婚姻的合理欲求得到读者的同情理解，武松内心深处的欲望也被作家淋漓尽致地呈现。贾平凹的小说《武松杀嫂》中描写了武松在面对潘金莲这样的美艳尤物时的矛盾心理，"贱雌儿竟换上了娇艳鲜服，别戴着颤巍巍一朵玫瑰，仄靠了被子在床上仰展了。哎呀，她眼像流星一般闪着光，发如乌云，凝聚床头，那粉红薄纱衫儿不系领扣，且鼓凸了奶子乍得老高。以前她是嫂嫂，不能久看，如今刀口之下，她果真美艳绝伦，天底下有这样的佳人，真是上帝和魔鬼的杰作了！天啊，她这是临死亡之前要集中展现一次美吗？"③潘金莲具有强烈的女性魅力，让打虎英雄一时不知所措，无法下手，他无奈感叹道"咳，咳，这是个景阳冈的老虎就好了。"这份美丽让武松心里产生莫名的悸动，被叔嫂名分压抑的内心欲望在强烈的刺激下难以抑制地呈现出来。在男权菲勒斯中心视角下的女性身体成为一个引诱男性犯罪的情色符号，在得不到这份美丽宁可残忍毁掉的变态心理下，武松杀死了潘金莲。性欲不能直

---

① 胡秦葆.主体欲望的碎片——对 20 世纪 90 年代初中国文学转型的重新考察［J］.广州大学学（社会科学版），2006（5）：71.

② 谢廷秋.中国当代作家的城市想象与表述［M］.北京：中国戏剧出版社，2008：178.

③ 贾平凹.武松杀嫂［J］.微型小说选刊，2010（13）：84.

接释放出来，在超我的阻碍下转化为杀人的冲动，在毁掉美丽的快感中压抑的欲望得到了宣泄。

张宇的小说《潘金莲》中，武大郎的思想非常开明，认为武松与潘金莲更为般配，于是有了三人共同生活的念头。在摆脱了身份的尴尬后，武松对潘金莲有了初恋的甜蜜感觉。"长这么大，他武松从来还没有对女人有过这种体验，看不到的时候想见，看见了又得躲。就像有一根无形的丝线把他们两个牵着，怎么也挣不脱。这种牵挂隐隐约约时隐时现，说苦也苦，说甜也甜，理不断，心还乱。"① 在作家笔下，英雄也有儿女情长的一面，即便是武松也会坠入情网不可自拔。

改编电视剧对于武松情感的演绎更为大胆。电视剧更注重观众的审美接受心理，如果为英雄武松增加更多的情感戏和内心戏，能让人物形象变得更加人性化。在游大庆版的电视剧《武松》（2013）中，武松与潘金莲从小青梅竹马，感情深厚。二人重逢后更是含情脉脉，一起策马兜风，完全忘却了叔嫂名分。王文杰导演的《情义英雄武二郎》（2001）中增加了西门庆妹妹西门如兰的角色，西门庆勾搭潘金莲害死了武大郎，武松为兄长复仇杀死了西门庆，武松与如兰的感情产生了裂隙，几经波折后，两人互通心意。此外，在扬州评话《武松》中，增加了玉兰与武松的故事。通过以上的改编可以看出，改编没有忠实于原著的精神，情节被改编的不合逻辑，人物之间的关系过于戏剧化，英雄面临着情与义的纠葛难以解脱，情感的过分渲染让武松失去了英雄本色。

第三，武松形象的彻底消解。

一方面是新历史主义视野下的虚无空洞。"后现代社会是一个没有英雄、也不崇拜英雄的时代，所以作家们肆无忌惮地对武松打虎的故事进行戏仿性改写。古典的英雄故事、崇高的英雄形象在生活于后现代社会的人眼中只不过是虚构的历史故事罢了。新历史小说通过对经典文本的戏仿消解了其原有的崇高与神圣，去除了历史英雄人物的伟大与不朽，过滤掉了经典与世俗、精英与大众之间的遥远距离。"② 李冯的小说《我作为英雄武松

---

① 张宇，向小竹，阎连科.潘金莲，你好［M］.长沙：湖南文艺出版社，1999：51.

② 刘进军.历史与文学的想象［M］.济南：山东人民出版社，2013：289.

生活的片段》解构了英雄武松的崇高和神圣，真正的武松对现实中的一切感到厌倦和无聊，只能在酒精的麻醉中忘却现实。武松穿梭在真实与梦境之中，戏剧故事中的自己只是性和暴力的综合体。宋江不过是个徒有虚名的黑胖子，武大是个生活在炊饼世界的小矮人，潘金莲与一般的家庭妇女并没有区别，故事中根本没有西门庆这个人，武松所谓的英雄壮举不过是一些无聊文人编造的虚构故事。

潘惠森的话剧《武松日记》中，梁山好汉碌碌无为，一心等着招安。武松的英雄事迹在江湖传言中被消解，在梁山慵懒的氛围中，武松开始写日记，这成为他消磨时光的主要方式。

另一方面是文化消费主义的娱乐搞笑。弗雷德里克·詹姆逊指出，"在全球范围内，留存的最后一些飞地——无意识与'自然'，或文化、美学生产，农业——现在都已被同化为商品生产，在今天，形象就是产品，这就是为什么期待从形象中找到否定商品生产逻辑是徒劳的原因。"①在后现代大众消费文化语境中，出现了消费传统经典的现象。在市场利润的驱动下，人们对文化经典进行有意的戏仿、拼贴、反讽、调侃，在娱乐搞笑中消解了文本的深度，淡化了文学的意义。旧有的美学观念和文化秩序被颠覆，诗性的文化品质在市场浪潮的侵袭下节节败退。

王小枪的搞笑作品《孙二娘日记》中，武松说起了快板，"列位看官听好了，俺就是、海里猛龙不过江、岸上堤下都称王、天塌下来一肩扛、打虎在那景阳冈、人送绰号二奶杀手＋少女情人＋大众偶像的——打虎的英雄武松武二郎！"武松与潘金莲私奔住到了孙二娘的客栈里，为伙计大讲黄段子。武松的绝招就是以抓奶龙抓手打死了景阳冈的老虎，此外还有一个说书的三级职业证书。最后他因为在大街小巷的墙面上写满了潘金莲的名字而锒铛入狱。在《完全强盗手册》中，在武大被毒死之后，武松丝毫不关心兄长武大的死因，更关心能否娶到垂涎已久的潘金莲。结果不小心被西门庆捷足先登，武松心里十分后悔。而在改编的影视作品中，香港电影《水浒笑传》《水浒笑传之黑店寻宝》以及优酷出品的微电影《水浒英

---

① ［美］弗雷德里克·詹姆逊.文化转向［M］.胡亚敏，译.北京：中国社会科学出版社，2000：130.

雄武松传》中出现的武松形象都是十分猥琐无能的，在观众的哄堂大笑中消解了原来高大完美的英雄形象。经典文本成了年轻作家创作的灵感来源，在受众快意的笑声中英雄的昔日雕像坍塌成了碎片。

三、好汉的再次归来

武松的形象自诞生以来，他的故事一直被人们津津乐道，人们不断对武松的形象进行补充、改写，甚至是完全颠覆和重塑形象。从明末《金瓶梅》中的市井小人到二十世纪初期武松的形象承担起了弘扬民族精神的重任，再到二十世纪八十年代以来武松的禁欲形象被批评、重写可以看出，武松形象的塑造与政治、文化思潮的变化有着密切的关联。英雄的时代已经一去不复返了，当一切文化都可以消费、所有英雄都可以调侃的时代到来时，当人们陷入犬儒主义的泥沼中，不禁会发出这样的疑问，这个时代还需要英雄吗？

答案是肯定的。尽管在后现代社会中文化消费主义盛行一时，英雄已经失去了原来的光芒万丈，在小丑的群魔乱舞中黯然离场，但是"英雄崇拜从没有死，并且也不可能死，"[1]英雄是集中了人类各种优良品德的理想人物，他能够以感性的力量唤起人们向善的勇气，提升自己的人生境界。面对英雄人物时，人们就像面对着巍峨的高山或者辽阔的海洋，不由自主地产生敬仰之情。"依美学家的分析，起崇高雄伟感觉时，我们突然间发现对象无限伟大，无形中自觉此身渺小，不免肃然起敬，悚然生畏，惊奇赞叹，有如发呆；但惊心动魄之余，就继以心领神会，物我同一而生命起交流，我们于不知不觉中吸收融会那一种伟大的气魄，而自己也振作奋发起来，仿佛在模仿它，努力提升到同样伟大的境界。"[2]

在后现代社会，人们热衷于调侃有缺点的"伪英雄"，嘲笑被神化的完美无缺的英雄，他们失望于主流话语对英雄塑造的权威性，这与他们心目

---

① ［英］卡莱尔.英雄和英雄崇拜——卡莱尔讲演集［M］.张峰，吕霞，译.上海：上海三联书店，1988：208.

② 朱光潜.谈修养［M］.杭州：浙江教育出版社，2018：102-103.

中的真正英雄相距甚远。"英雄是能够成功地战胜自己的和当地的历史局限性、从而成为一般产生效果的，具有常人形象的男人和女人。这种英雄的远见、卓识和灵感来自人类的生活和思想的原始源泉。因此他们所清晰显示的不是处于崩溃状态的当代社会和心灵，而是社会在其中重生的永不干涸的源泉。英雄作为现代人而死去；可是作为永恒的人——更完美的、非特定的、普遍性的人——又获重生。"①真正的英雄是不会消失的，人们心中永远向往着英雄，渴望从英雄身上获取不竭的精神力量。

在武松身上集中了智、勇、忠、孝、义等多种古代英雄品质，在现代社会，人们批评的是武松身上腐朽过时的封建因子，如对女性生命的漠视，对个体欲望的压抑等，而不是对武松的全盘否定。武松所具有的侠义精神和非凡的武力一直为人们所崇拜，他的故事也经常活跃在戏剧舞台上。

京剧《武松》取材于水浒传中的"武十回"，故事曲折生动，矛盾尖锐集中，人物形象个性鲜明，动作性强，扣人心弦的武戏较多，可以称为"武戏中的正剧"。"这是刻画为民除害、伸张正义、义无反顾、英勇顽强的古代草莽英雄最适宜的类型，因此在舞台上经历多年实践，票房始终不衰。"②饰演武松最有名的演员是盖叫天，被誉为"江南活武松"。他先是演出武松打虎、武松打店、狮子楼等单折戏，单折戏演出成熟后开始表演整本《武松》，在情节上更加完整，受到观众的热烈欢迎。1963年，盖叫天演出了彩色京剧电影《武松》。在演出中，他删去了一些血腥暴力、滥杀无辜的情节，使得武松的形象更加高大完美。传统戏曲源远流长，艺术功底深厚，关于武松的戏曲经过几代戏剧艺术家的细心打磨，已经成为经典的演出节目。2018年10月上演的小剧场京剧《好汉武松》可以说是在消费时代重新召唤英雄的一次全新尝试。

第一，突出武松的中心地位，不为潘金莲翻案。《好汉武松》打破因现代性再次固化的思维定势，丰富潘金莲性格的目的是为'烘云托月'，让

① ［美］约瑟夫·坎贝尔.千面英雄［M］.张承谟，译.上海：上海文艺出版社，2000：14-15.

② 杜钦.盖叫天舞台历程七十年［M］.北京：中国文联出版社，2007：224.

她回归了武松戏的配角形象，将舞台留给武松。"①在二十世纪以来的水浒改编作品中，受到人道主义、女性主义等西方思潮的影响，人们很容易对在婚姻不幸、无奈中铤而走险的潘金莲产生同情，而武松作为维护传统道德伦理的对立面，很容易被丑角化、边缘化。人们越同情潘金莲的不幸命运，就越厌倦武松的正面形象。用现代人的观点来苛求传统社会中的英雄人物，是一种反历史主义的错误。

著名戏剧家阿甲指出，"我们应当好好地学习历史，正确地反映历史，再不要借历史的人物为自己服务，来发挥自己在这政治学习所获的新的。不然那历史上的人物，将永远走在你的前面，为你的思想言论当翻译。"②人们习惯批评武松的不近人情和血腥暴力，武松所处的时代决定了他的思想观念，他不可能因为一时心动而接受嫂子的心意，也很难寻找到两全其美的解决办法，既能够让潘金莲找到好的归宿，又能不违背封建伦理道德。当兄长惨死之后，西门庆一手遮天，武松无处诉冤，只能采取血腥复仇的手段，这些都是不得已而为之。因此，一味地用今人之观点来考量古人，脱离了人物生存的时代环境，是不符合历史主义原则的。在京剧《好汉武松》中，恢复了武松在戏剧中的中心地位，有利于戏剧矛盾的集中，更好地弘扬武松的忠义精神。

第二，借助"火盆"为道具，有效地推动情节。在"戏叔"一场戏中，将原来盖叫天扮演武松时使用的扇子改为北方取暖用的火盆，这样的安排更符合原著的情节，原著中故事发生的时间就是雪花飞舞的冬天，而火盆的隐喻意义能够更好地渲染环境氛围，塑造人物性格。

> 潘金莲：叔叔不会拨火，还是奴家来吧。（抓火钳，武松抽手）
> （唱）火复生，先须淬酒，点星闪，半杯残，饮入唇齿，苦也酸。
> 武　松：嫂嫂莫再多饮。
> 潘金莲：（唱）火复暖，深探铁钳，搅明灭，交双杯，满斟喉舌，

---

① 任婷婷. 小剧场京剧《好汉武松》新瓶装旧酒也是一种美［EB/OL］.（2018-11-05）［2022-03-17］.https：//baijiahao.baidu.com/s？id=1616253582092124870&wfr=spider&for=pc.

② 阿甲. 评《新大名府》的反历史主义观点［N］. 人民日报，1951-11-9.

辣亦甘。

　　武　松：嫂嫂你酒醉了。

　　潘金莲：叔叔鼻尖儿都出汗了。

　　（唱）火复燃，倾盆滚炭，通体暖，良宵短，淋漓肝肠，须尽欢。

　　武　松：嫂嫂你看这飞蛾扑向火盆，冷水浇熄，尚有一命。

　　潘金莲：它既飞来，自知赴火，不救也罢。

　　武　松：嫂嫂你莫再近前。

　　"火"由星星点点的小火到熊熊燃烧的旺火，再到火的熄灭，这与人物情绪的变化有着密切的联系。火的复生、复暖、复燃，象征着在酒的刺激下潘金莲的欲望的复苏、膨胀、释放。借助三分醉意，潘金莲由试探性地拨火，到大胆地进行表白，这团火是她在冰冷的世界中的慰藉，是她黑暗生活中的生命之光。在这里，还出现了为追求光明和温暖不惜赴死的飞蛾，这显然是潘金莲命运的缩影。武松一再暗示她应当适可而止，不要一意孤行，死无葬身之地。而潘金莲的回答表达了她对情感的执着，为了追求爱情，宁可粉身碎骨，做一只扑火的飞蛾。

　　"火"象征着温暖和希望，同时又意味着危险和死亡，象征着主人公的命运起伏。火盆中的火被武松强行熄灭，很快又会死灰复燃。欲望不加节制就会为人带来灭顶之灾，潘金莲的表白在遭到武松的严厉拒绝之后，终于还是玩火自焚，不断膨胀的欲望最终葬送了自己的性命。

　　第三，继承传统戏曲资源，坚持文化的守正创新。

　　戏曲是中华文化的瑰宝，具有鲜明的民族特色和艺术形式。作为中华优秀文化的重要载体，戏曲在文化传承、净化心灵中发挥着重要作用，使观众在感受传统戏曲魅力的同时弘扬社会主义核心价值观，增强文化自信。

　　从悲剧心理学的角度看，悲剧能够激发观众对生命意义的追求，净化观众的灵魂，使观众进入到崇高的精神境界。亚里士多德曾对悲剧下过这样的定义，"悲剧是对一个严肃、完整、有一定长度的行动的模仿，它的媒介是经过'装饰'的语言，以不同的形式分别被用于剧的不同部分，它的模仿方式是借助人们的行动，而不是叙述，通过引发怜悯和恐惧使这些情感得到疏泄。"① 在观赏京剧《武松》时，悲剧会让观众产生特殊的心理审美活动，当看到主人公所遭遇到的巨大苦难时，观众会不由自主产生惋惜之情。在苦难压迫面前，主人公以顽强的毅力与黑暗势力进行抗争，同时付出惨重的代价，呈现出"明知山有虎，偏向虎山行"的不屈不挠的精神意志。通过情感的共鸣，观众会被激发出隐藏的生命力量，在情感上感到振奋异常。悲剧中产生的感动、惋惜、怜悯、共鸣等丰富的情感体验能够帮助观众在娱乐的同时净化灵魂，提升精神境界。"观赏一部伟大悲剧就好像观看一场大风暴。我们先是感到面对某种压倒一切的力量那种恐惧，然后那令人畏惧的力量却又将我们带到一个新的高度，在那里我们体会到平时在现实生活中很少能体会到的活力。简言之，悲剧在征服我们和使我们生畏之后，又会使我们振奋鼓舞。"②

从中国戏曲历史发展来看，戏曲艺术博大精深，经过长时间历史和人民的检验，至今仍然生生不息。社会经济的迅速发展、多元文化思潮的冲击、市场思维的侵蚀，这些都在冲击着传统戏曲艺术的发展。传统戏曲面临着艰难的生存困境，一些地方剧种、传统剧目面临着后继无人的尴尬，如何创造性地继承中华优秀传统文化，实现文化的守正创新，获得观众的认可和赞赏，是一个值得深思的问题。小剧场京剧《武松》并没有在戏曲的先锋性、实验性上做文章，而是有效整合传承传的统戏剧资源，在古典艺术与现代精神中取得平衡，让传统文化大放异彩。根据演员的不同风格，《好汉武松》分为两版，魏学雷的"烈焰版"凌厉霸气，张旭冉的"冰锋版"清俊刚毅。魏学雷师承武生名宿杨少春，是杨派武生戏的传承者，在表演中融合了南北两派的艺术表演风格。"杨派武松打法的基本准则是稳、准、狠。比如打虎一场，其表演风格是向观众展示如何打死老虎：上前打三头，揪住虎尾，转身掠虎背，'绕脖儿'踢'抢背'，转身'揣手'亮罗汉相；反踢大带，交右手，打'左虎跳'，扫'扑虎'；拳打，狠打三拳，

① ［古希腊］亚里士多德.诗学［M］.陈中梅，译.北京：商务印书馆，1996：63.
② 朱光潜.悲剧心理学［M］.张隆溪，译.北京：人民文学出版社，1985：84.

最后一拳打在白额上，亮罗汉相，整套动作力健气充，一气呵成。"①演员在表演上吸收了盖派武松的表演特点，善于根据人物所处的情境表现人物复杂的心理活动，面部表情丝丝入扣。这种武戏有硬功夫，同时又"武戏文唱"的做法能够提升戏曲的品质，以简单真诚的方式表达了对传统戏曲艺术本体规律的尊重。

相比之下，同种题材类型的小剧场湘剧《武松之踵》显得更为先锋，武松的软肋是他过于重情，正如阿喀琉斯的脚踝。因为武松对潘金莲产生了怜悯之情，所以面对潘金莲时无法下手复仇。这显然是从现代人性角度对人物进行的理解。无论是对传统戏曲艺术的回归，还是大胆地进行创新改编，相信未来的中国戏曲不再是"曲高和寡"的小众艺术，将会以朴素真诚的创作赢得更多的年轻观众。武松的故事还将继续在戏曲以及更多更大的平台上进行演出。

第三节　潘金莲形象的网络改编

潘金莲是《水浒传》中家喻户晓的女性形象，作为知名度甚高的淫妇形象，在《金瓶梅》中更是以其妩媚、妖冶、放荡、毒辣被钉在历史的耻辱柱上。进入二十世纪以来，随着传统思想的解放和人性意识的觉醒，潘金莲的形象被重新塑造，其中寄予了作家对女性问题的深切关怀和理性思索，可以看到读者对她不幸命运的同情与理解。比较经典的翻案之作是欧阳予倩在1927年创作的话剧《潘金莲》和魏明伦在1985年创作的荒诞川剧《潘金莲》。这两部作品都创作于社会思潮大碰撞的革新时代，反映出人们思想中传统与现代、保守与改革、进取与退缩的矛盾冲突。进入网络时代之后，消费文化日益泛滥，"潘金莲"这个形象日益成为一个写作噱头，

---

① 任婷婷.小剧场戏曲的"传统"情怀——评京剧《好汉武松》[J].中国文艺评论，2019（1）：113.

很多网络写手随心所欲地进行改写，向消费者的审美趣味妥协。潘金莲形象投射了现代社会中被压抑的欲望，其不断被重塑的过程可以窥见时代文化思潮的演进轨迹，了解当代读者的审美需求和文化趣味，这也成为一个值得深入思考的文化现象。

一、潘金莲形象的改写

在封建社会，人们对于潘金莲的认识停留在"千古第一淫妇"的层面上，一方面在道德上进行居高临下的批判，另一方面又在私下津津乐道这些闺阁秘事。欧阳予倩的话剧《潘金莲》从女性主义的视角将潘金莲塑造成了一个追求个性解放的时代新女性形象。该剧"撕毁了贴在她身上已存在了几百年的'荡妇'的标签，以广博的人道主义情怀来观照潘金莲的人生悲剧。欧阳予倩成为后来的潘金莲女权主义批评的开端。"[①] 时隔半个多世纪之后，魏明伦创作的荒诞川剧《潘金莲》则从更为广阔的视角来塑造人物形象，站在八十年代的角度描写潘金莲无奈的"沉沦史"。"我就要揭示她如何从单纯到复杂，从挣扎到沉沦"，"古今同拍潘金莲，古代施耐庵全用俯拍镜头，鄙视放荡之恶；剧作家欧阳予倩全用仰拍镜头，抬高叛逆之美，而我是在俯仰之间。"[②]

魏明伦的《潘金莲》无论在古今杂糅的形式上还是在富有现代性的思想意识方面都走在了时代的前面，备受争议，引起了文艺界的轩然大波，此后，又出现了阎连科《金莲，你好》、何小竹《潘金莲回忆录》、张宇《潘金莲》等作品。香港作家李碧华在《潘金莲之前世今生》中写到了潘金莲作为"红颜祸水"在前世中的凄惨命运以及投胎后依然难以寻觅到真爱的命运轮回。河南作家阎连科在《金莲，你好》中书写了在权力挤压扭曲

① 刘传霞.论潘金莲形象及其叙事功能在新文学中的演变［J］.贵州社会科学，2005（3）：105.

② 刘江伟，李晓东.善变！这位出生于内江的"鬼才"，龙门阵多得很［EB/OL］.（2019-12-14）［2022-03-17］https：//baijiahao.baidu.com/s？id=1652831212861661204&wfr=spider&for=pc

下的人性，金莲嫁给性无能的丈夫后，对武松暗怀情愫。而武松为了当上村治安队的队长，违心娶了村长家丑陋的姑女为妻。武松的市侩与钻营让金莲失望透顶，她在失落中离开了喧嚣的城镇。而她的妹妹银莲却对姐姐的城镇生活十分向往，一门心思要嫁到城里去。

传统媒介"是一种宏大叙事，是少数人掌握的用于统治社会的一种工具手段。而互联网第一次激活了社会上的每一个人，使人们可以通过互联网跟世界进行大面积、面对面的交流"。[①] 以前网民只能被动地接受作品的信息，网络媒体的普及让广大网民获得了话语权，他们可以借助网络平台大胆发表自己的意见，进行新的艺术创作。不少网民非常同情潘金莲的不幸命运，认为如果她和武松相逢在合适的时间，就能成就一段佳话，避免悲剧的发生。现在，网民可以按照自己的想法重新书写人物的命运，为人物安排一个更为圆满的结局，读者的主动性得到进一步强化。"每读《水浒传》至潘金莲处，愈发伤感，说点什么呢？只能说英雄武松和美女潘金莲'恨不相逢未嫁时'。我还常常想象这样一个情节：潘金莲待字闺中时，这天被土匪王老虎抢亲，花轿行至一个林子前，正好遇上出差的武松。武松路见不平一声吼，三下五除二打跑这帮小喽啰，救下了潘金莲，再接下来应是有情人终成'家属'！[②] 正是在"意难平"的心理刺激下，很多网友创作了关于潘金莲的网络小说，将自己的主观愿望投射其中，彻底颠覆了潘金莲的淫妇形象，使得潘金莲的形象变得更加多维立体、血肉丰满。

二、潘金莲网络改编作品的类型

"艺术创作就是以想象来构筑各式各样的幻想世界，以卸下现实重担，换得幻想型的欣悦与欲望的满足。"[③] 网络写手就是通过写作来宣泄内心的伤感和不平，在虚幻的想象中获得了一种抚慰性和替代性的心理满足。在关

---

① 刘燕南，张雪静，张渤.跨屏时代的受众测量与大数据应用［M］.北京：中国传媒大学出版社，2016：5.

② 涛歌.读破水浒［M］.长沙：岳麓书社，2009：14.

③ 鲁枢元，等.文艺心理学大辞典［C］.武汉：湖北人民出版社，2001：212.

于潘金莲的网络小说中，绝大多数小说都改写了潘金莲的命运，让她获得了圆满的人生结局。有的小说如《潘金莲日记》则在潘金莲既定的命运轨迹中增加了大量的心理描写，使人物形象变得亲切可感。无论哪一种方式，都表现了创作者对潘金莲这一众说纷纭的人物的深切同情与理解。

从人物结局来看，潘金莲网络改编作品可以分为以下几种情况：

第一，潘金莲依然与武大郎结为夫妻。不过此时的武大郎是穿越而来的现代人，或有异术，或有绝技，他改变了自己的身高和外貌，成为相貌堂堂的男子汉，以其非凡谋略和胆识赢得了江湖人心，也赢得了美人心。潘金莲作为贤妻良母，对丈夫十分依恋，还非常大方地同意丈夫迎娶其他美女，与其他妾室相处融洽。比较典型的网络小说是《武植潘金莲》。

第二，潘金莲与武松结为夫妻。在网络小说《我，武松，开局迎娶潘金莲》中，穿越后的武松提前下手迎娶了潘金莲，避免了今后的悲剧。"以前在看电视剧时，很多观众都评论，要是武松不拒绝嫂嫂，这又是另外一个结局了。而此刻，武松就站在历史的岔道上。潘金莲能有什么坏心思呢？她只是想改变自己的命运而已！"①武松以这种方式改变了潘金莲的命运，两个人既然没有叔嫂的名分，就可以永远幸福地生活在一起。

第三，潘金莲另配佳偶。有的网络小说改变了潘金莲徘徊于武氏兄弟之间的命运，另外为潘金莲安排了如意郎君。在网络小说《潘金莲内传》（作者：姬少爷）中，潘金莲是潘家布庄的二小姐，兰心蕙质，温柔多情。她在元宵灯会巧遇微服私访的太子帝，将洒金白云扇作为礼物赠给太子帝，而太子帝则将猜灯谜赢的白玉花灯转赠给她。这为二人今后的姻缘埋下了伏笔。

第四，潘金莲重复原作中的命运轨迹。在网络小说《潘金莲自传》中，潘金莲无奈嫁给武大，陷入命运的罗网中难以自拔。她觉得武大是善良无辜的，自己对不住他，同时又按捺不住自己的情欲冲动，被武松拒绝之后，她在内心空虚的情况下，很快投入到风流浪子西门庆的怀中，从而铸下大错，最终葬送了武大和自己的性命。虽然潘金莲的命运轨迹变化不大，但

---

① 向往水浒.我，武松，开局迎娶潘金莲［EB/OL］.（2021-07-31）［2022-04-22］https：//www.noveltxt.com/txt/12954562/46390019.html

作者描写了潘金莲的不幸身世,潘金莲被张大户害得家破人亡,后成为张家小姐雪雁的心腹丫鬟,在小姐去世后她作为替身当了三年尼姑,这些细节的增加使得人物形象摆脱了简单的标签,变得更加血肉丰满。

总体来看,大多数网络小说都是"逆天改命"式的书写,改变了潘金莲的不幸命运,书写了"大团圆"的结局。由于受传统文化的影响,"中国传统农耕的生活方式以及历朝历代的封建宗法制度,使得中国人骨子里就有顺天而行恪守秩序的民族特性,不喜激烈的斗争矛盾,毕生追求的就是一种宁静致美,和睦团圆为本,对于文学作品中主人公的命运,大多赋予其美好欢喜的结局。"① 这也成为一种墨守成规的写作惯例,作者会以花好月圆的结局让读者获得一种精神上的圆满,满足读者的审美需求。

三、潘金莲网络改编作品的特点

潘金莲的故事耳熟能详,网络写手在创作时难免会受到原作的影响,面对着年轻网民的阅读需求与传播媒介的更迭替换,作者讲述的金莲故事有了社会文化的烙印,具有了鲜明的时代特色。

第一,女主人公会获得圆满的爱情,成为人生赢家。作者会为潘金莲安排幸福的人生,嫁的丈夫无论是武大还是武松,都是号令江湖的人中豪杰,对妻子关怀备至。网络小说《我,武松,开局迎娶潘金莲》中,作为穿越者的武松具有特异功能,在与对方喝酒时就能学习对方的技能。他吟诗作赋,成为文坛泰斗,同时武功超群,百步穿杨,还会借助各种手段发家致富。潘金莲对自己的丈夫非常崇拜,武松教给她咏春拳强身健体,后来又赠送给她一对蝴蝶刀。在武松的悉心指导下,潘金莲也成为一个女侠,与孙二娘等人不分伯仲。网络小说《穿越之潘金莲》中,穿越者面对潘金莲已经与西门庆勾搭成奸的事实,想尽一切办法终于逃出了西门庆的魔爪,改变了潘金莲即将面临的不幸命运。这一类的爽文虽然有些不合逻辑,但是能够让读者宣泄内心的焦虑与不平,在文学市场上受到读者的普

① 彭莹.数字阅读时代《红楼梦》文本网络改编及其现象研究[J].明清小说研究,2019(1):25.

遍欢迎。

第二，女主人公的女性意识有所觉醒，总体上仍是男性的附庸。在网络小说中，潘金莲能够夫荣妻贵，飞黄腾达，更多的是依靠自己的丈夫。面对男尊女卑的男权社会，潘金莲没有表现出任何的不满和愤怒，而是小心翼翼恪守传统道德，其性格中的反抗性、叛逆性已经消失殆尽。每次丈夫与美女暧昧不清，象征性地询问金莲的意见时，她总是十分贤惠地帮丈夫将美女收房，妻妾之间相处融洽，没有争风吃醋的现象。在《武植潘金莲》中，武大在娶了潘金莲之后，接连又娶了李瓶儿、阎惜娇两位美女，还与吴月娘、李师师、李清照等红颜知己相处暧昧，而潘金莲对这一切毫无怨言，安心做好妻子的本分。遗憾的是，在女性意识方面，早已解放了的潘金莲又重回封建思想的牢笼。时隔一百年，欧阳予倩煞费苦心塑造的争取女性解放的先驱者在遇到如意郎君之后又义无反顾地套上了三从四德的思想枷锁，在思想意识上确实是一个倒退。

第三，从写作方式上看，大多数关于潘金莲的网络小说的情节推进速度很快，以引人入胜的情节来吸引读者。《我，武松，开局迎娶潘金莲》是明显的"打怪升级"类小说，武松不断地与人喝酒，提升了自己的各种技能，从剑术、刀法、拳术、箭法、内功，再到行政、厨艺、琴艺、整容等内容无所不包。伴随着武松能力的不断提高，他的猎艳之旅同样扣人心弦。读者就会从武松一次次地升级中获得快感，从武松一次次地猎艳中获得欲望的满足。而在网络小说中，除了"爽"之外，几乎没有男主人公的心理活动，他行进在成功人士的胜利大道上，没有时间停下来反思自己的人生。同样，潘金莲所做的一切都是为了维护丈夫的利益，无论是丈夫迎娶小妾，还是学习武艺，她都没有自己的想法，成为一个"木头美人"。

网络小说《潘金莲日记》对于潘金莲陷入道德与伦理的矛盾心理进行细致的描写，在风格上显得更为柔婉细腻。尽管潘金莲的内心十分痛苦，但她还是努力地克制自己的欲望。"为什么我只能做他的嫂子，不能做他的'娘子'？想到这儿，我自己也吓了一大跳，我这是怎么了？这可是大逆不道的想法啊！我望望四周，家中只有我一个，没人知道！哎！我可不能坏了武二郎的好名头，现在这种受人尊敬、平平安安的日子，可全是武二郎的功劳。我不能让别人知道我的这个想法，不能让别人的流言蜚语毁了他这个英雄。把这份不能公之于众的感情埋在心灵深处吧！"①作为笼子中的囚鸟，尽管潘金莲自怨自艾，清楚地认识到自己任人摆布的命运，她还是随波逐流，没有任何自我的意识，更没有采取任何主动的行动，最终酿成悲剧。

第四，从写作主题上看，前期的网络小说主要为借古讽今，后期主要为消遣娱乐。《在路上之金莲冲浪》是网络作家宁财神在二十世纪九十年代创作的作品，对于网络时代初期文艺青年泛滥的现象，作者极尽调侃取笑之能事。在武松的指点下，潘金莲很快被包装为网络十大写手，著名的美女作家，她大谈自己与武大、西门、陈经济、应伯爵、武松的过往情史，以此来吸引网友的注意。微博中一位名为"潘金莲日记"的网民，所写的潘金莲日记其实并没有多少风花雪月，记录的都是身边的生活琐事，以此来映照社会现象。从身体政治的角度来看，"性感的身体只是她的表象，她真正的内涵在于思想，或者说她就是要以一种性感的姿态和颠覆性的话语介入到日常生活和国家大事中，参与这些事务的讨论，颠覆传统的男性政治和文化霸权。"②

而更多的网络小说在市场化的指挥棒引领下，已经失去了针砭时弊的勇气。被市场"收编"后，写手们更注重的是如何写出一部读者喜欢的"爽文"，"只谈风月，不谈风云"。男主名利双收，坐拥事业兴旺，无往而不胜，女主为嫁给这样完美的老公而感到无比幸福，于是，一切都皆大欢喜。读者在这种美好的幻梦中宣泄了被压抑的欲望和焦虑。

四、余论

网络小说中的潘金莲形象成为网民消费的客体，其中体现了强烈的菲勒斯中心文化意识。在这种男权思想的支配下，潘金莲的形象要么继续成

---

① 曾纪年.潘金莲自传［EB/OL］.（2017-03-17）［2022-03-17］.https：//www.swzw.la/xs/213/213350/37872934.html.

② 曾一果.恶搞：反叛与颠覆［M］.苏州：苏州大学出版社，2012：136.

为妖艳、荡妇的代名词，要么转变为俗世的贤妻良母，最大程度地去除身上的女性特质，顺从地匍匐在男权的脚下。

黑格尔高度评价了艺术的功能，"艺术并不是一种单纯的娱乐，效用或游戏的勾当，而是要把精神从有限世界的内容和形式的束缚中解放出来，要使绝对真理显现和寄托于感性现象，总之，要展现真理。"① 潘金莲形象的一再重写显示了人类集体无意识中对欲望的升华、变形与转移，其中隐藏着挥之不去的罪恶感。在网络爽文中，潘金莲作为母题原型的现代因素并没有得到充分的挖掘。在传播学"使用与满足"理论指引下，网络小说在努力迎合消费者的阅读需求。网络小说中的潘金莲已经失去了主体意识，完全以丈夫为生活的中心，重回"三从四德"的窠臼之中，这显示了传统性别观念的巨大惯性，也是目前创作中应该警惕的现代性倒退的现象。潘金莲性格中的反抗、勇敢、欲求等值得肯定的因素被消费文化所同化，扁平化的性格使得人物形象逐渐失去了原有的性格张力，褪去了人物的魅力。"创作者应依据传统文本挖掘出母题暗含的现代基因，反对偏枯的性别传统与权力体系，尊重女性的主体性与个性尊严，从而使一个凤凰涅槃般的女性形象获得现代性的内涵与光彩，这才是新时期重塑'潘金莲'形象的意义所在。"②

---

① 黑格尔.美学（第三卷）[M].朱光潜，译.北京：商务印书馆，1994：335.

② 郭安，郑燕.潘金莲影视形象与女性性别歧视[J].电影评介，2015（15）：94.

第四章 《水浒传》的跨媒介改编

　　媒介融合为《水浒传》在当代社会的传播接受带来了全新的契机。通过多种媒介的参与配合，文本的生产和消费成为一个多元互动的过程，形成跨媒介文本体系，构建丰富的水浒故事世界。跨媒介叙事打破了不同媒介的边界，能够打造良好的叙事体验，产生强大的故事吸引力，从而吸引受众不断进行内容消费。受众的积极参与为跨媒介叙事增添了活力，新的故事创意源源不断地产生出来，构成了文本消费的良性循环。在《水浒传》的海外传播中，存在着明显的文化误读现象。加强社交媒体平台建设，完善跨媒介文化传播链条，推动中华优秀传统文化的海外传播，可以消除文化隔阂，让中国文化更好地走向世界，让世界更好地了解中国。

第一节 《水浒传》的跨媒介叙事研究

　　《水浒传》自问世以来，受到读者的热烈欢迎，很快就被改编为不同的形式广泛流传。"媒介即是信息"，采用何种媒介进行改编和传播，将会对信息的传播产生重大的影响。在明清时期，《水浒传》主要被改编为戏曲、评书，进一步扩大了受众面。进入二十世纪以来，随着技术的发展，开始出现了电影、广播、报纸、电视，这就是马克·波斯特所说的"第一媒介时代"。出现了《水浒传》改编的电影和电视剧，纸上的热闹化为光影的喧嚣，同时《水浒传》的经典评书通过广播电台在民众中获得了更为广泛的传播。"第二媒介时代"以双向沟通与去中心化为特征，颠覆了传统的单向传播方式。在互联网为代表的新媒介时代出现了更多的改编方式，《水浒传》改编的网络电影、网络剧、网络小说、动画、游戏等借助原著的巨大影响力力图建构一个完整而宏大的故事版图。本文的研究主要以水浒影视作品为出发点，探讨文学名著 IP 建构故事世界的过程。

一、跨媒介叙事

美国学者亨利·詹金斯指出以《黑客帝国》为例说明了跨媒介叙事的盛行不衰，"这样一个跨媒体故事横跨多种媒体平台展现出来，其中每一个新文本都对整个故事做出了独特而有价值的贡献。跨媒体叙事最理想的形式，就是每一种媒体出色地各司其职，各尽其责。"①《黑客帝国》是好莱坞跨媒介叙事的典型案例，电影、电视、漫画、游戏等领域全面开花，打造了一个完备的电影故事产业链。

多种媒介对同一故事的再生产、讲述与传播，打破了不同媒介之间的壁垒，加强了媒介之间的互动，受众可以从中获得叙事体验的多重满足。"不同媒体各擅胜场，互为驰援；消费者自由流动，无远弗届。跨媒体叙事的洞见在于盗猎、游牧、故事世界等理论的构建。"②

跨媒介叙事力图塑造一个版图不断扩张的故事世界，展示的是一个在不断创新、增值、繁衍的故事世界。"故事世界就是随着故事里讲述的事件不断向前推进的一个想象的整体。要理解故事，跟上故事发展的节奏，就意味着我们需要利用文本提供的线索，在心理上模拟演练故事世界里发生

① ［美］亨利·詹金斯.融合文化：新媒体和旧媒体的冲突地带［M］.杜永明，译.北京：商务印书馆，2012：157.

② 施畅.跨媒体叙事：盗猎术与召唤术［J］.北京电影学院学报，2015（4）：98.

的变化。"① 各种媒介相互之间进行互文性生产，不同文本在内容上有着千丝万缕的关联，同时又不断进行新的开拓。

迄今为止，《水浒传》已经被改编为电影、电视、网络小说、网剧、网络电影、动画、游戏等多种形式。（见下图）以水浒影视为例，1998 年、2011 年水浒传电视剧比较经典地还原了原著的面貌，《水浒英雄谱》系列电影作为英雄的个人传记，补充了梁山好汉聚义前的故事。网络电影《水浒客栈》《梦游水浒之炊饼侠武大郎》则反其道而行之，讲述了今人穿越到古人身上发生的搞笑故事，《小戏骨：水浒传》展示了一个少年版的热血江湖。不同故事之间相互联系，互为参照，在补充、颠覆、创新、重述中交织成水浒故事世界的网状脉络。

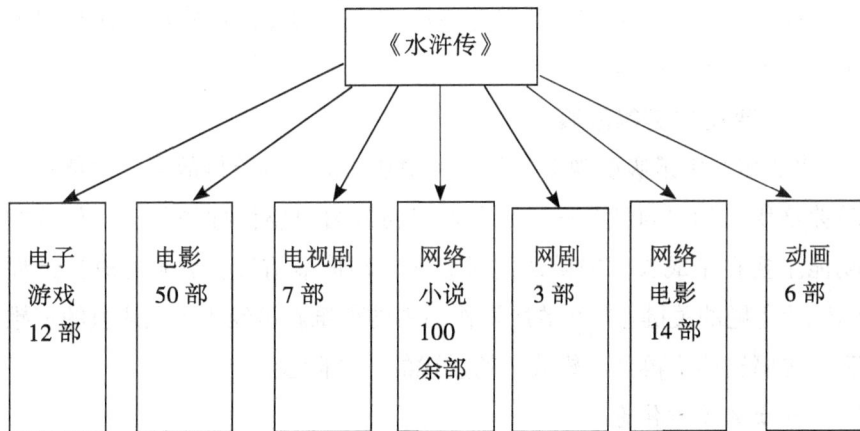

```
                        ┌──────────┐
                        │ 《水浒传》 │
                        └──────────┘
    ┌──────┬──────┬──────┬──────┬──────┬──────┬──────┐
┌──────┐┌──────┐┌──────┐┌──────┐┌──────┐┌──────┐┌──────┐
│ 电子 ││ 电影 ││电视剧││ 网络 ││ 网剧 ││ 网络 ││ 动画 │
│ 游戏 ││ 50 部││ 7 部 ││ 小说 ││ 3 部 ││ 电影 ││ 6 部 │
│ 12 部││      ││      ││100   ││      ││14 部 ││      │
│      ││      ││      ││余部   ││      ││      ││      │
└──────┘└──────┘└──────┘└──────┘└──────┘└──────┘└──────┘
```

在媒介融合时代，电影、电视剧、网剧、电视节目、有声书、动漫、游戏等借助网络进行传播，共同形成了传播合力，重构了文学经典的传播格局。在故事讲述上，跨媒介叙事建构的一个不断丰富变化的故事世界，同样的故事在不同媒介的讲述中得到了重构和拓展，满足了受众的体验和需求，扩大了原著的影响力，让传统名著在新时代焕发出生机和活力。

---

① ［美］玛丽－劳拉·瑞安.文本、世界、故事：作为认知和本体概念的故事世界［A］.唐伟胜.叙事理论与批评的纵深之路［C］.杨晓霖，译.上海：上海外语教育出版社，2015：33.

二、《水浒传》影视剧的跨媒介叙事特点

自二十世纪以来，取材自《水浒传》的影视作品层出不穷，叙事上更是花样百出。从时间上看，二十世纪六十年代以前，主要以内地拍摄水浒电影为主，到了二十世纪六十年代至九十年代，香港电影工作者拍摄了一系列水浒电影作品，九十年代以来，电视版《水浒传》风靡一时。自二十一世纪以来，随着网络新媒体技术的兴起，网剧和网络电影中的水浒作品异军突起，成为新的传播手段。

从类型来看，早期的《水浒传》电影与戏曲有着密切的关联，如较早的水浒戏曲片《艳阳楼》（1906）、彩色戏曲片《武松》（1963）、《野猪林》（1963）。在摆脱戏剧程式化的窠臼之后，水浒传的影视作品出现了严肃正剧、英雄传记、搞笑喜剧、荒诞穿越剧等诸多类型，在故事讲述与叙事风格上进行了全新的探索。

（一）变动的英雄叙事

《水浒传》中最吸引观众的就是其中热血澎湃的英雄故事。"'英雄'象征着弗洛伊德的'自我'——自我对身份及自身整体性的探求。英雄的戏剧功能主要在于成长、提供认同对象和推动情节前进。英雄的成长过程是揭示影片主题的关键。"[①] 水浒影视作品中的英雄叙事经历了从热血的英雄传奇到解构搞笑英雄再到英雄故事的重述的三个阶段。

1.热血的英雄传奇

影视作品打造了一个庞大的水浒英雄谱系，主要以林冲、武松、鲁智深、晁盖、宋江等人为主，加上一些次要的英雄人物与女性形象，边缘化的小人物。这类故事主要以大陆拍摄的《水浒传》系列电视剧（1998，2011）与香港邵氏电影《水浒传》（1972）、《快活林》（1972）、《荡寇志》（1975）、《武松》（1982）为代表。作品着重表现了个体英雄的成长历程与梁山聚义之后的故事，英雄聚义的慷慨激昂与后期征讨方腊的苍凉悲壮形成了鲜明的对照，令观众唏嘘不已。

---

① 马华.概念为王：美国"高概念"动画电影策略研究 [M].北京：中国电影出版社，2015：86.

2. 解构搞笑英雄

随着时代的快速发展，后现代主义思潮开始兴起，"以平庸化、碎片化来结束英雄崇拜以及由英雄崇拜所导致的威权统治，还原分享的、平等的起点，获得大众的狂欢。"① 一些影视作品试图颠覆既定的文化秩序，在打破权威崇拜的同时让观众获得一种宣泄的快感，如《水浒笑传》（1993）、《水浒笑传之林冲打鸭》（1993）、《水浒笑传之黑店寻宝》（2003）。在这些搞笑电影中，武大郎不再是窝囊委屈的小人物，而是颇有心计的小老板，而武松则跌下神坛，不过是一个在现实中处处碰壁的胆小之辈，所谓打死老虎的英雄壮举只是一场误会而已。腾讯游戏出品的爆笑微电影《水浒英雄武松传》（2013）延续了这一风格，电影塑造的武松不过是一个嗜酒如命、喜欢吹牛的小人物，高亢的背景音乐与武松猥琐的行为形成鲜明的对照，英雄形象的颠覆与亵渎令人大跌眼镜。

3. 英雄故事的重述

在大众狂欢时代，颠覆经典成为一种时尚，亵渎英雄只能让人畅快一时，长期下去会造成受众的道德迷失，失去文化自信，成为没有灵魂的空心人。一些作品开始重新讲述水浒英雄故事，为原来快意恩仇的侠义江湖增添几分人性温暖，英雄形象走向平民化、凡俗化。网络电影《智深传》中增加了一位充满爱心的小偷张灵儿的女性形象，鲁智深与张灵儿在朝夕相处中产生了感情，鲁智深还与张灵儿照顾的几个孤儿一起玩足球，这些细节为鲁智深的形象在粗犷豪放中增添了几分细腻温柔。由于早期水浒英雄故事影响深远，网络电影很难突破前期的巅峰，加上制作粗糙，经费不足，只能在夹缝中艰难求生。

（二）故事世界的建构

水浒故事是一个取之不尽、用之不竭的巨大素材库，不同的媒介可以从中各取所需，打造具有自己媒介属性的故事文本。水浒故事世界的建构有四个特点：时空交错的叙事、复杂的故事宇宙、丰富的人物性格、侠义的文化精神。

① 朱立元，祁志祥. 美学与远方［M］. 上海：上海人民出版社，2017：162.

1. 时空交错的叙事

传统的水浒影视作品表现的是北宋时期"乱自上作"的社会历史背景，展现了在腐败的社会中英雄们无路可走的悲哀。而在后期的影视作品中为了寻求突破，出现了更为复杂的时空背景，可以分为两种情况。一种是现代人穿越到水浒社会中，《水浒客栈》描写的是在影视基地打工的宋将三兄弟穿越回宋朝的故事，三个人遇到了种种啼笑皆非的事情，还被卷入情感的纠葛之中。另一种是水浒中的人物穿越到现代社会中来。《水浒无间道》中描写的是武松和林冲转世投胎来到现代社会，成为疾恶如仇的警察。《笑创水浒》讲述的是梁山好汉穿越到现代社会成为创业者，致力于打造城市联合办公空间的 WE+ 的热血搞笑故事。

2. 复杂的故事宇宙

不同媒介共同演绎水浒故事，水浒的故事世界变得更加充实饱满。一是英雄故事得以重述。小说中人物的性格较为单一，个性化还不够突出，在重述的英雄故事中，英雄的性格由类型化变得丰满立体，《水浒传之英雄本色》中林冲的性格由谨小慎微变得豪爽热情，面对高太尉的强权欺压，他坚持正义大胆反抗，他与鲁智深意气相投，一见如故，他与妻子屡经波折依然伉俪情深，这里充分体现了林冲性格的多面性，塑造了一个有情有义的英雄形象。二是女性形象重新演绎。《水浒英雄谱之母夜叉孙二娘》重新演绎了孙二娘和菜园子张青的故事，两个人同仇敌忾，最终战胜仇敌，为父母复仇雪恨。这里的孙二娘少了几分粗鄙野蛮，多了几分女性的妩媚娇蛮。三是边缘人物得到关注。《水浒英雄谱》中还讲述了一些不被关注的边缘化英雄的故事，如丑郡马宣赞、神医安道全、赤发鬼刘唐等。由于原作中对于这些次要的英雄人物着笔甚少，在叙事中留下来空白之处，这就为影视作品留下了想象的空间。

3. 丰富的人物性格

在水浒影视作品中，水浒人物角色保持着稳定性和反转性的统一。一方面，受众对于水浒人物耳熟能详，为了满足受众的"期待视野"，英雄人物的性格保持了某种稳定性，只是在某些细节上进行补充完善，如鲁智深的侠肝义胆，网络电影《智深传》中的感情戏点到即止，无辜惨死的张灵儿构成鲁智深伸张正义的行动动因。另一方面，为了创新求变，某些影视作品会大胆改变人物性格，甚至会产生巨大的反差，在强烈的落差中产生戏剧效果。《笑创水浒》中人物性格发生了前所未有的大反转，草莽好汉李逵竟然成了一位性感美女，宋江成为到处拈花惹草的钻石王老五。《报告老板之水浒外传》中镇关西成为心地善良、经常做好事的"活雷锋"，他与金翠莲的爱情故事不过是一场逝去的风花雪月。鲁智深实在找不到理由来打镇关西，每次来找镇关西都会被他的善良所打动。武大郎嫌弃老婆又胖又丑，为了摆脱老婆的纠缠，不惜服毒死亡。

4. 侠义的文化精神

"武侠电影中时常贯穿着的武打场面虽在赤裸裸地表现着血腥与暴力本应被摒弃，但此种镜头却与国人崇尚侠义的文化精神和抑恶扬善的民族心理相契合，这为电影'暴力情节'的呈现提供了合理诠释。"[①] 水浒影视剧中不乏动作奇观，鲁智深三拳打死镇关西、林冲在山神庙雪夜歼敌、武松醉打蒋门神等都是非常经典的打斗场面。观众看到的不仅仅是炫目的武打功夫，更重要的是这是正义与邪恶、光明与黑暗的战斗。水浒英雄们不是嗜血的武夫，他们都是为匡护正义、惩恶扬善而战。精彩的武打场面背后蕴藏着中国传统的侠义精神，"路见不平一声吼，该出手时就出手"展示了英雄好汉们打抱不平、扶危济困的人生信条，这也是水浒影视剧中重要的精神内核，也是中国优秀传统文化流传至今的文化血脉，更是指引现代社会发展前进方向的指路明灯。

（三）网络青年文化的影响

借助互联网的力量，弹幕文化、网络游戏、同人文化、御宅文化等青年文化蔚为大观，形成了形形色色的青年文化圈。赫韦德·帕克称青年文化为休闲娱乐文化，波·莱默尔认为，"青年文化就是以音乐、舞蹈、青年文学、时尚风格互为补充的综合生活方式。普通青年注重个人选择和爱好，而青年文化的基本生活方式都是以娱乐为导向，也就是注重趣味，不断寻求不受阶级、性别、种族等因素限制的兴奋感和刺激感。"[②] 青年文化以搞

---

① 宋健.《武侠》对"侠义"母题的另类诠释［A］.宫承波，主编.新传媒（2014.2）［C］.北京：中国广播影视出版社，2014：184.

② 陈敏.青年亚文化批评话语研究［M］.北京：知识产权出版社，2016：4.

笑娱乐的方式抵抗权威话语的霸权，在解构权威的过程中获得自我满足感。亚文化群体的另类风格被主流文化转换成大量复制的文化商品，在无形中被"收编"为主流文化的一部分，从而消解了亚文化的抵抗特性。

一方面，穿越文化盛行一时。在网上经常可以看到这样的搞笑段子，"小明，你的梦想是什么？""有房有铺，自己当老板，妻子貌美如花，还有当官的兄弟。""北宋有个人和你说的一样，他姓武。"①一些网络小说就是由此获得了写作的灵感，当一个现代人莫名其妙地穿越为武大郎之后，他并不甘心窝囊的人生，要改变被毒死的结局，于是在金手指的作用下，最终抱得美人归，成功获得权势地位。这种逆天改命的模式并没有在网络电影中得到兑现。网络大电影《梦游水浒之炊饼侠武大郎》中的武大在穿越为武大郎之后，他为了改变自己的凄惨命运，时刻防范潘金莲出轨，不让武松到外地出差，不再出门卖炊饼，可是不论他采取什么方式，最终还是改变不了他被毒死的命运。在这里，同种题材的网络小说与网络电影构成了有趣的互文，每一个文本都是对另一个文本的吸收、加工和改造。以小人物武大郎为题材的网络小说主要是满足了年轻读者 YY 的愿望，获得了草根翻身的快感。同样题材的网络电影则让观众在喜剧的背后认识到现实的残酷性和世界的永恒性。

另一方面，戏仿现象层出不穷。"文学定义既是必然的重复，同时又是自我消化；作者可以通过一种新排列或是未曾有过的表达成为其话题的'所有者'，他避开低廉的抄袭者的外衣，穿着价昂的作者新装。"②在爆笑网络剧《报告老板之智取景阳冈》中景阳冈的猛虎自称座山虎，在他寿辰之际，武松扮作奶头山虎彪前来拜寿。两人见面先煞有其事地对暗号，"天王盖地虎，宝塔镇河妖"，武松在取得座山虎的信任后，想办法离间了前来告密的狼，然后献上早已经下毒的肥鸡作为寿礼，最终座山虎一命呜呼。短剧有多重混搭的元素，在高亢激昂的样板戏音乐中，武松以正气凛然的英

---

① 脚大师讲故事. 搞笑段子：穿越回北宋和武大郎一起卖烧饼［EB/OL］.（2018-04-17）［2022-03-17］.https：//www.163.com/dy/article/DFJEHH9D0525M794.html.

② ［法］蒂费纳·萨莫瓦约. 互文性研究［M］. 邵炜，译. 天津：天津人民出版社，2003：60.

雄人物的造型，自豪地说："我是景阳冈人民打猎军！"戏仿的对象选择的是观众非常熟悉的十七年样板戏《智取威虎山》，观众通过熟悉的台词、人物造型、故事情节很快联想到样板戏的桥段，通过这种戏谑性的模仿和变形，在解构和颠覆中达到了强烈的喜剧效果。

三、几点思考

（一）讲好创新性中国故事

爱因斯坦说："想象力比知识更重要。"陈旭光曾指出缺乏想象力是中国电影的顽疾。与富有想象力与创新性的好莱坞影片相比，目前中国故事的现代讲述并不尽如人意。大多数水浒故事的影视作品都是固守传统的情节，人物性格比较单一，缺乏新意的故事很难吸引观众的注意。网络电影基本是重述林冲、鲁智深、武松等英雄的故事，对于在全球化浪潮中成长起来的网络受众来说，这种以标题蹭热度的"炒冷饭"的做法很快会让他们感到厌倦。

"只有想象力充沛的影视意指游戏才能给观众提供体验冒险、消费历史、获得替代性假想满足，享受视听感官狂欢盛宴的足够机会。而想象力的弘扬，需要对真实性幻觉的破除，需要大胆超越现实，需要改变电影与观众之间的审美关系或观影方式。"[①]要想讲好中国故事，必须让受众与故事的文化内涵产生强烈的共鸣。因此，对于水浒故事应该进行创新性、时代性、文化性的演绎，富有感染力和创造力的作品才能让受众更好地理解作品内涵，满足受众对于当代影视叙事艺术的期待。

（二）开拓全新性跨界市场

随着泛娱乐化时代的到来，不同文化产业之间的联系越来越密切，试图组成完整的产业链，初步形成跨界市场（crossover market）。我国目前还处在转型时期，电影80%的收入主要来自票房。而美国电影产业链相对成熟，电影文化衍生品的收入占70%以上。电影文化衍生品包括相关书籍、

---

① 陈旭光，吴言动 . 关于中国电影想象力缺失问题的思考［J］. 当代电影，2012（11）：101.

玩具、文具、游戏、服装、生活用品等，电影基地也可以进一步开发为旅游景区。由于前期投入资金的巨大压力，出品方缺乏对电影衍生品的统一开发和规划，导致产业链条还不够完善。对于水浒题材的影视作品而言，最重要的是提高作品的艺术品质，只有得到足够的关注成为爆款，才有可能进一步开拓下游市场。网络电影《水浒客栈》在拍摄时，同名小说在塔读 APP 上持续连载，试图打造热门 IP。不过，由于电影的热度不够，小说也没有引起太大的反响。

以水浒为题材的网络小说数量众多，质量参差不齐。而影视作品基本上都是以原著为蓝本进行二次创作，相同题材的网络小说根本不会得到编剧的重视。这就导致了文化链条的脱节，难以出现成功的文化作品。相信跨界融合将会成为今后影视产业发展的一个重要趋势，文化衍生品大有市场可为。

（三）丰富多元化的类型

水浒的跨媒介叙事表现为在多个媒介中进行文本的创作与传播。早期《水浒传》的传播以口头传播、图像传播为主，随着媒介技术的发展，《水浒传》改编的电影、电视、有声书不断出现，扩大了《水浒传》的文化影响力。

值得一提的是游戏产业的迅猛发展为文化产业的格局带来了新的变化。"传统媒介叙事主体主要由传者即媒介生产者建构，而游戏则是由受者即玩家建构，其叙事体系是在玩家游戏过程中形成，是一种基于玩家的个性化的选择之上的'过程叙事'样态。"[①]游戏化叙事属于非线性叙事结构，每次由于玩家选择不同，会导致不同的结果，会给玩家不断带来新鲜而刺激的互动体验。街机游戏《水浒传》以闯关升级为主题，玩家可以任选《水浒传》中的 108 好汉角色，轻松独特的故事给玩家带来愉悦的游戏体验。

这种游戏的思维方式也体现在其他媒介之中。在网络小说《穿越从武大郎开始》（独断天涯）中，沈易穿越成武大郎，在系统的安排下，他获得了新手大礼包，包括技能（太祖长拳 max）、物品（三颗小还丹、一个应急

---

① 关萍萍.互动媒介论——电子游戏多重互动与叙事模式［M］.杭州：浙江大学出版社，2012：7.

药箱），还获得了三项任务，如果一个月内不能获得 500 积分，将会永远留在这个世界。网络文学中游戏化的叙事方式自然会吸引一批电子游戏爱好者成为读者，打怪升级的模式对年轻网民来说非常熟悉，他们难以拒绝这种互动化的叙事带来的强烈吸引力。

虚拟场景的打造会造成现实空间与虚拟空间的融合，让受众"沉浸"其中流连忘返。目前，沉浸式叙事已经成为当下艺术创作的重要趋势，借助不同的平台建构统一完整的叙事语境，让观众身临其境，体验升级，真正沉浸到故事文本之中，获得精神的愉悦感与满足感。

（四）树立正确的价值观

波兹曼所说的"娱乐至死的美丽新世界"已经到来，文化产业的生产者在利益的驱使下想尽办法吸引受众的注意，这种无节制的感性刺激会造成作品审美内涵的消失，使受众在短暂的快感之后陷入价值观迷失后的空虚之中。在国际文化交流过程中，价值观的表达至关重要。"我们的传统文化资源再丰富，如果不能进行创造性转化，不被别人认同，那么就只是一个传统，并不能成为一种力量。"[①] 而在当下的影视作品中，对于传统文化不加甄别与转化，展示的是传统文化丑陋的元素，将暴力、美色当作噱头，把电影奇观与感官刺激当作最高追求，这样生产的作品只能是工业流水线上的一部爆米花电影。

网络电影一直因为品质不高、蹭热度而被观众所诟病。"网大生产所呈现出的电影片名'高仿性'、制作的'卫星化'以及电影营销的'过度化'是当前网大成为'现象级'的重要原因。"[②] 网络电影《伏虎武松》从片名、海报、故事、人物等方面试图成功剥削古典名著。富有吸引力的片名与热血澎湃的海报可以吸引一部分原作粉丝。"前六分钟"[③] 中出现了美艳的新娘

---

① 丁亚平，赵卫防 . 在新时代旋风面前 影视大讲堂（2012—2017 版）[M].北京：北京时代华文书局，2018：60.

② 齐伟，王笑 . 寄生性、伪网感与点击欲——当前网络大电影的产业与文化探析 [J].北京电影学院学报，2017（5）：11.

③ 网络电影的前六分钟是免费试看时间，六分钟之后需要观众购买会员才能继续观看，因此对于网络电影来说，前六分钟一般都是非常精彩富有悬念的，这样才能吸引观众购买会员，提高分账收入。

与咆哮的猛虎，造成了巨大的悬念，吸引观众充值为会员继续观看。电影还出现了风情万种的贞三娘时不时露出自己的美腿，武松喝醉酒后的百人大战，这些所谓的看点在反复刺激观众后只会让观众更加麻木。当下的影视作品呈现出重票房轻品质、重形式轻内容、重刺激无内涵的倾向，这些应该引起我们的警觉。优秀的文化作品应该在符合时代需求和观众审美心理的前提下，展示人性美好向善的一面，树立正确的价值观，引发观众的共鸣和反思，引人向善。

"超越比较，关注跨媒介性的整合框架，不断探索各种媒介如何产生不同类型的故事世界，以及体验他们的不同方式，是在新的媒介语境中理解文学跨媒介实践的题中要义，也是推动文学研究随着媒体时代的发展而演进的重要议题。"[①] 中国传统文化源远流长，水浒故事家喻户晓，随着媒介技术的不断进步，水浒叙事出现了跨媒介叙事的多种形态，始终保持着旺盛的生命力。与好莱坞体系严密、具有宏大宇宙叙事框架的漫威公司跨媒介叙事相比，水浒的跨媒介叙事更多的是较为零碎的个人英雄传记，英雄群体的故事并不多见。这也显示了中国电影美学"偏顿悟、少系统"的特点。如何让水浒的跨媒介叙事借助网络技术的优势，打造具有中国文化特色的武侠经典作品，形成较为完善的产业链条，进而走向世界舞台，获得海外观众的认可，这将是一个值得业界深思的问题。

第二节　影视作品对《水浒传》的恶搞现象

在口头传播时代，水浒故事成熟于说书艺人的书场之中，听众借助口头语言在脑海中补充形成属于自己的铁马金戈的水浒世界。在纸媒时代，读者靠文字的魅力展开丰富的想象，绘本的流行则更好地推动了《水浒传》

---

① 钟雅琴.超越的"故事世界"：文学跨媒介叙事的运行模式与研究进路［J］.文艺争鸣，2019（8）：133.

的传播。在新媒体时代，影视作品对于《水浒传》的传播影响深远。1998年版的电视剧《水浒传》创下了 78% 的超高收视率，开创了万人空巷的收视奇观。当阅读或观赏一部新作品时，"这一新的文本唤起了读者（听众）的期待视野和由先前本文所形成的准则，而这一期待视野和这一准则则处在不断变化、修正、改变，甚至再生产之中。变化和修正决定了它们的范围，而改变和再生产则决定了类型结构的界限。"① 观众通过评书、广播、连环画、游戏等方式形成了对于水浒世界的认识和想象，电视剧的横空出世则吸引人们来"验证"该剧是否符合个人对英雄的设想。崇尚英雄义气的草莽江湖生动鲜活地出现在屏幕上令观众欣喜不已，尽管观众对于个别演员的选择和表现存在争议，1998 年的这部电视剧堪称水浒改编史中的经典。2011 年的《水浒传》增加了更多的武打戏和女性戏，场面更加恢宏壮观，继续延续了原著的热度。

随着时代的发展，传统正剧的演绎已经无法满足观众的审美需求。在香港的电影市场，开始出现了《水浒笑传》（1993）为代表的搞笑电影，这种颠覆的快感给观众带来了全新的观影体验。大陆电视剧《情义英雄武二郎》（2001）等作品对英雄的情爱故事进行了大胆的演绎。网络时代短视频的流行将恶搞的对象对准了古典名著，让观众享受消解权威、重构故事的快感。《万万没想到》（2013）、《报告老板》等系列迷你喜剧视频显示了微时代后现代主义对经典的恶搞调侃，碎片化的形式、时尚化元素的嵌入、频繁的笑点包袱使该剧受到了网民的热烈欢迎。此外，还有小品对《水浒传》的恶搞现象层出不穷，花样翻新，人们不约而同地选择这一经典名著进行恶搞，是因为水浒故事家喻户晓，通过打破观众的传统期待视野，再加入新鲜活泼的现代元素，从而使得观众产生耳目一新的效果。

一、恶搞现象分析

受到多元文化思潮影响，名著被恶搞的现象屡见不鲜，无论是经典的

---

① ［德］H.R. 姚斯，［美］R.C. 霍拉勃. 接受美学与接受理论［M］.周宁，金元浦，译. 沈阳：辽宁人民出版社，1987：29.

四大名著，还是中国现代文学史上的经典名作，都难逃被恶搞的命运。从内容上看，对于《水浒传》的恶搞现象主要受到娱乐主义、后现代主义、青年亚文化等思潮的影响，具体可以分为以下几个类型。

（一）水浒"穿越风"

受到风靡一时的穿越剧的影响，水浒影视作品中也出现了穿越现象，大部分为今人穿越到古代，利用自己的现代知识在古代畅行无阻。《报告老板之水浒外传山贼王》中刘循子墨穿越到梁山泊，成为第 109 条好汉。他带来的手机、奶茶、辣条等现代物品与梁山好汉一起分享，拉近了现代与传统的距离。《万万没想到》中还出现了人穿越为老虎的故事，王大锤化身景阳冈的吊睛白额老虎，为了摆脱自己被武松打死的命运，他想要通过改变容貌逃过一劫，没想到被蛮不讲理的老婆打了一顿。他本想逃离景阳冈，远离老婆的河东狮吼，保住自己的性命，没想到不小心死于李逵的板斧之下。

从古代穿越到现代的水浒作品并不多见，如香港电视剧《水浒无间道》中梁山好汉转为现代警察，前世的林冲与武松在转世后依然保留着匡扶正义、疾恶如仇的性格，前世的宋江则转世为江湖大佬，而今生的武松与潘金莲再续前缘。

（二）水浒"搞笑风"

现代社会中，人们的生活压力陡增，作为孤独的原子化个体，人们更希望成为单纯的"沙发土豆"，以娱乐轻松的作品来逃避现实社会中的冷漠和无聊。《水浒笑传》中潘金莲与武大郎是恩爱夫妻，他们想要以"仙人跳"的方式骗西门庆的钱财，为了制造偶遇的机会，潘金莲连续从窗户里扔下一堆竹竿，终于打中了西门庆。这种情节的反转让观众忍俊不禁。而在《报告老板之水浒外传》中的潘金莲化身为胖妞，令武大郎苦不堪言。潘金莲察觉到丈夫的冷淡，于是表示要帮丈夫娶个小妾。当武大郎满怀欣喜地迎来盖着红盖头的小妾时，却发现小妾原来是隔壁的王婆。改写的水浒故事笑料百出，人们在解构经典中享受着颠覆权威的快乐。

（三）水浒"戏仿风"

影视作品中的戏仿通过模仿经典电影、综艺节目、电视剧、广告等作品的某些片段可以产生强烈的喜剧效果。《报告老板之水浒外传》中镇关西化身为饶舌歌手，来了一段激情澎湃的说唱，这是对当下流行的说唱节目进行戏仿。原本是强占民女、死有余辜的恶霸流氓，在改编作品中成了多才多艺、心地善良的热心青年，他与鲁智深一见如故，结为兄弟。《万万没想到》中，母老虎去饭店捉狐狸精，在门口大叫"你有本事抢男人，你有本事开门啊，开门啊开门啊，开门开门开门啊！"此处戏仿的是网络上流行的《情深深雨蒙蒙》的片段。重复的台词和富有韵律感的节奏让观众产生了熟悉感。

从形式上看，对《水浒传》进行改编的影视作品主要有电影、电视剧与网络自制剧三种形式。电影和电视剧为了提高票房和收视率，在作品制作中会加上一些流行元素和搞笑包袱，主动迎合观众的娱乐需求，获取更多的商业利益。相比较而言，网络自制剧是网络时代出现的"短平快"的新形式，"网络自制剧是指由网站参与投资拍摄，以移动网络为传播渠道和播出平台的影视作品。与传统影视作品不同，网络自制剧篇幅短、故事新、播放方式灵活、制作周期短，更加符合网民的收看习惯，且能为网站带来较高的经济收益。"①网络自制剧的受众主要是年轻的网民，因此在形式上更加灵活多变，其短小精悍的篇幅、丰富混搭的元素、匪夷所思的情节让年轻网民追捧不已。网络自制剧一般制作经费有限，作品质量不高，通过恶搞名著的方式将"土味"与"网感"融合，可以更好地吸引广大网民的关注。

"任何新媒介都是一个进化的过程，一个生物裂变的过程。它是为人类打开了通向感知和新型活动领域的大门。"②以《万万没想到》为代表的网络自制剧每集一般只有十几分钟，需要在有限的时间空间内讲好一个故事，既轻松有趣又幽默刺激。这种混搭了后现代主义文化的新形式显然更能满足年轻网民的口味。

---

① 李皓.网络自制剧的创作特色与困境——以《万万没想到》《报告老板》《名侦探狄仁杰》为例［J］.视听，2015（11）：82.

② ［加］埃里克·麦克卢汉，［加］弗兰克·秦克龙.麦克卢汉精粹［M］.何道宽，译.南京：南京大学出版社，2000：422.

二、恶搞现象解读

对《水浒传》恶搞的影视作品自二十世纪九十年代就开始存在，早期的恶搞是出于娱乐消遣的目的，这些剧情单薄甚至有些低俗的影视作品满足了观众要放松娱乐的心理追求，剑走偏锋的另类演绎方式让《水浒传》摆脱了传统的严肃面目，获得了更为广泛的传播。进入二十一世纪以来，新媒介的出现更推动了恶搞现象的普遍化，恶搞的形式更加灵活多样。这些恶搞以网络短视频为主要方式，它们表达了年轻网民天马行空的想象力和丰沛的创造力。恶搞的主体和受众都是年轻网民，他们以此心照不宣地享受着冒犯权威、重述故事的快感。

恶搞代表了年轻网民对文学经典新的理解和认识。毕竟隔着时间的长河，生活的时代已经发生了翻天覆地的变化，由于接受者的知识视野、文化背景、人生经历的不同，他们自然会对经典的认识产生不一样的理解。从现代的文化视野来观照水浒世界，由于思想观念的错位，恶搞现象就会应运而生。恶搞对于经典的大胆解构颠覆了传统的文化秩序，具有针砭时弊的作用，能够揭露现实生活中的虚伪现象，从而让受众产生强烈的共鸣感和精神的愉悦感。完美的英雄只存在于文字的想象之中，让人敬而远之，有缺陷的凡人才会让观众产生亲近感。"由于恶作剧精灵的存在，迷思变得生动起来。这些破坏者跨越边界，撼动公认的现实，参与反叛或者一心二用，主张模棱两可、矛盾、冲突和悖论。他们不讲道德但却充满魅力，他或她（性别通常是模糊不清的）诉诸我们可能达到但却不能达到的状态，因为我们紧紧扎根于被界定好的社会和文化规则之中。恶作剧者是一位向导，尤其可以帮助我们找到走出生活迷宫的道路，但同时，他也指引我们走向潜藏于人类生活表层之下的文化和生成性的力量。"[①]

传统文本呈现的是一个性别对立、美丑鲜明、善恶对立的世界，恶搞的影视作品打破了这个秩序井然的世界，经常出现的是男女反转、美丑颠倒、是非难辨的情况。为了达到搞笑的效果，在演员形象上，经常

————————

① ［加］文森特·莫斯可.数字化崇拜：迷思、权力和赛博空间［M］.黄典林，译.北京：北京大学出版社，2010：43.

出现性别反串的现象。电影《水浒笑传之林冲打鸭》中，演员李丽珍化身为打虎英雄武松，与人们期待的充满阳刚之气的武松形象形成鲜明对照。网络自制剧《万万没想到》中，潘金莲变身为走起路来地动山摇的胖女人，食量惊人。武大郎整日盘算着要休掉老婆，于是在炊饼上用芝麻拼出"西门庆我爱你"的字样，以此来栽赃陷害潘金莲。潘金莲为了证明自己的清白，吃掉了所有的炊饼。武大郎心疼地说："没赔夫人，又折饼。"潘金莲外形肥胖内心善良，而武大郎想要休妻也令人同情，在这里，很难判断出是非对错，每个人都有自己的苦衷。这是一个与正常世界不同的"颠倒的世界"。

"狂欢节语言的一切形式和象征都洋溢着交替和更新的激情，充溢着对占统治地位的真理和权力的可笑的相对性的意识。独特的'逆向'、'相反'、'颠倒'的逻辑，上下不断易位（如'车轮'）、面部和臀部不断易位的逻辑，各种形式的戏仿和滑稽改编、降格、亵渎、打诨式的加冕和脱冕，对狂欢节语言说来，是很有代表性的。"①恶搞正是通过对是非、善恶、美丑的上下颠倒，让受众获得冒犯权威的愉悦快感，这是平民文化对传统话语霸权的重新争夺。

恶搞经典的热潮与网络文化的兴起十分密切，制作者通过拼贴网络流行语、戏仿经典场景、植入流行文化元素等方式来迎合观众的审美趣味，产生了独特的网感，以获得更多的关注。"在互联网语境下，'网感'更多的是一种源自网络经验的思维方式与表达方式，是一种从观众角度出发，强调观众至上的互联网思维方式。具体地说，网感往往被看作是网络社会中的一套流性话语（文化／图片／影像等）。"②《报告老板之水浒外传山贼王》中就出现了男主人公模仿日本经典动漫《海贼王》的经典动作，并且说了其中的经典台词，"我可是要成为山贼王的男人。"这种将动漫、音乐等元素融入短视频的形式构成了一种大杂烩，产生了一种幽默、风趣、新

---

① ［苏］巴赫金.巴赫金全集（第六卷）［M］.晓河等，译.石家庄：河北教育出版社，1998：13.

② 齐伟，王笑.寄生性、伪网感与点击欲——当前网络大电影的产业与文化探析［J］.北京电影学院学报，2017（5）：12.

鲜、怪诞的新意义。

三、消费社会的恶搞

商业文化是当下社会重要的文化景观,影视作品在市场这只看不见的手的推动下,与经济利益有着密不可分的重要关联。影视作品想尽办法进行宣传,制造噱头,以提高关注度。网络剧生活在网络空间之中,通过网友的参与在网络上开始病毒式的传播和推广,以铺天盖地又无孔不入的方式进行营销,以此来引诱网民的点击欲。网民的点击率越高,就会获得更多的关注,获得更多广告商的青睐,从而让投资方赚得盆满钵满。在微博上,《报告老板》有专门的官方微博进行宣传,经常推送剧集海报和相关内容,还会播出一些制作特辑,揭露幕后故事,满足了观众的热切期待,积累了大量的忠诚粉丝。

硬性广告的宣传已经让观众感到厌倦,为了减少广告的困扰,观众需要购买视频网站的会员,不知不觉陷入消费主义的陷阱之中。现在更加流行的是软性广告的植入,有创意有趣味的融入广告更容易让观众接受。《报告老板》中频频出现的香飘飘奶茶,由于与剧情的深度融合,即便出现一些熟悉的广告词,也不会引起观众的反感。

如何看待消费社会中的恶搞现象呢?在网络社会中,恶搞现象屡见不鲜,它将嘲讽的锋芒对准了精英文化,具有讽刺虚伪、颠覆权威、民主自由等基本特征,"从积极的意义上看,它表现了社会从一元到多元,平民面对文化传统和社会主流的姿态由跪而站的过渡。它扩张了社会文化的信息容量,丰富了人们面对世界的想象力,体现了'全民出版'时代来自草根的社会自信。"① 每个人都可以成为恶搞的主体,这显示了网络社会中文化权力的下放,个人获得了表达意见的权利和途径。不过,在商业利益的裹挟下,这种恶搞现象中反抗精英文化的元素逐步减少,在娱乐狂欢的时代,一切都被颠倒,价值意义都被消解殆尽。

---

① 喻国明.传媒的"语法革命" 解读Web2.0时代传媒运营新规则[M].广州:南方日报出版社,2007:43.

"大话文化视域下的对《水浒传》等经典作品的解构和重构，从本质上来说，是时代精神与经典文本的视域融合，是民族文学经典在当代的一种存在方式。其间新的文化意义的生成正是它们经典性的体现和反映。对文学经典的种种大话文化的解读鱼目混珠、泥沙俱下，它们既有文化消费主义视域下的合理阐释，又有脱离文本实际的过度诠释、后现代主义的解读和借他人之酒杯浇自己之块垒的实用性解读。"① 二十世纪九十年代，恶搞《水浒传》的作品中具有的某种先锋性和创新性，让观众感到耳目一新，而网络社会的恶搞主要是一种碎片化、肤浅化、商业化的表达，这种表达缺乏创新的力度，只能让观众获得短暂而又廉价的快乐。

恶搞是大众文化的狂欢，对文化只有肤浅的模仿表达而没有建构新的文化规则，这种破而不立的方式在价值取向上陷入了没有善恶、是非的迷惘之中。文化渎神让观众失去了对于权威的敬畏，也失去了衡量道德的标准，在"此亦一是非，彼亦一是非"的混乱中产生精神失重的空虚。精神无所依附，找不到可以栖息的灵魂家园。"毕竟这种解构对象的'母本'是有限的，一味地戏仿和恶搞，很难挣脱经典，'母本'原有主题和内涵的限制，既无法开拓广阔的艺术空间，还会出现抽象化的危机，这样一来，艺术探索的天地就狭窄了，容易重复原有的风格，容易出现单一的风格、单一的情调——虽然故事不同，但是作品的气质和结论，所要表达的理念却是相似的，这样的艺术探索无法产生真正优秀的作品。"② 恶搞现象虽是一时的大众时尚，唤起了某些亚文化群体的社会认同感，让众多网民乐此不疲，但是过多的恶搞会让经典失去厚重的内涵，沦为失去底线的恶俗作品。

---

① 张同胜 . 论《水浒传》的大话文化解读——兼论"恶搞"文学经典存在的意义 [J].
济宁学院学报，2010（5）：34.

② 罗慧林 . 从戏仿到恶搞：娱乐泛滥时代文学的价值危机 [J]. 当代文坛，2007（4）：
23.

第三节　日剧《水浒传》对原著的改编

1973 年，随着中日邦交正常化，日本 NTV 电视台翻拍了《水浒传》电视剧，由舛田利雄执导，中村敦夫等演员主演。该剧共 26 集，剧情进行了较大的改编，应该是最早的水浒电视剧。日剧《水浒传》曾制作英语配音，在日本、英国、中国香港等地播出。"2008 年 8 月 27 日，日本电视台为庆祝 20 周年台庆，把电视剧用 DVD 的形式制作出来出版发售，由此扩大了《水浒传》在普通民众的影响力。"[①]虽然有网友认为此剧"天雷滚滚"，与原著相差太大，但该剧对于《水浒传》文化的传播与输出有着非常重要的作用。该剧播出时间较早，再加上语言的隔膜，学界并没有关注此剧，在中国知网上只能搜到零星的相关论文。

一、横山光辉的漫画版《水浒传》

日剧《水浒传》是在横山光辉出版的漫画基础上进行改编的。日本的漫画产业十分发达，漫画作品已经成为日本文化出口的标志性产品，在世界市场了占据了相当大的份额。中国传统文化绵延厚重，博大精深，是日本漫画的重要素材来源，而改编后的漫画作品则不可避免地打上了日本文化的烙印。日本当代读者对《水浒传》的认识就是从横山光辉的漫画开始的。

横山光辉对于历史题材的漫画情有独钟，他坦言"就我自身而言，历史是一条源远流长，永无尽头的大河。我们确实生活在当下，无论如何也无法穿越时空，去往那遥远的过去与未知的彼岸。但正因如此，我们才要在梦中追寻，寻找那些重要历史所失去的珍贵环节！"[②]1967 年，横山光辉开始在《希望生活杂志》上连载长篇漫画《水浒传》。这部漫画曾经多次再

---

① 陈安梅.《水浒传》在日本的传播［J］.文艺评论，2014（8）：168.

② 兴峰.如何评价横山光辉的历史系漫画？［EB/OL］.（2020-10-24）［2022-03-17］. https：//www.zhihu.com/question/34330205？ sort=created.

版，受到年轻读者的热烈欢迎。

第一，内容的精简压缩。由于漫画的篇幅有限，不可能将原著的故事照搬过来，只能将原著的内容进行大量的精简。在此过程中，有些故事很遗憾被删减掉了，如脍炙人口的"武十回"。也许是内容涉及男女情杀，不利于青少年的成长。为了避免引起不必要的麻烦，横山光辉删去了这段精彩的故事。这样会导致故事情节不完整，人物形象由立体变得平面。失去了前面故事的铺垫，武松的形象也就失去了独特的个性魅力，他的忠勇仁孝、精明谨慎的性格没有机会得到充分的展示。

此外，关于鲁智深的情节也进行了一定的删减。鲁智深本来是先到五台山出家，因为闯下大祸所以来到东京的大相国寺，从而认识了林冲，结下生死之交。在横山光辉的漫画中，鲁智深大闹五台山、痛打小霸王的情节全都删减了，鲁智深一出场就是以和尚的身份。改编成漫画需要整合删减可以理解，但一些经典情节被大刀阔斧地砍去会让读过原著的读者们深感遗憾。

第二，富有动感的表现形式。横山光辉的画风平实朴素，属于少年漫画风格，线条简单流畅，内容通俗易懂，在表现形式上灵活多变，吸引了众多的年轻读者。"由于日本故事类漫画兼具小说、绘画、电视三者的特点，横山光辉灵活运用这种生命力持久的表现形式，通过分镜将每一个故事情境分散开来仔细刻画，令漫画如同电影一般富有动感，让读者身临其境，大呼过瘾。"①漫画这种形式直观形象，读者在脑海中可以形成清晰的形象，以想象的方式来填补漫画故事的空白处，从而主动参与到漫画内容的生产中。

第三，夸张自由的创造。横山光辉的漫画进行了一定的创新，体现了鲜明的日本文化特色。漫画《水浒传》还增加了一些内容，如描写了法师樊瑞的成长历程，而樊瑞在原著中与神通广大的公孙胜相比不过是个小角色而已。"横山光辉的《水浒传》还加入了独特的历史元素，吸引了不少漫画迷的支持，他的历史题材漫画有一定的夸张成分，延续了日本浮世绘夸张、自

① 兴峰.如何评价横山光辉的历史系漫画？［EB/OL］.（2020-10-24）［2022-03-17］.https：//www.zhihu.com/question/34330205？ sort=created.

由想象的风格，如横山光辉对李逵的刻画，'黑铁塔'李逵形象被理解为高大的铁塔，其被刻画为高大的巨人，再如原著中对宋江的武艺并没有过多的描写，在漫画中横山光辉对宋江的武艺做了诠释，多次描绘宋江独自以一敌十、杀破重围的场面，刻画了宋江武功高强的领袖形象。"① 漫画中对于宋江的武功也进行了一定程度的夸张，原著中宋江的武功并不出色，更加突出的是宋江作为"及时雨"所具有的江湖义气和对于朝廷的忠心耿耿。

二、日剧《水浒传》的改编特点

横山光辉的漫画《水浒传》对于原著已经进行了大胆的删改，而日剧《水浒传》根据漫画进行二度改编，这样与原著相比发生的变化就更明显了。由于是在日本国内取景，日本 NTV 电视台斥资五千万日元建造大宋风情街，在道具、服装等方面花费了六亿日元的制作费。在播出效果上与央视版的《水浒传》的宏大场景相比还是逊色不少，甚至有网友吐槽，日剧版《水浒传》里面的不少场景是在煤矿取景，与原著的氛围相去甚远。该剧的改编特点主要有以下几个方面：

1. 人物性格"洗牌式"的改编

在日剧《水浒传》中有很多英雄好汉的故事被整合删减的情况，这种人物性格张冠李戴、随意洗牌的现象十分普遍。

一是人物形象的集中，在某一个人身上集中几个人的故事。在水浒原著中，仁宗皇帝派洪太尉前往江西龙虎山，宣请张天师祈禳瘟疫。而在日剧《水浒传》中，这一任务改由高俅完成，伏魔殿中石碑上的"遇洪而开"也改成了"遇高而开"。高俅祸国殃民，在伏魔殿放走了被镇压的 108 个魔君。在个人生活上，高俅道德败坏，身边美女无数，还试图调戏林冲娘子，对扈三娘施暴。高俅与梁中书还成了亲戚，梁中书搜刮金银珠宝就是为了送给高俅。当权派高俅成为邪恶力量的代表集众恶于一身，最后作为大BOSS 与林冲进行一场对决。此外，原著中的智多星吴用与入云龙公孙胜在

---

① 冯雅.《水浒传》在日本的传播研究［D］.长春：东北师范大学，2017：132.

日剧《水浒传》中合二为一。

二是人物形象的更改。以主要的英雄形象为例，原著《水浒传》中林冲是天雄星，排名第六位。在日剧《水浒传》中，林冲武功高强，一改原著中谨小慎微的性格，成为第一男主角，在江湖上名气很大，逼上梁山后成为梁山的精神领袖。鲁智深成了看管林冲的节级，在一拳打死镇关西之后，踏上了逃往之路。在史进的帮助下，鲁智深直接剃发成了和尚。关于鲁智深大闹五台山与相国寺种菜的情节都被删除。

相比之下，武松形象发生的变化令人咂舌。武松在第一集中就披着虎皮上场，为饥民开仓放粮，并与维持秩序的林冲打了一架。林冲出于义气，放走了武松，武松被林冲的义举打动，在江湖上到处传播林冲的事迹。在日剧《水浒传》中，删去了精彩绝伦的武松打虎等情节之后，武松变得毫无英雄气概，只是一个空有一身蛮力的莽夫而已。

三是女性形象的变化。在日剧《水浒传》中，扈三娘的父亲为了巴结高俅，将她作为礼物送给高俅。扈三娘不堪受辱，在林冲的帮助下逃出了魔掌。在后面的情节中，还出现了一位穿着奇特的扈四娘，出现得莫名其妙。而在原著中，扈三娘是独龙冈扈家庄扈太公的女儿，她的未婚夫是祝彪，而扈太公只是地方上的一个富户，与太尉高俅的级别相差太大，恐怕连送礼的资格也没有。

林冲的妻子也成为重点刻画的人物形象。在日剧《水浒传》中，林娘子小兰被高俅玷污之后，求死不得开始寻找自己的丈夫，最后为了救夫惨死在李成刀下。原著中特别强调林娘子的守身如玉，最终为了守住贞洁选择自尽而亡。林娘子的死亡本来是作为背景一笔带过的，而在日剧中则成了重情重义的贤德女性，这也显示了中日文化对于贞洁观念的不同认识。

2. 故事情节"跳跃式"的更改

在日剧《水浒传》中对故事情节进行了大量的改编，一些英雄形象身上的气节荡然无存，武松在朱贵的酒店吃霸王餐被捉住，为了活命下跪求饶。杨志为了谋求官职，不得不向高俅求情。而鲁智深同样英雄气短，为了生活沿街乞讨，这些情节的改变让人感到不可思议，打破了观众对顶天立地的水浒英雄们的幻想与期待。

在日剧《水浒传》中，还增加了一些人物恋爱的情节，演绎了一段英雄气短、儿女情长的江湖传奇。林冲在高俅府中救了扈三娘之后，扈三娘就对他暗生情愫，尽管林冲一直怀念自己的亡妻，但扈三娘一直对他不离不弃。而鲁智深与一位卖唱少女①产生了爱情，而少女的父亲贪图钱财，将女儿卖给了燕顺。鲁智深在气愤中将少女的父亲打死，尽管除去了燕顺，但两个人心生隔阂，最后还是各奔东西。史进爱上了玉娇枝，可惜贺太守看上了玉娇枝的美色，将她抢走。史进寡不敌众，被关进监狱，贺太守当着史进的面侮辱玉娇枝，玉娇枝不堪受辱，自尽而亡。在原著中，这三位英雄都是胸怀坦荡、不近女色的好汉，他们对于女性的帮助只是出于对弱者的同情，而不是出于自己的私人情感。改编后的电视剧中增加了恋爱的情节，使得英雄们更具有人性化的特点。从人性的角度来看，英雄们的恋爱不是他们性格中的瑕疵，并不影响他们的高大形象，反而使他们更加具有亲和力。恋爱的失败更加凸显了命运的波折与善恶的对立。

3. 异域文化"误读式"的改造

由于中日文化的差异，在电视剧的改编中难免会出现对于水浒的一些误解，制作者往往从本国文化的角度去尝试理解，可能就会出现一些望文生义的现象。

由人物绰号发生的误会。在日剧《水浒传》中，李逵戴着一顶牛角头盔，样子十分滑稽。他最爱的是自己的小黑牛，当地主要抢走他的小黑牛时，他奋不顾身地救回了自己的小黑牛。李逵小名铁牛，与黑牛并没有什么关系，制作者仅仅从名字的角度来理解李逵，就会出现一些误读。

由高手对决发生的误解。林冲与杨志两大高手在比武时，竟然对峙了两天两夜。这在中国读者眼中是不可思议的事情。原著对于二人比武的描写十分简单，林冲为了投名状抢夺了杨志的财物，两人先是打了三十来回合，不分胜败，又打了十数合，最后被众人劝开。中国读者更喜欢看热闹的打斗场面，而日本的观众可能更欣赏高手对决中心理素质的对抗。

对人物的武功发生的误读。在日剧《水浒传》中，神行太保戴宗所谓的神行术不过是在山间跳跃奔跑而已，这样的速度不可能日行千里，失去

---

① 这位卖唱少女似乎是原著中金翠莲与刘太公女儿的结合体，卖唱情节来自金翠莲，被抢亲的情节来自刘太公女儿，创作者从自己的角度将剧情进行了一定的整合。

了原著的奇幻色彩。原著中,戴宗将甲马拴在腿上,做起神行法来,路上只能吃些素茶素食。这种腾云驾雾的神行术让日本读者无法理解,由于文化背景的不同和历史传统的差异,在中日文化交流中出现某些文化折扣也是难免的。

三、日剧《水浒传》中体现的文化差异

中日文化同属于儒家文化圈,文化之间的交流互动一直十分频繁。"中日文化作为东亚文化有许多共同特征,其中包括东方民族感性直觉思维的顿悟性,农业民族与土地的深厚情感,人与自然关系上的相依相靠的依存关系,对人与人关系的关注,对权威和神道的尊敬,从而使用大量的恭谦词汇,形成了强烈的等级意识。"[①]日本文化受中国文化影响很大,但在明治维新之后,日本逐渐吸收西方文化,迅速崛起成为发达国家。中日两国文化中有不少相似之处,也存在着诸多差异。

这些文化差异在电视剧的制作中得到了一定的表现。在影像化的过程中,电视剧在讲述故事的同时也渗透着意识形态、文化观念、美学思想、价值观念等内容。"当人们收看电视时,人们就进入了一个常常是复杂的社会世界,在这个世界里,他们会展示其不同层次地对电视和其他人的思想和情感的投入。这种投入就其本身而言是一种文化形态,与理论家们所设想的规范和意识形态结果相去甚远。"[②]电视剧在娱乐大众的同时,也在体现和传播着一定的社会文化观念。

第一,日本武士的荣誉感。

日剧《水浒传》中,林冲、杨志等水浒英雄作为军官具有强烈的荣誉感,他们看到灾民饥寒交迫会心生怜悯,遇见贪官横行霸道会横眉冷对。他们坚守做人的良知和底线,即便得罪权贵失去军官的职务也会在所不惜。林冲故意放了帮助灾民的武松,是因为他对于自己不能挺身而出保护百姓而深感羞愧。为了救扈三娘,林冲不惜得罪高俅,导致后来误入白虎堂,

---

① 江华.文化哲学与文化建设 [M].北京:国家行政学院出版社,2015:200.

② [美]隆·莱博.思考电视 [M].葛忠明,译.北京:中华书局,2005:35.

被刺配流放。在电视剧的结尾,林冲带领一群好汉将高俅团团围住。出于英雄的荣誉感,林冲并没有选择群起而攻之,而是选择与高俅单打独斗,做最终的了断。而在原著中,作为普通军官的林冲与位高权重的高俅不在一个层次上,宋江一心想要招安,百般阻挠林冲复仇,林冲不能杀死高俅一血前仇,气得吐血昏迷。

杨志一诺千金,他答应林冲娘子和扈三娘,自己比武失败就会将她们放走。而杨志在与林冲决战中失利,他还是信守承诺,担着风险将林冲娘子和扈三娘放走。他们不畏强权,坚守理想,注重荣誉,具有强烈的人格魅力,可以看出制作者以日本传统的武士道精神来理解这些水浒英雄。他们身上具有"义"(遵守义理和道德)、"仁"(对穷人、弱者的同情)、"礼"(对他人的尊重)、"勇"(高强的武艺)、名誉(强烈的人格尊严)等精神特征。

第二,审美意识的物哀情结。

"众所周知,本来'物哀'一词是18世纪后半叶本居宣长从《源氏物语》中抽象出来的一种平安时代文艺的理念,平凡社出版的《世界大百科事典》中今井源卫的解释是:'人受到自然或人事的各种不同情景的触动之后所生发的感动。'而且有人认为,它变化为'闲寂、幽寂',形成了日本式审美意识的传统。"① 物哀之美会产生一种惆怅、伤感、悲伤的情绪,具有独特的美感。人们感叹生命的短暂、命运的无常,美好的事物总是短暂而无法久留的。樱花之美是一种瞬间之美的代表,"生如夏花之绚烂,死如秋叶之静美",繁花似锦的美景转瞬即逝,大风吹过,只剩下满目疮痍。从物哀之美可以窥见日本人独特的死亡观念。

在日剧《水浒传》中,名妓李师师和林冲的妻子小兰都是选择自杀来保护自己心爱的人,在她们的心目中,自己生死事小,爱人的生命与荣誉才是最重要的事情。日剧《水浒传》中,小兰为了寻找丈夫林冲,到处颠沛流离,以卖唱为生,还遭受牢狱之灾。好不容易要见到丈夫了,却要眼睁睁地看着丈夫为了救她驾船进入敌人的包围圈。她的牺牲让林冲痛心不已,林冲将妻子的尸体放到船上,乘船离开。这种"爱而不

---

① [日]田中真澄.小津安二郎周游[M].周以量,译.桂林:广西师范大学出版社,2009:341-342.

得"的伤感还影响到在场的扈三娘，她怀着对林冲的痴念离开了他，自己一个人浪迹天涯。

在央视《水浒传》中，李师师与燕青携手退隐江湖，过着神仙眷侣的生活，留下了美好的爱情传说。而在日剧《水浒传》中，导演却安排了这种悲剧的结局，让李师师死在燕青的面前，这是一幅唯美哀婉、令人伤感的画面。女性为了爱人主动赴死的决绝，让人联想到女性的生命像美丽的樱花一样转瞬即逝，她们选择在最美的时刻释放自己的价值，体现了日本文化中对死亡的审美意识。

第三，日本文化中的集团意识。

日本文化的一大特色是强调集体的力量，集体利益高于个人利益。"日本人有着一种显著的'集团意识'：对于日本人来说，他们总是意识到自己是某个整体的一部分，这个整体是利益共同体，甚至是命运共同体，自己与这个整体息息相关，同命相连。出于对集团的归属感和依赖感，日本人纪律性极强，自觉遵守自己在集团的序列位置，不惜牺牲个人的利益以维护集团的'和'，从而形成了日本民族集团意识的丰富内涵，并对日本的经济发展和社会和谐产生着潜移默化的影响。"[1]

限于篇幅，在日剧《水浒传》中只是出现了几个重要的人物角色，他们在一些战争中都是同时出场，除了灵魂人物林冲之外，其余几位英雄如武松、鲁智深、杨志、史进等总是作为一个整体集体出场，他们难分主次。时迁在原著中虽是一名难登大雅之堂的小偷，但他为梁山事业的发展做了很大贡献。而在日剧《水浒传》中，时迁直接成为反面角色———一个鱼肉百姓的恶霸地主。农民在他的压迫下饥寒交迫，而时迁作为剥削者则过着奢华享乐的生活，最后林冲挟持时迁开仓放粮，并将他杀死。从中可以看出日本人具有的集团意识对异类的排斥，像时迁这种偷鸡摸狗的人即使本领高超，也不会得到观众的认同。

在中国文化比较少见集体英雄的场景，人们更喜欢超人式的个体英雄。如果人数众多的话，一定会分清主次顺序。中国传统小说中经常出现排座

① 刘利华. 析评日本集团意识的内涵及影响［J］. 社会科学论坛（学术研究卷），2008（07）：77.

次或列榜单的现象，以排序的形式分清楚人物的主次高低。《封神演义》中有封神榜，《红楼梦》中有金陵十二钗，《水浒传》的第 71 回《梁山泊英雄排座次》对三十六天罡星和七十二地煞星进行了排序，这次排序意义重大，奠定了梁山泊的组织架构，为下一步的招安做好了准备。有研究者从文献优先、管理层优先、胥吏优先、职业军人优先、地主优先、旧山寨之主优先、举荐人优先、技术优先、马步水三军、主先仆后、叔先侄后、夫先妻后、兄先弟后、帅先将后、尊重旧山寨排序、尊重结义、淡化师徒关系、漠视元老、鄙视蟊贼与宋江系二十个角度分析了梁山好汉排座次的奥秘。① 水浒中虽然标榜的是"八方异域，异姓一家"，而在现实中，梁山好汉的来源既有原来的梁山人马，又有新会师的二龙山、桃花山、白虎山和少华山，在招安大业上，众位好汉的思想并不一致。最后的结局更是七零八散，大部分战死沙场，有的不辞而别，有的称病离开。水浒好汉的集团意识并不强烈，逼上梁山只是权宜之计，一有变故就很容易分崩离析。

日剧《水浒传》由于情节脱离原著在豆瓣的评分并不高，得分为 5.2 分，但是借助英语配音的传播优势，该剧在英语国家大受欢迎，Suikoden（《水浒传》的英文译名）在国外网站上的评分为 8.2 的高分。这一现象说明了电视剧在国际文化交流互动中的重要性，日剧《水浒传》对于原著的曲解将会借助传播技术迅速在英语国家得到普及推广，这样就不可避免地对原著造成了强烈的冲击。赛义德认为，"西方人制造出的东方学是被当作一种西方认识东方的框架与视角，它是以西方对东方的支配、霸权为基础让西方处在有利的地位而替东方讲话的东方学，这种东方学本身是西方创造的一个理论与实践体系。"② 如果我们不重视传统文化的输出，将会造成西方发达国家文化信息的单向传播，从而形成西方世界的文化霸权，加深中西方文化的隔膜。

"跨文化是指参与者不只依赖自己的代码、习惯、观念和行为方式，而同时也是经历和了解对方的代码、习惯、观念和行为方式的所有关系。而

---

① 沙秋.沙秋揭秘梁山泊英雄排座次［M］.沈阳：沈阳出版社，2018：2.

② 孙晶.文化帝国主义与文化霸权思想考察［J］.北京理工大学学报（社会科学版），2004（1）：44.

后者被认为是陌生新异的。因此，跨文化包括所有的自我特征和陌生新异性、认同感和奇特感、亲密随和性和危险性、正常事物和新事物一起对人的中心行为、观念、感情和理解力起作用的关系。跨文化是指通过越过体系界限来经历文化归属性的所有的人与人之间的关系。"① 二十一世纪以来，中国的地位得到全球世界的认可，与此相对应，我国的文化软实力相对较弱，还无法形成与我国综合实力相匹配的传播力度。如何更好地传播中国文化，提高中国文化在世界的影响力，获得文化领域的话语权，这是中国文化发展的重要战略，也是文化工作者应该思考的重要问题。日剧《水浒传》在中国观众眼中剧情狗血，与原著相差甚远，却在海外传播中得到外国观众的青睐。中国的很多电视剧在国内受到追捧，却难以进入西方的主流社会，获得海外观众的普遍认同。通过日剧《水浒传》的例子，可以总结电视剧进行跨文化传播的经验教训，最大限度地减少文化折扣，扩大中国文化的国际影响力。

据传，网飞 Netflix 将拍摄未来版《水浒传》电影，由 Matt Sand 担任编剧，日本导演佐藤信介执导。不少中国网友表示期待值为负数，担心外国人拍不出中国文化的精髓。目前，中国文化中有丰富的文化资源，由于价值观的差异，缺乏国际化的表达方式，难以引起西方观众的共鸣。而西方世界从中国文化资源中获取题材和灵感，经过改造之后传达西方的文化观念和思想价值，这一现象警示文化工作者必须充分挖掘利用好中国的优秀传统文化，寻找为世界观众共同接受的表现形式，在国际文化传播中发出自己的声音，否则中国的文化宝库将被西方世界所"窃取"与"改造"，成为"中国故事＋西方观念"的不伦不类的文化产品，沦为传播西方观念的工具，这样会使中西方文化的隔阂进一步加深，不利于国际的文化交流。

---

① ［德］马勒茨克.跨文化交流——不同文化的人与人之间的交往［M］.潘亚玲，译.北京：北京大学出版社，2001：31.

第四节　动漫电影《王子与 108 煞》的艺术特点

动漫电影《王子与 108 煞》是一部中法合拍的电影，导演是法国著名动画导演帕斯卡·莫莱利。该片于 2015 年 8 月 21 日在中国上映，作为《中法电影合拍协议》框架下的首部动画合拍片，这是中法文化交流史上的一个重要事件，也是中国文化走出去的一个典型例证。影片主创团队非常向往中国传统文化，特别是对游侠们行侠仗义的传奇故事心驰神往，他们希望把中国古典文化中的英雄故事传播到全世界，让全球观众领略到中华文化的悠久魅力和英雄好汉的豪迈气概。

但是，从宣传效果来看，媒体的相关报道并不多，多是新闻通稿，并没有引起太多的关注；从观众的实际反馈来看，并未达到理想效果，一些观众认为这是西方人眼中的中国故事，与水浒的关联性不大。总的来看，主创人员确实下了一番功夫，不过画面的精致掩盖不了剧情的苍白，产生了"文胜质则史"的效果。

一、电影《王子与 108 煞》的叙事特点

第一，人物形象较为单薄，基本为扁形人物，主要人物的成长没有得到充分的展现。

在官方宣传中，高调宣布这是"一部真正意义上的'王子复仇记'"，落魄王子借助 108 煞的力量成功复国，夺得自己的皇位。有观众认为，这是"没有搞清主体的复仇"，"复仇的主体应该是王子本人，而不是将军。是王子利用将军来复仇，顺便体现出他的德政，和他应取代篡权者成为新王的原因；而不是将军借助王子的名义来复仇。影片偏向于了后者。这就使王子复仇的动机、意愿、行为都不够强烈，最终给人的感觉是王子被迫复仇并且成功了。"① 虽然王子是复仇的主体，但从影片来看，王子在成长过

---

① 宋大师聊动漫.《王子与 108 煞》：没有搞清主体的复仇［EB/OL］.（2015-08-23）［2022-03-17］.https：//movie.douban.com/review/7578696/.

程中并没有学到治国韬略，也没有习得什么神奇武艺，其成长主要是外形的改变，张天师的教诲没有使他获得真正的成长和锻炼。王子复仇的实施主要是靠身边的"108煞"，王子在关键时候昏迷过去，等到醒来之后，一切尘埃落定，顺利登上王位，"108煞"组建了新的飞灵军，印证了张天师一再强调的"人生如圆"。

从"108煞"的人员组成来看，人数只有十余人，并没有传说中的108人。其中包括军人出身的赤须、原镖师楚雄、双胞胎的西门兄弟、震天雷、神射手、女侠血燕子，书生夺命锁白羽生等人，塑造的较有特点的是原御前侍卫高云飞。高云飞忠心护主，武艺高强，是团队的中心人物。在押解途中，高云飞险些被奸人所害，幸好有茅铁锤相救。这一情节可能是从水浒原著中鲁智深大闹野猪林中获得了灵感。对于其余的人物，只有对其出身、性格、兵器的简单介绍，人物的性格并不鲜明突出。能够给读者留下深刻印象的就是在屏幕中飞来飞去的武器，漫天飞舞的飞绫、骇人魂魄的夺命锁、震耳欲聋的大炮、吓人的巨型铁锤、百步穿杨的神箭等。功夫奇观的背后就是人物形象的单薄，以血燕子为例，作为团队中唯一的女性，她的女性特质并不突出，作为"女汉子"在男性群体过得如鱼得水，那么她出身什么家庭，如何学到武功，又为什么会走上反抗官府的道路，今后人生道路如何，这一切都没有答案。这些扁平人物存在的价值就是作为道具推动情节的发展，无法给观众留下深刻的印象。莱辛在《汉堡剧评》中指出，"一切与性格无关的东西，作家都可以置之不顾。对于作家来说，只有性格是神圣的，加强性格，鲜明地表现性格，是作家在表现人物特征过程中最当着力用笔之处……"① 性格是塑造人物形象的关键因素，影片中的人物性格还不够丰富，没有进行深入的挖掘，无法让观众产生强烈的代入感。

第二，从艺术设计层面来看，电影画面精致唯美，取得了良好的视觉效果。

在技术层面上，导演帕斯卡有丰富的动画电影制作经验，在这次拍摄

---

① ［德］莱辛.汉堡剧评［M］.张黎，译.上海：上海译文出版社，1981：125.

中专门采用了专利的真人动作捕捉技术进行制作。"所谓真人动作捕捉技术，是指被捕捉物体的运动特性，由计算机直接处理，从而得到一系列的三维空间坐标数据。简而言之，这一技术，让人体、物品，在虚拟世界中，只留下动作，而不再有'肉身'。"[①]通过结合真人演员的动作，原本单调的虚拟形象获得了生命，人物形象变得栩栩如生。这项号称国际上最先进的图像处理技术，在实际操作过程中的效果并不尽如人意，动作与人物的结合还不够圆融，显得较为生硬，部分细节打磨地还不够完美。

在美学风格上，该电影融合了中西美学特色，将中国山水画的写意风格与法国油画的浪漫风情有机结合在一起。"影片整体的格调和画风有着传统中国画般清淡写意的美感和西方动画电影的构图张力，让人从影片的处处细节中都能看出强烈的中国印记。"[②]影片中的画面精致唯美，"中国风"扑面而来，电影中出现了高耸入云的山峰、巍峨壮观的宫殿庙宇、诗情画意的小桥流水、幽雅宁静的亭台楼阁，让观众获得良好的观赏体验和唯美的视觉享受。整体来看，电影具有简约凝练的水墨构图，寥寥数笔，形神兼备，气韵生动，在色彩运用上吸收法国油画对比鲜明的特点，达到了中西方绘画艺术的完美融合。从观众反馈来看，观众对于该影片的水墨风格基本上持肯定态度，认为画面精致细腻，美轮美奂，仅从视觉效果来看，也值得一观。

第三，从文化融合层面来看，传统文化只是空壳，存在着明显的文化误读。

作为一部中法合拍片，在视觉效果方面，得到了观众的一致认可，但是在文化融合方面，该片显然无法满足观众的预期，还有很大的提升空间。

历史事实的错位。原著《水浒传》故事发生的时间是北宋宋徽宗统治时期，而在电影《王子与108煞》中，篡夺皇位的是阴险狡诈的司马大都督，这位司马大人尖嘴猴腮，一脸奸诈，耳朵上还戴着非常夸张的大耳环。

---

① 网易娱乐."王子与108煞"公映 山水画与法国油画完美结合［EB/OL］.（2015-08-21）［2022-03-17］.https://www.163.com/ent/article/B1HROO7100034C67.html.

② 谢思婷，李晓艳.从电影《王子与108煞》探讨中国文化的对外传播策略［J］.视听，2019（10）：65.

高云飞在与刺客打斗时砍去了一个刺客的耳朵，而这个耳朵上面正好戴着大耳环，这也成为司马谋朝篡位的铁证。导演或许是从中国历史上为人熟知的谚语"司马昭之心，路人皆知"获得了灵感，而且为篡位者设计了十分明显的个人标记。这与水浒传发生的时代背景格格不入，西晋与北宋相差近千年，在皇权巩固的封建王朝，一般的官员也不太可能轻易谋杀皇帝。影片的一些历史细节禁不起进一步推敲。

人物细节的不真实。从人物性格来看，电影中憨厚直爽的茅铁锤颇具喜剧效果，他身形彪悍，力大无穷，手拿铁锤所向披靡，这与水浒原著中手拿板斧的李逵具有异曲同工之妙。导演为他设计的一个性格特点是喜欢吃鱼，他经常问别人，鱼是清蒸还是椒盐烤着吃比较好？茅铁锤爱好吃鱼，经常到处抓鱼，还要储存鱼干，似乎每顿饭都是无鱼不欢。不过在《水浒传》中，李逵并不喜欢吃鱼，他在浔阳江边琵琶亭与宋江、戴宗等人一起吃酒，宋江为李逵点了二斤羊肉，李逵非常高兴，说："这宋大哥便知我的鸟意，吃肉不强似吃鱼。"在《水浒传》中，梁山好汉的饮食动辄就是牛肉、羊肉，甚至狗肉，只有宋江这样的文人才会喜欢喝鲜鱼汤。

水浒文化徒有其表。仔细考察影片就会发现，除了影片名字《王子与108煞》明确表示了向水浒好汉致敬，部分人物会让人联想到水浒英雄，剧情内容与水浒故事已经没有了太大关联。这部类似于《狮子王》的"王子复仇记"其实更像是西方好莱坞式的流水线故事，它将谋朝篡位的血腥故事想象为一个西方骑士的浪漫复仇故事。影片中，佩佩在说书中将108个令人闻风丧胆的"凶神恶煞"描述为行侠仗义的绿林英雄，为了拯救黎民百姓，他们单枪匹马地向官府挑战，让官员吐出搜刮的民脂民膏。这里，导演将个人与官府的对抗想象为一场英雄武艺的秀场，似乎只要打出正义的旗号，就能无往而不胜。在水浒原著中，梁山好汉攻打祝家庄前后打了三次才勉强攻下，仅凭十余个武林高手就想与官府叫板，这在现实中基本上是不太可能的。

二、关于电影跨文化传播的反思

电影在跨文化传播中具有"先头军"的重要作用，优秀的电影能够传播文化，架构起世界各国文化交流和传播的桥梁。中国电影正面临"走出去"的难题，尽管目前电影产量增加，类型增多，也不乏质量口碑得到认可的佳作，但在面对好莱坞的文化霸权时，文化传播过程中难以避免的"折扣"会造成外国观众难以接受。中法合拍电影《王子与108煞》在拍摄时备受期待，它试图向传统文化致敬，徒有其表却不得要领，没有表现出中国文化的精髓。影片的不足之处验证了跨文化传播的难度，其中的经验和教训值得电影工作者进行深刻的反思。

首先，采用多种方式进行宣传，强化宣传效果。在国内宣传上，可以借助微信、微博等社交平台进行广泛的宣传，用网民喜闻乐见的形式开展互动，切忌千篇一律的官宣文章。可以设计相关的动漫玩具、手办、图书等文创产品，以便形成完整的文化产业链条。采用线上与线下相结合的方式，以轻松搞笑的短视频形式扩大受众面，在线下举办粉丝见面会等多种形式，营造良好的宣传氛围。在海外宣传上，要注重不同国家观众的文化背景与接受习惯，制作针对某国国情的专门宣传片，最大限度地减少文化折扣，增强宣传效果。"电影的海内外宣传应保持一致，海外宣传要与国内宣传同步，配备专业的组织团队，前期、中期和后期宣传全套配齐，不断提高电影的媒体曝光度。"[①]

其次，创造性转化中华优秀传统文化，打造知名文化品牌。中华优秀传统文化是一座文化资源宝库，继承发扬中华优秀传统文化是建设文化强国、提高文化综合实力的重要内容。提升电影的文化品质必须深入挖掘中国传统文化的深刻底蕴，展现出中国人的精神面貌，传播中国的文化价值观。"我们意识到中国电影走向国际舞台，需要贡献出更多具有普世性、精神性、导向性的题材，而不是仅停留于局部的表现及非主流意识。"[②]在电影《王子与108煞》中，不应凸显孤胆英雄与官府的激烈对抗，应该强调绿林好汉之间的兄弟情谊、替天行道的社会正义感和忠君报国的爱国热忱。尽

---

① 相德宝，王静君.跨文化传播视角下《流浪地球》国际媒体传播效果及策略研究［J］.全球传媒学刊，2020（4）：67.

② 卢燕.中国电影的国际化路径［A］.载卢燕、李亦中.聚焦好莱坞类型电影的演变与创新［C］.上海：上海交通大学出版社，2014：6.

管各国文化背景不同，电影人物之间的真挚情感一定能够跨越时空的距离，打动人心，温暖人们的心灵，改变观众的思想意识。张天师所强调的"人生如圆"，"有了圆就有了天地，有了天地就有了阴阳，有了四象八卦，有了整个世界。圆没有高潮也没有低谷，人生中最大的敌人就是你自己。"这显然是对道家思想的简易化理解，似是而非的圆圈论陷入了循环论的窠臼，一堆莫名其妙的圆圈在电影中显得不伦不类。这样的肤浅理解，显然无法解释中华文化的精髓，神通广大的张天师突然离世显得有些逻辑不通。

最后，加强不同文化交流互动，树立文化自信。可以采用举办电影周、电影论坛、合拍电影等多种方式来加强不同国家的文化交流，尊重多元文化的交流与碰撞，充分调查研究各国观众对中国电影的评价与需求，特别是重点分析网络的电影评论，更好地了解不同文化背景观众的审美习惯与文化需求，这样在电影生产、宣发过程中就可以有的放矢，找到不同文化的相通之处，引发外国观众的情感共鸣与价值认同。中国电影需要进一步提高中国故事的叙事能力，积极打造中国电影的文化品牌，避免被西方文化霸权话语所裹挟，坚决杜绝为了获奖而放弃初心，讨好国外电影评委的现象。在各种文化思潮相互激荡、不同意识形态相互斗争的今天，我们更要保持清醒的文化自觉和坚定的文化自信，坚持正确的价值导向，走出一条具有中国特色的社会主义电影发展道路。

"面对全球竞争，世界各国电影纷纷寻找新的国内和国际传播方案，中国电影自然要充分展示中华文化的新魅力，使中华民族最基本的文化基因与当代国家发展相适应、相协调，以人们喜闻乐见的影片表现出来，立足本国又面向全球传播。"① 中华文化宝库有丰富的文化资源，革命文化是中国人民宝贵的精神财富，中国的大地上正发生着日新月异的变化，这些为中国故事的讲述带来了新的题材。中国电影具有广阔的市场发展前景，它正在以开放的胸襟、积极的态度、自信的姿态走上世界电影的舞台，获得了更多国际观众的认同与欣赏。

---

① 徐进毅. "全球化"与当代中国电影的重建［J］. 电影文学，2020（14）：15.

第五章　水浒旅游产业研究

水浒文化源远流长，水浒旅游产业方兴未艾。山东的水浒旅游资源极其丰富，主要分布在梁山、郓城、东平、聊城等地。传奇性的故事为水浒遗迹的自然风光增添了文化的韵味，旅游产业的兴起能够更好地扩大名著的影响力。基于产业一体化融合发展思路，因地制宜精准施策，讲好水浒故事，推动文旅融合发展，才能走出具有时代特色的发展新路。

第一节　全域旅游视角下水浒旅游综合开发研究

旅游业是当下经济发展的战略性支柱产业，成为拉动经济增长的新引擎。随着生活水平的不断提高，人们对于旅游的需求也更加多元化。传统的旅游景区只能提供走马观花的观赏性游览，不能给游客留下良好的旅游体验，旅游产业结构亟待升级。于是，全域旅游业应运而生。"全域旅游是在一定行政区域内，以旅游业为优势主导产业，实现区域资源有机整合、产业深度融合发展和社会共同参与，通过旅游业带动乃至于统领经济全面发展的一种新的区域旅游发展理念和模式。"[①] 传统的景点旅游正在向全域旅

---

① 张河清.旅游景区管理［M］.重庆：重庆大学出版社，2018：174.

游转变，这已经成为大势所趋。全域旅游经过地方试点探索，已经上升为国家战略，进入全面推进阶段。2015 年国家旅游局颁布了《关于开展"国家全域旅游示范区"创建工作的通知》，指出各地因地制宜，不断探索向全域旅游转变的新路径。2019 年 9 月 25 日，文化和旅游部公布了首批国家全域旅游示范区名单，2020 年 11 月 18 日，公布了第二批国家全域旅游示范区名单。

"水浒旅游资源有其独特的优势：知名度高，影响面广，是文学名著旅游中一面光辉的旗帜；有极具体而实在的环境依托，资源有实在而集中的附着地；分布相对集中，地域结构较好，空间组合良好；资源对应的市场层次广泛，可参与性强；旅游区内有理想的环境基础，可实施广泛的外延性开发；部分景区初具规模，产生了一定的示范效应。"①不过，对照国内旅游市场，当前的水浒旅游还没有形成良好的品牌效应，存在着重复发展、缺乏文化内涵、旅游品牌知名度不高、游客满意度不高等问题，水浒旅游的未来发展之路必须从全域发展的角度进行规划。在转型发展的关键期，应该抓住这次难得的战略机遇，实现旅游产品的更新换代、管理体制的优化提升、产业资源的科学配置，打造水浒文化旅游的知名品牌，使水浒旅游在竞争激烈的旅游市场中脱颖而出。

一、全面开发旅游产品，打造文化产业链条

"整体旅游产品的构成可以用 4 个英文字母 A 开头的词语来表示，即 Attactions（当地旅游资源），Access（当地交通运输设施和服务），Amenities（当地餐饮、住宿、娱乐等旅游生活设施及相关服务）和 Ancillary Services（当地提供的其他相关服务）。"②水浒文化旅游要从单纯的景区旅游转向体验旅游，以游客体验为出发点，系统地提升区域的整体吸引力，优化旅游产业结构，形成旅游文化特色。以自然景观与人文景观为

---

① 王志东，丁再献，2007 年山东旅游发展分析与预测［M］.北京：中国旅游出版社，2008：85.

② 王慧敏.山东水浒文化旅游整合开发研究［D］.济南：山东师范大学，2017：40.

基础，规划出一批养生健康、武术表演、亲子教育、文化传承、乡村旅游、民俗展览等旅游跨界产品，全面整合旅游产业的各要素，真正转变旅游发展模式。

以水浒武术为例，水浒武术文化有着悠久的历史文化底蕴，人们对于水浒武术的印象只是停留在影视作品中精彩的打斗场面，并不懂得其中的门道，水浒武术文化并没有得到真正地发扬光大，在今后的发展中应该探索新的开发模式。2013 年，郓城的水浒拳被评为省级非物质文化遗产，目前面临着水浒拳传人少、年龄偏大的难题。

在学校教育方面，武术学校可以与各企业、大学进行合作办学，开设特色班招收学生学习传统武术，拓宽就业渠道。大学教育中可以开设武术类相关课程，邀请民间的武术专家，如水浒拳传人举办讲座，担任兼职教师，在新媒体拍摄武术小视频扩大宣传力度。

在养生保健方面，可以整理开发出简单易学的养生功夫体系，形成全民健身的良好风尚。在舞台表演方面，可以打造水浒武术品牌，再现"燕青打擂"的盛景，展示武松鸳鸯腿玉环步的威力。

在宣传策划方面，可以培训人才去参加"武林风""武林大会"等竞技节目，扩大水浒武术文化的知名度。在合适的条件下，可以举办打擂台的活动来吸引人们的关注，进一步树立品牌效应。

水浒武术源远流长，流派众多，可以加强不同流派的交流和切磋。宁波北仑区流传的水浒名拳为浙江省非物质文化遗产，在 2008 年，中央电视台四套《走遍中国》拍摄了专题片《御寇水浒门》，专门宣传介绍了水浒名拳的历史由来与武术特点。还有大名鼎鼎的霍元甲练过的迷踪拳，又称燕青拳，属于沧州武术之一，被列为第一批国家级非物质文化遗产。如能将散落在民间大地的水浒武术进行系统的整理研究，进一步发扬光大水浒文化，不仅可以丰富中国的传统武术文化，树立文化自信，还能进一步带动文化的交流和互动，推动文化产业的健康发展。

二、打造特色演艺活动，提升游客娱乐体验

随着旅游市场的发展，旅游演艺活动越来越普遍，以歌舞、杂技、戏

曲表演等方式展现了地方文化特色，激发了游客的兴趣。目前，在各大旅游景点都有丰富多彩的演艺活动。白天，游客可以观赏自然风光，晚上可以观看演艺节目。实景演出能够将文化传统、当地民俗与自然景观相结合，借助现代舞台技术和高科技手段，凸显传统文化的魅力。大型歌舞《宋城千古情》就是一个成功的案例，以载歌载舞的方式呈现了杭州的文化底蕴，以美轮美奂的表演给观众以震撼的视觉感受。相比之下，水浒旅游景区中的演艺活动简单粗糙，只是照搬情节现场演绎而已，观众在短暂的惊奇感消失后，不能留下深刻的印象。

旅游体验可以归结为"审美怀旧、文化教育、休闲娱乐、遁世逃避、社交生活、情感升华6个层次，从表层到深层，称为6E模型。"① 只有将旅游的愉悦感从简单的感官刺激上升到更高层次、超功利的审美感受，才能让游客产生一种忘我而又深沉的享受体验。水浒故事脍炙人口，梁山英雄忠义报国，演艺活动在讲好金戈铁马的水浒故事基础上，挖掘故事的文化内涵和地方特色，展现宋代社会的繁华场景，再现儒道文化的悠久魅力，同时在视觉、听觉效果上精益求精，给观众以全方位的审美冲击。

实景演出要避免走向重技术、轻文化的极端，要注重传统文化资源向文化产业转化。"大型实景演出一旦过多强调技术手段，缺少故事性、情节性，而仅仅依靠声、光、电支撑，就会出现演出零散、观众喧哗的情况。大量同质化的内容反映出行业的浮躁心态，旅游演艺界的整体文化水平也亟待提高，因为旅游演艺的根还在于地方文化。"② 只要借助于文化的深厚内涵，就能发挥出技术的作用，否则只能是一时的炫技而已。

三、精准定位目标受众，满足用户多种需求

设计策划文化创意产品。文创产品能够通过创意设计，采用现代科技

---

① 刘家明，刘莹.基于体验视角的历史街区旅游复兴——以福州市三坊七巷为例［J］.地理研究，2010，29（03）：554.

② 王兴斌.旅游演艺：机遇与挑战并存［EB/OL］.（2019-07-11）［2022-03-17］.https：//www.sohu.com/a/326164843_109002.

手段在产品中融入文化元素，满足消费者的多元需求，产生良好的传播效果。这对于宣传水浒文化，加快产业结构升级装型具有重要的作用。水浒文化历经千年而不衰，有丰富的故事元素和文化资源，同时它作为文化 IP 具有广泛的知名度，这些为文化创意产品的发展奠定了良好的基础。一般的旅游纪念品形式单调，缺乏新意，制作粗糙，难以让游客产生认同感。文创产品需要具有审美性、功能性、内涵性，特别是要满足年轻人的需求。在广泛调查研究用户需求的基础上，有针对性地研发出不同层次、不同人群的文创产品，注重文创产品的趣味性、时尚性、实用性，要让游客产生一见钟情的审美愉悦和心有戚戚的情感共鸣。

利用数据分析精准服务。"大数据是对采集到的信息或数据进行感知、获取、管理、处理和服务的数据集合。对数据集合的分析资讯能帮助政府机构和企业进行管理、决策，它所涉及的资料量规模巨大到无法通过目前主流软件工具，在合理时间内达到撷取、管理、处理并整理成为帮助企业经营决策目的的资讯，需要专业化软件工具和分析专家对其进行收集、管理和挖掘。"① 采用数据分析的方式可以调查水浒旅游的现状，了解游客对各种服务和文创产品的需求，随时与游客进行互动，为游客提供更为优质贴心的服务。旅游公司可以通过客流量的相关数据进行预测分析，明确经营方向，对景区进行智慧化管理，从而降低决策风险。现在的年轻游客习惯使用手机自由选择旅游路线，可以探索"互联网 +"的宣传方式，开发旅游 APP 应用平台或微信公众号满足用户的需求，以图文并茂的方式介绍本地的旅游景点与文化内蕴，以短视频的方式加强宣传效果，实现"吃、住、行、游、购、娱"一站式服务。根据年轻用户的需要，可以开发水浒题材的手机游戏、动漫、有声书等产品，激发用户的参与兴趣。

四、推动行业协同创新，引导文旅融合发展

全民休闲时代为全域旅游发展的开展创造了条件。在 2016 年全国旅游

---

① 张华，李凌.智慧旅游管理与实务［M］.北京：北京理工大学出版社，2017：114.

工作会上，国家旅游局李金早局长指出，"全域旅游就是要把一个区域整体作为功能完整的旅游目的地来建设，实现景点内外一体化，做到人人是旅游形象，处处是旅游环境。全域旅游是空间全景化的系统旅游，是跳出传统旅游谋划现代旅游、跳出小旅游谋划大旅游。"①

从产业升级来看，旅游要与农业、文化、工业、武术、民俗、影视等相关产业进行深度融合，实现旅游发展方式的转变，开拓旅游业的发展空间，为疫情常态化期间的经济发展注入新的动力。根据游客的多元化需求，可以发展乡村农家乐、节庆民俗游、亲子欢乐游、养生保健游、歌舞实景演出、武术擂台比赛、影视体验游等不同类型的旅游产品。

从统筹资源来看，水浒旅游景区主要集中在菏泽、聊城、济宁、泰安四个地市，形成了发展雷同、相互竞争的局面。下一步需要着眼于"四地联动"的整体规划，打破区域划分的行政壁垒，构建地域合作新机制，整合旅游文化资源，形成地方文化特色，开发精品旅游、智慧旅游、红色旅游、文化旅游、乡村旅游等线路，让四地形成相互支撑、共同合作的良好局面。

从协同发展来看，高校、政府、企业应该形成发展合力，助推旅游产业的升级转型。菏泽学院等高校能够为水浒文化的发展提供智力支持，在人才培养方面，可以与企业联合培养旅游方面的专门人才，为水浒旅游发展提供人才保障。在课程设置方面，可以开设水浒武术、水浒文化、水浒诗词、水浒戏曲、水浒剪纸、水浒影视、水浒说唱、水浒绘画等选修课程，激发学生的学习兴趣，起到传承传统文化的作用。水浒文化研究基地定期召开学术会议，出版学术刊物，组织专家研究探讨水浒研究中的新问题与新现象，已经出版十多部专著，六十多篇学术论文。目前，高校、政府、企业各自为政，局限在自己的视野里，如果能够打破樊篱，加强合作与交流，就可以形成良性循环。学术研究能够为政府决策进行充分论证，在政府的正确决策和大力支持下，企业才能抓住机遇，获得更好的发展。

全域旅游是一种地方整体协调发展的新观念。"全域旅游是旅游业的全

---

① 游庆军，张岚 . 旅游学概论［M］. 北京：北京理工大学出版社，2017：37.

景化、全覆盖，是资源优化、空间有序、产品丰富、产业发达的科学的旅游系统。全域旅游要求全社会、全民共同参与旅游业，通过消除城乡二元结构，实现城乡一体化，缩小区域发展差异，全面推动产业建设和经济提升。"①整合规划全域旅游资源，能够形成不同特色、季节、形式的旅游产品，推动产业结构升级调整，实现旅游业与地方区域经济的协同发展。面对市民旅游消费逐步升级推动旅游市场转型升级的趋势，通过开放合作能够推动全域旅游发展，保持水浒文化旅游产业的高质量发展，从而将水浒旅游打造成文化旅游新标杆。

第二节　体验经济背景下水浒酒文化旅游资源开发策略探讨

中国的酒文化源远流长，包罗万象，包括酒的不同种类、制法、作用、民俗、酒具、相关书画等。在夏商周时代，制酒技术已经相对成熟，到了唐宋时期，酒已经成为人们生活的重要组成部分。酒具有重要的文化内蕴，"酒之命名的背后是庄稼成熟，古人以谷物酿酒庆祝并感谢神祇或向神祈福。而汉字中酒器符号与其他形符的构形也证明了酒所蕴含的文化意义，并进一步为古代文献所支撑。'酒'的本源文化功能是向神感恩致敬，并进而引申为人神或人与人之间的和谐，这就是《左传·庄公二十二年》所讲的'酒以成礼'。"②

长久以来，酒与文学有着不解之缘。在《水浒传》中，酒在叙事中起到了重要的作用，酒是文人催发灵感的妙物，"古来圣贤皆寂寞，惟有饮者留其名"，水浒中的宋江就是在美酒的刺激下在浔阳江酒楼题下反诗，为自己引来杀身之祸；酒是英雄豪气的象征，武松连喝十八碗美酒，在景阳冈

---

① 陈加林. 发展旅游学纲要［M］. 北京：中国旅游出版社，2018：88.

② 罗红昌，王灵芝. "酒"的本源文化功能研究［J］. 酿酒科技，2014（7）：122.

痛打猛虎，连喝三十多碗酒，在快活林醉打蒋门神；酒在重要场合扮演着特殊角色，无论是祭祀、庆典、节庆、征战、丧葬、外交等特殊场合都少不了美酒的参与。阮小七偷喝了皇帝赏赐的御酒，直接破坏了宋江的招安大计。

在《水浒传》第 28 回的总评中，"金圣叹用数百字的篇幅赞扬《水浒传》写出了千载第一酒人、酒场、酒时、酒令、酒监、酒筹、行酒人、下酒物、酒杯、酒风、酒赞、酒题。金圣叹所评《水浒传》，仅七十回本就用了一千五百八十五个'酒'字，平均每回用'酒'字二十多次，'酒'的密度之大，在中国古典长篇小说中恐怕是绝无仅有的。"①

酒文化与旅游是相互融通、相互促进的关系，酒文化的深厚意蕴可以为旅游提供丰富的资源，使旅游文化产品形式更加多样，进一步促进区域旅游产业的发展，旅游可以进一步扩大酒文化的影响力和辐射力，推动文化的交流和传播。近年来，出现了知名度较高的大型酒企业打造的文化旅游模式，如泸州老窖白酒文化旅游，茅台镇打造的文化旅游名镇等，这为水浒旅游发展提供了新的思路。水浒旅游如能传承中国悠久的酒文化，发扬光大水浒文化"软实力"，就能够有力地助推地方旅游业文化内涵的提升，建构地方文化品牌。

一、体验经济概述

体验经济最早是由美国学者阿尔文·托夫勒提出的，随后约瑟夫·派恩和詹姆斯·吉尔摩在《体验经济》中指出，在农业经济、工业经济、服务经济之后，经济发展进入了体验阶段。"作为一种经济产出，当企业有意识地利用服务为舞台、产品为道具来吸引消费者个体时，体验便产生了。和初级产品的可交换性、产品的有形性、服务的无形性相比，体验的独特之处在于它是可回忆的。"企业为消费者提供的是独一无二的体验，"经营体验的企业，我们将称其为体验营造商，提供的不只是产品或服务，而是

① 吕祥华.酒文化与《水浒传》的叙事［J］.明清小说研究，2009（2）：52.

一种具有丰富感受，可以和每个消费者内心共鸣的综合体验。"①

对于消费者来说，购买体验比单纯地购买商品更能产生满足感。对于旅游企业来说，推销毫无特色的旅游产品和千篇一律的景点旅游并不能让游客获得满足感，能够让游客产生快乐愉悦的旅游体验是至关重要的，这样，发展旅游的目标和重心也就自然发生了变化，由初级产品的推销转向定制服务和独特体验。

现在游客的需求越来越注重个性化，富有特色的旅游才能够吸引游客的注意力。水浒旅游中有深刻的文化内涵，通过挖掘酒文化中独特的历史文化内蕴，精心打造水浒文化旅游系列的酒产品和文化衍生产品，建设酒文化体验馆，提升水浒文化旅游的知名度，就能增加对游客的吸引力，带给游客独特的旅游体验，同时，也为当地带来良好的社会效益、经济效益和文化效益。

二、水浒酒文化开发现状

山东郓城水浒酒业早在 1965 年就注册了"水浒"商标，自 1987 年起连续荣获"山东省著名商标"称号。水浒酒历史悠久，回味悠长，在本地群众中广受欢迎。"具有 800 年历史的水浒酒，在继承传统工艺的基础上不断发扬光大，更新技艺，以高科技手段、现代化的生产设备、质量监测、计量测试设备，采用优质五粮为主要原料，按照五粮生产工艺，经过泥池发酵、缓慢蒸馏、长期贮存、科学勾兑而成，具有'窖香浓郁、酒体协调、绵柔回甜、余味悠长'等特点，深受国内酿酒专家和品酒大师的赞誉。"② 该介绍只是泛泛而论，没有突出地方酒文化的艺术特色。尽管该酒在当地具有一定的知名度，也进行了系列产品的开发设计，但是在文化旅游建设和宣传营销力度上还有待进一步提高。

---

① ［美］B. 约瑟夫·派恩，詹姆斯 H. 吉尔. 体验经济（珍藏版）［M］. 毕崇毅，译. 北京：机械工业出版社，2016：13.

② 山东郓城水浒酒业有限公司（2019-11-23）［2022-04-27］http://www.shuihujiuye.cn/intro/12.html

目前酒文化旅游资源开发还不够充分，还不能满足消费者的个性化需求，无法刺激文化旅游产业消费，主要存在以下问题。

（一）酒文化历史资源开发不足

水浒酒文化历史悠久，在酒文化开发中并没有充分借助水浒文化的"东风"，导致地方酒业知名度不高。例如，黄泥岗酒是郓城县特产，黄泥岗是水浒故事"智取生辰纲"的发生地，酒又在故事中发挥着重要作用，杨志等人就是喝了被掺入蒙汗药的酒而中计失去生辰纲的。黄泥岗酒具有丰富的地方文化内涵，在开发过程中并没有充分借助黄泥岗作为水浒故事遗址的知名度，仅仅依靠产品质量的口碑在竞争激烈的酒类市场上是难以立足的。如能借助水浒原著中黄泥岗的知名度，深入挖掘地方水浒酒文化资源，精心开展一系列的宣传活动，特别是借助现代媒体平台，扩大水浒系列酒产品的影响力和辐射力，将会取得良好的营销效果。

（二）酒文化旅游资源宣传不到位

目前水浒酒营销方式还是比较传统的电视广告营销，销售网络主要是在当地，难以获得外地旅游者的认同。相比较之下，《水浒传》中令人印象深刻的"三碗不过冈"的广告语，能够激起游客的好奇心，浔阳楼上"世间无比酒，天下有名楼"的对联能让游客感受到强烈的文化气息。现在的广告营销只是常规的产品介绍，没有新鲜的创意，缺乏趣味性和个性化，无法吸引现代消费者的注意力。

历代文人墨客留下了很多与饮酒相关的诗词歌赋，形成了厚重绵长的酒文化。水浒英雄的豪气干云与其惊人的酒量有着密切的联系。可以根据消费者的心理需求，借助传统诗词进行广告创意，设计朗朗上口又充满现代气息的广告语，展示白酒产品全方位的审美效果，形成具有文化底蕴的审美意境，使消费者在白酒产品与水浒文化之间建立情感关联，在获得精神享受时产生强烈的情感认同和消费欲望。通过创新性转化水浒中的文化资源，打造水浒酒文化旅游经典产品，以生动鲜活的中国故事来增加水浒酒的文化内涵。

（三）酒文化旅游产品较为单一

水浒酒产品的品种较为单一，系列开发做得还不够到位，没有针对特定人群进行个性化设计，在产品包装上缺乏文化特色。酒产品与旅游资源没有进行充分结合，没有设计出较为完善的酒文化旅游线路，缺乏相关的酒文化特色产品，从旅客体验的角度来看，体验性较差，难以刺激旅游产业的发展。"以酒文化为核心的旅游业发展需要不断的完善基础设施，能够吸引包括交通、通讯、酒店住宿、文化、保险、咨询、教育培训等产业要素的区域集聚。"① 从目前地方旅游产业发展来看，这些基础设施还需要进一步建设完善，只有对区域内的不同要素进行良好的优化整合，形成发展的合力和动力，才能推动旅游产业长足发展。要做好产品的生产策划工作，按照消费者的爱好需求进行产品的包装设计和口味研发，进行市场的精细化个性分析，设计出兼具包装颜值与内在质量的酒产品，以过硬的质量、优秀的品质、良好的口碑在市场中占领一席之地。

（四）酒文化旅游产品销售渠道不完善

在白酒市场激烈的竞争下，单纯依靠传统的零售批发、超市促销的方式很难在外地市场打开销路，面临着"酒香也怕巷子深"的尴尬局面。随着经济的迅速发展，人们的消费水平逐渐升级，直播带货已经成为年轻消费者们追捧的消费方式。而在直播带货的众多商品中，酒类产品还比较少见。要想进行酒类产品的直播，最重要的就是应该选择具有影响力的主播，或者由地方政府的领导亲自上阵推荐，就能起到意见领袖的作用，以亲和力和真诚度来吸引消费者，让消费者产生身临其境的现场体验感和深度参与感。在直播过程中，要采取多种形式增加与网友的互动，重视网友的反馈意见，不断完善产品系列，从而提高粉丝的忠诚度。除了时下流行的直播方式之外，还可以通过打造线上优质店铺来进一步开拓销售渠道，进军国内市场，走向国际舞台。

三、水浒酒文化资源开发策略

在现代社会中，我们需要继续传承古代的酒文化，摒弃其中不太科学

---

① 郝金连，李美，周越. 全域旅游视角下特色小镇旅游空间开发研究——以山西省杏花村镇为例 [J]. 山西大同大学学报（社会科学版），2020（3）：112.

健康的饮酒习惯，将其中深刻的文化内蕴与民俗文化、当地旅游资源进行有机整合，推动区域经济发展。"有关部门应研究中国酒文化的发展脉络和传承机制，提高传承人的社会地位、传承水平和传承积极性，保护传统酒镇、酒村、酒区、酒肆、酒坊、酒窖等文化空间及其传承体系，对酒文化既要进行传统表达，又要涵养现代生机，尤其要借助文化创意、科技创新、现代管理增强其传承的动力和活力。在此基础上，应以新思维、新科技、新材料、新方法来开发利用酒文化的物质和非物质资源，以现代精神文明改造传统酒礼酒德，以现代社会治理改变酒风酒俗，以更高标准创造新的酒文化。"①

酒文化旅游项目种类众多，真正有知名度的酒文化旅游项目并不是太多，比较有代表性的是知名酒企借助地方文化资源转变为品牌的关键因素，如四川宜宾额酒文化旅游区、洋河酒文化风情小镇。在旅游体验项目中精心设计每一项活动，让这些活动互相配合，融为一体，给游客以感官和情感上的丰富体验。针对水浒酒文化旅游资源可以进行以下方面的开发：

1. 酒文化体验设计

水浒故里民风淳朴，延续了梁山好汉"大碗喝酒、大块吃肉"的风俗习惯。传统的酒俗有"推磨"的形式，即在大碗里倒上白酒，由客人开始，逐一轮流，每人都要喝，这样一圈圈转下去，直到喝光为止。这种酒俗虽然体现出兄弟之间的义气豪情，但这种豪饮的习俗并不卫生，也不值得提倡。这就需要理性地认识传统的酒文化。可以建造酒文化博物馆，搜集整理水浒酒文化相关的传说、故事、民俗、诗歌、书法、绘画、剪纸等作品，梳理地方白酒文化的历史演进脉络，以视频的形式向游客展示本地酒俗，同时搜集本地特别是宋代以来的酒具酒器具，酿酒的工具等，科普酒的酿造历史与本地酒的特色，整理与酒相关的传说故事，建设高规格的酒文化博物馆。

2. 酒文化策划宣传设计

通过多种形式做大做强水浒酒文化品牌，举办水浒白酒广告语大赛，

---

① 王光文.论中国酒文化传承与创新的五个关键问题［J］.知与行，2016（12）：112.

评选出朗朗上口的广告语。每年举办一次大规模的品酒大会，邀请各界知名人士参加，做好新闻媒体的宣传工作。参与的游客可以去考察访问地方知名的白酒企业，了解白酒的制作工艺，增加关于白酒的知识。还可以进行酒文化相关的诗歌、散文、小说、摄影、书法等比赛，酒企可以借势营销，努力开拓酒类市场，根据游客的需求制作定制美酒，满足游客的个性需求。

3. 酒文化旅游路线设计

在进行旅游路线设计时，应该根据不同年龄、文化层次游客的需求，来设计不同特色的旅游线路。针对青少年学生的特点，可以设计研学之旅，让学生了解白酒的发展历程，白酒制作工艺的历史演变以及发酵过程中的化学变化，结合水浒中的小故事，做到理论联系实际，在科学知识讲解中弘扬传统文化，在实践中提高学生的知识素养。根据老年人的心理特点，可以设计康养之旅，开发老年人专用养生药酒，组织老年人参观酒文化博物馆，了解当地风情民俗，在优美的田园风光中享受醇厚的酒香。针对女性爱美的天性，可以开发适合女性的水果甜酒，以酒糟为原料的女性面膜等产品，以美容养颜作为宣传点，来刺激女性游客的消费欲望。

4. 购物体验产品设计

故宫文创产品的成功为同类产品的发展提供了很好的榜样。对于文创产品的设计一定要考虑年轻人的心理需求，产品既要有实用性，又要有美观性，二者缺一不可。可以开发与水浒酒文化相关的纪念册、仿制酒具，参照明末清初画家陈洪绶绘制的《水浒叶子》①设计水浒纸牌、水浒剪纸、水浒泥塑、水浒面塑等富有特色的文创产品，将水浒文化元素融入酒具、酒瓶等产品的设计中，让游客根据需求订制美酒，参与其中的创意设计，乐在其中。

---

① 陈洪绶，字章侯，自号老莲，浙江诸暨人，所绘制的《水浒叶子》是行酒令的马吊牌，选择了宋江、鲁智深等四十个英雄人物，体现了文人独特的审美意识，学界对其评价很高。王伯敏在《中国版画通史》中说，"老莲说画《水浒叶子》，正可以与《水浒传》合为二美，同存千古而不灭。"（王伯敏.中国版画通史［M］.石家庄：河北美术出版社，2002：125.）

5. 饮食文化体验设计

在菏泽本地，有丰富的地方名吃，如大田集烧羊肉、曹县烧牛肉、老王寨驴肉、步家狗肉、郓城壮馍、水煎包等，这些民间特产吃起来都是实惠壮实，大快朵颐，符合梁山好汉大块吃肉的特点。现代社会人们更加重视养生健康，需要对这些地方名吃进行精细化的设计和现代化的包装。可以根据中医养生的药方，进行养生宴、美容宴、素食宴、鲜鱼宴、全羊宴等不同特色的饮食设计，也可以根据用户的需求进行量身定制。通过举办饮食文化节、创办美食一条街、美食制作比赛等活动，让游客品尝到各式各样的地方美食，条件允许的话，可以让游客参与到美食的制作过程中来，从而给游客留下全新的体验。

6. 乡村旅游体验设计

山东省内民族传统体育项目众多，菏泽本地有斗羊、斗鸡的地方民俗，这些民俗能让游客放松心情，更好地了解传统文化。在设计乡村酒文化精品旅游路线时，应该按照时令节气安排丰富而有趣的活动，如桃花节、杏花节、梨花节、瓜果节，同时穿插斗羊、斗鸡、斗蟋蟀等民俗活动，让游客乐而忘返。发展乡村旅游是实现乡村振兴战略的重要一环，大力发展水浒旅游特色小镇，打造知名酒村、酒镇、酒乡，结合农业观光园、休闲农庄、乡村民俗园、度假村的建设，设计好酒文化主题路线、自驾车精品线路，以水浒人文遗迹、地方田园风情、饮食风味小吃、地方特色美酒等来吸引游客，建设较为完善的服务体系，展现新时代农村的良好面貌。

"水浒文化旅游建设，通过对历史文献的考证，文化层面的研究和同类市场的比对，以'以人为本'的思想作为指导原则，在开发建设过程中，充分考虑人在其中的作用，找到历史与现实，古建筑与现代建筑，保护与开发的平衡点，通过专业的规划，深刻的分析和现代科技的综合利用，使之达到一个合理的层面。"[1]在水浒文化旅游中，要让游客获得身心的愉悦和放松，需要精心设计特色旅游线路，以故事吸引游客，以真诚感动游客，以文化感染游客。白天，游客可以参观水浒文化旅游城、酒文化博物馆、

---

① 高伟. 城市生活与水浒"慢生活"的对话——以"水浒酒文化体验馆"旅游项目建设为例 [J]. 美与时代（城市版），2015（12）：88.

酒厂的生产车间，品尝地方特色美食，品味地方美酒。晚上，可以观看大型实景演出和文娱节目，在娱乐休闲中体验感受深厚的水浒文化底蕴。离开时可以购买旅游纪念品和地方特产，留下美好的回忆。酒文化与地方风情、田园风光、民俗文化相互融合，共同形成了富有艺术魅力和人文情怀的水浒文化旅游产品。

酒文化与旅游产业未来的发展息息相关，旅游是文化的载体和形式，文化是旅游的内涵和灵魂。酒文化增加了旅游产业的发展动力，是必不可少的催化剂，旅游产业的发展又能将酒文化进一步传承发展，让酒文化具有了新的时代内涵。通过多元化的方式将酒文化与地方白酒产业、旅游资源进行整合，打造体验性强、文化底蕴深厚的白酒文化之旅，提升旅游产品的内涵，将会以独特的文化符号有力助推地方经济高质量发展。

结　语

新媒体日新月异的飞速发展和无孔不入的全方位渗透，大力拓展了文学的生存空间，也改变了文学的传播与接受方式，文学形态与审美价值得以重构，对于文学来说是一次重大的历史变革。移动新媒体时代改变了人们传统阅读的方式，每个经典名著都是流量无限的"大IP"，以多样的途径、另类的方式获得了文化层面的普及。文学经典被数字媒介切割为无数的碎片，在商业资本的裹挟下追求泛娱乐化的传播效果，以万花筒的多变形式呈现给网络时代的受众，令他们目眩五色，心醉神迷。

一、泛娱乐化背景下文学传播的多样化

在媒介融合时代，媒介带给文学的影响十分深远，文学的边界开始变得模糊不清。文学经典从神坛走向民间，少了曲高和寡的寂寞，多了些人间的烟火气息。

评论方面，电视节目中出现了一些知名学者，他们对水浒进行了深入浅出的讲解，借助新媒体的传播力量，走出书斋的学者成为受众心目中的学术明星。在音频方面，《水浒》《水浒后传》的传统评书依然占有一定的市场，一系列名家点评水浒的节目《鲍鹏山新说水浒》《水浒有魏道》等点击率颇高，部分热门的音频节目需要付费才能收听，这已经成为当下文化消费的新模式。网文方面，网络写手按照自己的理解方式解读水浒人物，重新书写当代社会的水浒故事，无论是穿越古代的爽文，还是借古讽今之

作，都呈现出丰富多彩的想象世界。图书市场上水浒职场类图书正在热卖，玩家在水浒游戏世界中厮杀得不亦乐乎，网络视频中水浒被拆成各种快节奏的小视频，几分钟可以获得原著的"干货"，对名著的各种"戏说""大话""揭秘""闲侃"层出不穷。水浒故事依然是当下影视创作中的一个资源宝库，网络电影不断在蹭水浒 IP 的热度，贩卖英雄情怀。在综艺节目上，《水浒传》在喜剧人的奇思妙想下被改编为各种搞笑的段子，开心麻花的经典小品《水浒传》消解了水浒英雄的高大完美，呈现出凡人的平庸琐碎一面，让观众捧腹大笑。

目前的文学文本的生产、消费、传播等模式都在向数字化方向发展，网络、手机等传播载体彻底改变了传统的单向传播的格局，实现了传统文化的多元传播。受众可以在智能手机上搜索到关于水浒的海量信息，数字化传播可以为受众提供个性化的服务，文本中可以插入图片、音频、视频、动画等形式，在阅读完文本后，系统还会自动进行相似文本、相关链接的推送。网民在网文网站、视频网站、音频网站等平台进行阅读观看时，需要付费才能享受其中的优质内容。为了更好地吸引受众的注意力，各大平台都会竭力以富有诱惑力的形式将内容娱乐化。创作者在市场的指挥棒下努力使商品符合网络时代的要求：标题党、快捷高效、形式多变、诙谐幽默、情感共鸣。原创性的思想内容乏善可陈，创作者不过是将文化市场畅销的产品进行简单的复制再加工，挖空心思制造噱头，这种内容粗糙的文化劣质消费品在现实中大行其道。《水浒传》中丰富的人文内涵被忽略了，人们津津乐道其中的职场厚黑学，暴力血酬与色情故事。这样，人们在碎片化的时间里获取了关于名著的支离破碎的娱乐化信息，而将真正的原著束之高阁，成为娱乐时代被动、肤浅的接受者。

二、媒介依赖影响下网络受众的互动参与

美国传播学家德弗勒和洛基奇在其《大众传播学理论》中提出媒介系统依赖理论，认为受众在使用媒介时受社会因素的影响，受众、媒介与社会三者之间构成一个完整的传播生态系统，这是一种媒介生态关系。"一个人越依赖于通过使用媒介来满足需求，媒介在这个人生活中所扮演的角色

就越重要，而媒介对这个人的影响力也就越大。"① 随着社会的剧烈变动，受众的生活环境发生了变化，原子化的生存方式有了强烈的孤独感，于是产生了迫切的交往需求，媒介在社会中担负的作用越来越重要，成为受众不可须臾或缺的重要工具。媒介本来是为人们交往提供便利的工具，由于人们的过度依赖，导致自己成为媒介的奴隶，沉沦其中难以自拔。

个人对于媒介浪潮的袭来没有招架之力。对于"Z 世代"的互联网原住民来说，网络不仅是一个提供信息的平台，更是他们生命中不可或缺的一部分，在网络世界中网民们满足了自己的社交、表达、娱乐、学习的精神需求。网民可以在网络上下载关于《水浒传》的电子文本、有声书，在视频网站上观看名家讲座、影视作品，在购物网站上购买水浒的文创产品，他们可以在网络上搜到想要知道的一切信息，网络上的海量信息将人淹没其中。

网络媒体打破了传统的传播中心，接受者和传播者的界限难以区分，个人在获取信息后可以进行再度的传播，在此过程中，用户可以将收到的信息进行个性化的创造。在视频网站中可以看到满屏的弹幕，用户能随时发表弹幕，表达自己的看法，并与其他用户实时进行交流。在流行的 UGC（Users Generate Content，用户生成内容）模式中，用户也可以自己剪辑发表视频，并将改编后的视频上传到网络中，获得同好者的认同。网文中作者与读者的互动十分频繁，正是在读者的努力催更中，作者才有了动力去完成作品，在相互交流中二者形成了情感共同体。在社交媒体中，网友可以运营自媒体公众号和视频号，随时随地转发、分享、评论与《水浒传》相关的网络信息，这些信息将会获得病毒式的传播，成为现代人知识、情感交流沟通的重要方式。对于水浒研究来说，网络中网友自发创作的海量资源彰显了民间自由包容的狂欢精神，原作文本在后现代主义思维的穿透下早已经变得面目全非。

"我们成为柏拉图'洞穴之喻'中的那群洞穴囚徒，媒介是我们和世界之间的中介，我们所得到的一切'真实'不过是媒介以它的方式向我们呈

---

① 张咏华.一种独辟蹊径的大众传播效果理论——媒介系统依赖论评述［J］.新闻大学，1997（1）：27.

现的'客观'存在。因此，我们并不是在与外部世界打交道，而是在和我们运用的媒介符号进行交往。"① 媒介借助自己的强势地位，对个人思想的控制愈演愈烈，受众在不自觉中成为媒介的奴隶。媒介是一柄双刃剑，从积极的方面看，它突破了时空的藩篱，有效地促进了名著的传播，人们可以快捷高效地找到需要的信息，其负面作用也是不可忽视的。在文学名著的传播过程中，经过诸多媒体的重塑和中间环节不断的加工、改编，甚至是故意的恶搞、戏仿、颠覆、混搭，成为文化流水线的娱乐性商品。受众被包裹在信息茧房中，完全依赖外在的媒介，拒绝深度思考和深刻认知，成为快乐的"沙发土豆"。

三、对未来研究的展望

犹太哲学家马丁·布伯认为，"我"与"你"是现实的存在，"凡真实的人生皆是相遇"，"没有任何目的意图、企望欲求、先知预见横亘在'我'与'你'之间。在这里，甚至渴念也转换了自身，因为它已超越梦幻而转入呈现。一切中介皆为阻障。仅在中介坍塌崩毁之处，相遇始会出现。"② 这里论述的是媒介于个人的意义。无论媒介发挥多么重要的作用，媒介只是中介而已，文学永远不会消亡，名著依然具有跨越时空的永恒魅力。媒介无所不在的触角为文学的传播提供了前所未有的广度和深度，文学要对媒介"入侵"自己领域的现象保持警惕，在文化市场中要保持自己的审美特性，不能在传播过程中被肆意解构为娱乐性的笑料，成为影视、视频、游戏等文化产业的附庸品。面对新的文学传播形态，既要认识到媒介融合的大趋势，技术变革的浪潮不可抗拒，又要厘清文学与技术的本质内涵，保持各自的独立性，最终在平等的基础上实现二者的合作共赢。

在当下的研究中，要充分认识《水浒传》在网络时代传播和接受过程中产生的现象是多样而复杂的。学术研究往往"贵古而贱今"，只关注版本

---

① 陆地，杜曙晔.《媒介奴隶主义的特征与影响［J］.新闻爱好者，2016（5）10.

② 马丁·布伯. 我与你［M］.陈维纲，译.北京：生活·读书·新知三联书店，2002：10.

与古籍的研究，忽视了研究对象在日新月异的新时代产生的新现象、新问题。当代的《水浒传》研究应该在更为宽广的学术视野中，以跨学科的研究视角深入考察网络时代《水浒传》在传播过程中出现的文学新类型，分析消费时代文化产业市场出现的问题与成因，可以推动研究范式取得新的突破。

第一，从跨文化的视角对《水浒传》问世以来的传播接受情况进行纵向梳理和横向比较是今后研究的重要走向。

文学作品传播的历史中，媒介不断发生演变，新媒介逐渐发展壮大取代传统媒介，这一过程必然会导致社会文化的剧烈变化。每一种新媒介的出现，都会产生一种新的社会形态和社会文化。印刷媒体的出现能更好地保存和传播文本，批量生产的书籍扩大了传播的范围，电子媒介的横空出世更是改变了人们传统的生活方式，移动阅读在现代社会俨然成为主流。在对《水浒传》传播模式进行梳理时，尤其需要关注戏曲、评书、连环画、漫画、游戏等通俗化的传播方式，如水浒戏的传统曲目在发展过程中经历了哪些变化，背后隐藏着怎样的文化演变轨迹？如何评价当下进行的小剧场京剧的探索？在戏曲逐渐走向没落的娱乐时代，未来的水浒戏又将如何发展？

此外，可以对《水浒传》在不同国家、地区的传播接受进行共时性考察。《水浒传》在世界范围内得到了广泛的传播，拥有了很多的海外读者。从传播范围来看，《水浒传》在同属于儒家文化圈的亚洲国家传播的更为广泛深入。从传播效果来看，由于文化之间的隔阂，海外读者在接受过程中往往出现误读现象，如一些研究者认为小说中的诗词仅仅是一种点缀，没有实际作用。传播方式上主要以被动传播为主，主动的翻译传播并不多见，翻译过程中的删减、误读等现象比比皆是。可以对《水浒传》在不同国家的传播进行比较研究，发现传播过程中出现的问题，对如何有效地扩大《水浒传》的国际影响力提出良好的对策。

第二，从接受者的角度对《水浒传》进行研究，已经取得了一定的成果，还有一些研究的空白点，这将是以后水浒研究继续开掘的重要方向。在研究中应特别注意接受者的代际差别，不同年代出生的接受者在阅读习惯、思维方式、生活方式等方面存在显著的差别。其中，"Z世代"的年轻读者已经逐渐成长起来，他们主要是从影视、游戏、漫画等途径来了解《水浒传》，屏幕的喧嚣代替了静态的阅读。在消费主义的引导下，年轻读者难以静下心来感受文学经典语言的魅力，只能在新媒介的浮光掠影中获得一知半解。

由于读者群体越来越细化，群体之间差异甚大，对专业读者群和特殊读者群阅读反应进行系统整理。专业读者主要从学术研究的角度对文本进行解读，文化爱好者从自己的感性体验和知识背景对文本进行个性化阐释，普通网民的阅读反应可以通过网络论坛、影视弹幕、自制短视频等得以体现。对于年轻网民、大中学生阅读反应的搜集整理能够更好地指引文学经典的普及工作，有利于提升民众的文学素养。

第三，如何对《水浒传》为代表的中华优秀文学经典进行宣传推广，让经典活起来，建立高度的文化自信，是当下研究应该思考的重要问题。针对传播过程中的娱乐化倾向，要进一步发掘中华优秀传统文化的当代价值，传承文化的悠久血脉，将当代文化有效融入其中，促进传统文化的创新性转化。推进经典的大众化，用群众喜闻乐见的形式传播文学经典，特别是采用现代新媒体手段使《水浒传》获得更为广泛的传播。让经典走近校园，展现传统文化的艺术魅力，让文化精神代代相传。在学术研究上，学术界要与时俱进，研究网络时代普及传统文化的方式方法，同时应该加强自身的学术建设，向指责《水浒传》是"地狱之门"的批评做出有力的学理回应。

《水浒传》在国际传播中出现了明显的文化误读现象，面对全球多元化文化的格局，应该主动思考如何有效强化国际传播能力，用水浒文化的天下为公、忠义思想、急公好义等精神来阐释人类命运共同体等理念，获得国际文化的认同。用多种形式讲好水浒故事，按照受众的文化背景采取差异化的传播方式，树立好文化中国的良好形象，用中国故事的力量感染世界，从而增强中华文化的国际影响力。

附录 1 《水浒传》改编电视剧列表／统计

电视剧	导演	上映时间	出品方	集数	豆瓣评分	备注
水浒	舛田利雄	1973	日本 NTV 电视台	26	5.3	1977 年在英国（BBC）和香港等地播出
荡寇志	杨锦泉 丁亮	1981	香港亚洲电视台	25	无	粤语
水浒	陈敏 刘柳 刘子云	1982	山东电视台	40	8.3	该剧先后拍摄了《武松》《鲁智深》《林冲》《晁盖》《宋江》《李逵》《顾大嫂》等部分，后剪辑为《水浒》。该剧获得金鹰奖
林冲	杜琪峰 范秀明 陈木胜等	1986	香港 TVB	20	无	
水浒英雄传	陆天华 容国纬 游达志 吴振秋	1992	香港无线电视	20	无	
水浒传	张绍林	1998	中央电视台与中国电视剧制作中心	43	9.0	该剧获得金鹰奖和飞天奖

续表

电视剧	导演	上映时间	出品方	集数	豆瓣评分	备注
拭血问剑（水浒后传）	范小天 叶成康 杨文军	1998	苏州南方派文化传播有限公司	27	6.8	
情义英雄武二郎	王文杰	2000	山东省三冠电影电视实业公司	20	6.6	
花田喜事	马玉辉 黄伟明	2003	香港亚洲电视	20		
水浒无间道	萧显辉	2004	香港 TVB	25	7.9	穿越题材
浪子燕青	尤小刚 梁德华 张营	2005	山东电视台电视剧制作中心	40	5.8	
鼓上蚤时迁	王文杰	2006	山东电影电视剧制作中心、上海东派广告有限公司	35	6.7	
水浒传	鞠觉亮（中国香港）	2011	山东电视台、天津北方电影集团和浙江博纳影视制作有限公司等联合出品	86	8.0	该剧获北京市广电总局年度优秀电视剧奖，2011华鼎奖中国百强电视剧十佳电视剧奖，国剧盛典年度十佳电视剧奖
水浒·英雄列传	王兆炳 朱挺	2011	宁波莱比特文化传媒有限公司，宁波鄞州区百讯软件有限公司，宁波大千动画有限公司	110	无	
武松	王响伟 周敏	2013	长城影视股份有限公司	50	3.4	
神医安道全	冯哲	2013	长城股份有限公司	38	无	

附录 2 《水浒传》改编电影列表／统计

电影名称	类型	导演	上映时间	出品方	豆瓣评分
艳阳楼	戏曲	任景丰	1906	北京丰泰照相馆	无
收关胜	戏曲	任景丰	1906	北京丰泰照相馆	无
一箭仇	剧情	杨小仲	1927	上海长城画片公司	无
石秀杀嫂又名翠屏山	剧情	杨小仲	1927	上海长城画片公司	无
武松血溅鸳鸯楼	剧情	杨小仲	1927	上海长城画片公司	无
武松杀嫂	剧情	汪福庆	1927	大东影片公司	无
宋江	剧情	裘芑香	1927	上海青年影片公司	无
大破高唐州	剧情	朱瘦菊	1927	大中华百合影片公司	无
武松大闹狮子楼	剧情	不详	1928	大东影片公司	无
大闹五台山	剧情	任彭年	1929	复旦影片公司	无
林冲夜奔	剧情	王次龙	1936	新华影业公司	无
武松与潘金莲	女性主义	吴村	1938	上海新华影业公司	8.4
四潘金莲	剧情	吴永刚	1938	上海华新影业公司	无
林冲雪夜歼仇记	剧情	吴永刚	1939	上海华新影业公司	无
阎惜姣	剧情	岳枫	1940	上海华新影业公司	无

续表

电影名称	类型	导演	上映时间	出品方	豆瓣评分
潘巧云	剧情	王引	1940	上海华新影业公司（粤语）	无
打渔杀家	剧情	陈铿然	1940	上海华新影业公司	无
阮氏三雄	动作	李晨风 吴回	1941	时代影业公司，夏光公司，大同贸易公司	无
武松大闹狮子楼	武侠	周诗禄	1948	香港青华影片公司（粤语）	无
石秀大闹翠屏山	武侠	周诗禄	1949	香港青华影片公司（粤语）	无
打渔杀家	戏曲	白沉	1949	香港胜利影业公司	无
花和尚大闹五台山	武侠	关文清	1950	不详（粤语）	无
武松血溅狮子楼	剧情 古装	胡鹏	1956	不详（粤语）	无
潘巧云情挑石秀	戏曲	王天林	1956	不详（粤语）	无
林冲	剧情	舒适 吴永刚	1958	上海影片公司	7.3
下书杀惜	戏曲	应云卫 杨小仲	1961	上海天马电影制片厂	无
阎惜姣	剧情 歌舞	严俊	1963	香港邵氏电影公司	6.4
武松	戏曲	应云卫 俞仲英	1963	上海天马电影制片厂	8.0
野猪林	戏曲	崔嵬 陈怀恺	1962	北京电影制片厂，香港大鹏影业公司	8.8
翠屏山	动作 剧情	丁善玺	1969	不详	无
林冲夜奔	武侠	程刚	1972	香港大鹏影业公司	6.6
水浒传	动作 剧情	张彻	1972	香港邵氏电影公司	6.9
快活林	动作 剧情	张彻 鲍学礼	1972	香港邵氏电影公司	7.3

续表

电影名称	类型	导演	上映时间	出品方	豆瓣评分
荡寇志	动作剧情	张彻	1975	香港邵氏电影公司	6.6
真假李逵	动画	詹同	1981	上海美术电影制片厂	7.9
假如我是武松	动画	詹同	1982	上海美术电影制片厂	8.2
武松	武侠	李翰祥	1982	香港邵氏电影公司	无
浪子燕青	武侠	马成	1984	香港惠基合众电影公司	6.1
李逵	动画	周生伟	1984	福建电视台，福建电影制片厂	无
阮氏三雄	武侠	江杨	1988	河南电影制片厂和香港海龙影业公司摄制	5.8
水浒之英雄本色	动作古装	陈会毅	1993	香港娱乐事业电影制作公司，珠江电影制片厂	7.3
水浒笑传	喜剧	高志森	1993	天马电影，东方电影出品有限公司，高志森影业有限公司	6.4
花田喜事	喜剧	高志森	1993	东方电影出品有限公司	7.6
李逵传奇	动作武侠	萧龙	1999	天山电影制片厂	无
水浒笑传之黑店寻宝	喜剧	陆剑明	2003	潇湘电影制片厂，广东蓝精灵文化传播有限公司	3.9
水浒笑传之林冲打鸭	喜剧	叶天行	2003	潇湘电影制片厂，广东蓝精灵文化传播有限公司	无
水浒英雄传之逼上梁山	剧情动作	孔刚 罗棋	2004	龙江电影制片厂	无
武松打我	喜剧黑色	陆一同	2005	北京一立果壳影视文化有限公司	6.3
水浒英雄谱之母夜叉孙二娘	剧情动作	张建亚	2006	北京时代电影有限公司、中国电影集团和电影频道节目中心	无

电影名称	类型	导演	上映时间	出品方	豆瓣评分
水浒足球终极版：天残反击战	动画	杨逸德	2006	香港中凯文化	无
水浒英雄谱之神医安道全	剧情动作	黄祖权	2008	北京时代电影有限公司、中国电影集团和央视电影频道	无
水浒英雄谱之青面兽杨志	剧情动作	张建亚	2008	北京时代电影有限公司、中国电影集团和电影频道节目中心	无
水浒英雄谱之扈三娘与矮脚虎王英	剧情动作	张建亚	2008	北京时代电影有限公司、中国电影集团和央视电影频道	无
水浒英雄谱之雷横与朱仝	剧情动作	黄祖权	2009	北京时代电影有限公司、中国电影集团和央视电影频道	无
水浒英雄谱之拼命三郎石秀	剧情动作	刘信义	2009	北京时代电影有限公司、中国电影集团和央视电影频道	5.4
水浒英雄谱之母大虫顾大嫂	剧情动作	刘信义	2009	北京时代电影有限公司、中国电影集团和央视电影频道	无
水浒英雄谱之杨雄与石秀	剧情动作	刘信义	2010	北京时代电影有限公司、中国电影集团和央视电影频道	无
水浒英雄谱之鼓上蚤时迁	剧情动作	刘信义	2010	北京时代电影有限公司、中国电影集团和央视电影频道	无
水浒英雄谱之入云龙公孙胜	剧情动作	刘信义	2010	北京时代电影有限公司、中国电影集团和央视电影频道	无
水浒英雄谱之鬼脸杜兴	剧情动作	刘信义	2011	北京时代电影有限公司、中国电影集团和央视电影频道	无
水浒英雄谱之赤发鬼刘唐	剧情动作	刘信义	2011	北京时代电影有限公司、中国电影集团和央视电影频道	5.0
水浒英雄谱之晁盖	剧情动作	刘信义	2011	北京时代电影有限公司、中国电影集团和央视电影频道	无
水浒英雄谱之双鞭呼延灼	剧情动作	黄祖权	2011	北京时代电影有限公司、中国电影集团和央视电影频道	无

电影名称	类型	导演	上映时间	出品方	豆瓣评分
水浒英雄谱之安道全和王定六	剧情动作	刘信义	2011	北京时代电影有限公司、中国电影集团和央视电影频道	无
水浒英雄谱之菜园子张青	剧情动作	刘信义	2012	北京时代电影有限公司、中国电影集团和央视电影频道	无
水浒英雄谱之石将军石勇	剧情动作	刘信义	2012	北京时代电影有限公司、中国电影集团和央视电影频道	5.1
水浒英雄谱之金枪手徐宁	剧情动作	刘信义 黄祖权	2012	北京时代电影有限公司、中国电影集团和央视电影频道	无
水浒英雄谱之神算子蒋敬	剧情动作	刘信义	2012	北京时代电影有限公司、中国电影集团和央视电影频道	无
水浒英雄谱之石将军石勇	剧情动作	刘信义	2012	北京时代电影有限公司、中国电影集团和央视电影频道	无
水浒英雄谱之混世魔王樊瑞	剧情动作	刘信义	2012	北京时代电影有限公司、中国电影集团和央视电影频道	无
水浒英雄谱之病尉迟孙立	剧情动作	刘信义 黄祖权	2012	北京时代电影有限公司、中国电影集团和央视电影频道	无
水浒英雄谱之金毛犬段景柱	剧情动作	刘信义 黄祖权	2012	北京时代电影有限公司、中国电影集团和央视电影频道	无
水浒英雄谱之大刀关胜	剧情动作	刘信义	2013	北京时代电影有限公司、中国电影集团和央视电影频道	4.8
野猪林	戏曲	肖朗	2013	广东龙迹影视文化传播	无
水浒英雄谱之丧门神鲍旭	剧情动作	刘信义	2013	北京时代电影有限公司、中国电影集团和央视电影频道	无
水浒英雄谱之霹雳火秦明	剧情动作	刘信义	2013	北京时代电影有限公司、中国电影集团和央视电影频道	4.8
水浒英雄谱之小李广花荣	剧情动作	黄祖权	2013	北京时代电影有限公司、中国电影集团和央视电影频道	无
水浒英雄谱之旱地忽律朱贵	剧情动作	刘信义	2013	北京时代电影有限公司、中国电影集团和央视电影频道	无

续表

电影名称	类型	导演	上映时间	出品方	豆瓣评分
水浒英雄谱之金大坚与萧让	剧情动作	刘信义	2013	北京时代电影有限公司、中国电影集团和央视电影频道	无
水浒英雄谱之铁面孔目裴宣	剧情动作	刘信义	2013	北京时代电影有限公司、中国电影集团和央视电影频道	无
水浒英雄谱之玉麒麟卢俊义	剧情动作	刘信义	2013	北京时代电影有限公司、中国电影集团和央视电影频道	无
水浒英雄谱之一枝花与铁臂膀	剧情动作	刘信义	2013	北京时代电影有限公司、中国电影集团和央视电影频道	无
水浒英雄谱之小旋风柴进	剧情动作	刘信义	2013	北京时代电影有限公司、中国电影集团和央视电影频道	无
水浒英雄谱之险道神郁保四	剧情动作	刘信义	2013	北京时代电影有限公司、中国电影集团和央视电影频道	无
水浒英雄谱之轰天雷凌振	剧情动作	刘信义	2014	北京时代电影有限公司、中国电影集团和央视电影频道	无
水浒英雄谱之没羽箭张清	剧情动作	刘信义	2014	北京时代电影有限公司、中国电影集团和央视电影频道	无
水浒英雄谱之顾大嫂与孙新	剧情动作	刘信义	2014	北京时代电影有限公司、中国电影集团和央视电影频道	无
打渔杀家	剧情	范冬雨	2014	电影频道节目中心	5.3
水浒英雄谱之青眼虎李云	剧情动作	刘信义	2014	北京时代电影有限公司、中国电影集团和央视电影频道	无
水浒英雄谱之卢俊义生擒史文恭	剧情动作	刘信义	2015	北京时代电影有限公司、中国电影集团和央视电影频道	无
水浒英雄谱之金钱豹子汤隆	剧情动作	刘信义	2014	北京时代电影有限公司、中国电影集团和央视电影频道	无
水浒英雄谱之丑郡马宣赞	剧情动作	刘信义	2014	北京时代电影有限公司、中国电影集团和央视电影频道	无
九纹龙史进之大破瓦罐寺（水浒英雄谱之系列电影）	剧情动作	刘信义	2016	北京时代电影有限公司、中国电影集团和央视电影频道	无

续表

电影名称	类型	导演	上映时间	出品方	豆瓣评分
九纹龙史进之血战东平（水浒英雄谱之系列电影）	剧情动作	刘信义	2016	北京时代电影有限公司、中国电影集团和央视电影频道	无
九纹龙史进之替天行道（水浒英雄谱之系列电影）	剧情动作	刘信义	2016	北京时代电影有限公司、中国电影集团和央视电影频道	无
九纹龙史进之除恶史家村（水浒英雄谱之系列电影）	剧情动作	刘信义	2017	北京时代电影有限公司、中国电影集团和央视电影频道	无
九纹龙史进之扬威华州（水浒英雄谱之系列电影）	剧情动作	刘信义	2017	北京时代电影有限公司、中国电影集团和央视电影频道	无
神行太保戴宗之夺命狂奔（水浒英雄谱之系列电影）	剧情动作	刘信义	2017	北京时代电影有限公司、中国电影集团和央视电影频道	无
神行太保戴宗之神行术（水浒英雄谱之系列电影）	剧情动作	刘信义	2017	北京时代电影有限公司、中国电影集团和央视电影频道	无
神行太保戴宗之歃血为盟（水浒英雄谱之系列电影）	剧情动作	刘信义	2016	北京时代电影有限公司、中国电影集团和央视电影频道	无
小旋风柴进之逼上梁山（水浒英雄谱之系列电影）	剧情动作	刘信义	2016	北京时代电影有限公司、中国电影集团和央视电影频道	无
小旋风柴进之簪花请命（水浒英雄谱之系列电影）	剧情动作	刘信义	2017	北京时代电影有限公司、中国电影集团和央视电影频道	无
小旋风柴进之丹书铁券（水浒英雄谱之系列电影）	剧情动作	刘信义	2016	北京时代电影有限公司、中国电影集团和央视电影频道	无
小旋风柴进之传世宝藏（水浒英雄谱之系列电影）	剧情动作	刘信义	2017	北京时代电影有限公司、中国电影集团和央视电影频道	无
水浒英雄谱之桃花小霸王	剧情动作	黄松	2017	北京时代电影有限公司、中国电影集团和央视电影频道	无

附录 3 《水浒传》改编网络电影列表／统计

电影名称	类型	导演	上映时间	播出平台	出品公司	时长	豆瓣评分
狮子楼的秘密	剧情	孙可	2009 年	优酷	千然影视	100	无
水浒英雄武松传	剧情喜剧	张杨	2013 年	优酷	腾讯游戏	23 分钟	无
水浒客栈	喜剧	史冰	2017 年	爱奇艺	北京博源恒通影视文化传媒，青岛金天喜投资管理有限公司	104 分钟	无
梦游水浒之炊饼侠武大郎	剧情	李连军	2016 年 10 月 14 日	爱奇艺	北京小果声闻文化有限公司	90 分钟	无
武大郎复仇	喜剧	刘洪梅	2017 年 03 月 17 日	优酷	东莞市星辰影视，中山三杰影视	90 分钟	无
水浒恶人传之黄金七镖客	动作武侠历史	张萌	2017 年 5 月 2 日	腾讯	北京皓星影视文化有限公司、上海禾川影视有限公司	95 分钟	无

续表

电影名称	类型	导演	上映时间	播出平台	出品公司	时长	豆瓣评分
智深传（疯魔鲁智深）	动作传记武侠	王子	2018年4月1日	爱奇艺	北京珠玛辰光文化传媒有限公司	86分钟	3.7
豹子头林冲	动作剧情	赵聪	2019年5月25日	优酷	江西尚世星河影视、北京华赣国际影视文化传媒	120分钟	无
智深传2	动作	王厦	2019年6月27日	爱奇艺	领跑影业聚本影视	75分钟	无
血溅鸳鸯楼	动作武侠	王洋	2019年8月30日	爱奇艺	陕西齐步走影视文化传媒有限公司、东辉博瑞影视文化公司、北京小河淌水影视公司、智珠心韵文化公司、兰州浩发影视	85分钟	无
豹子头林冲之白虎堂	武侠动作剧情	刘信义	2019年11月21日	优酷	北京时代电影有限公司	89分钟	无
豹子头林冲之野猪林	武侠动作剧情	刘信义	2019年12月4日	优酷	北京时代电影有限公司	88分钟	无
豹子头林冲之山神庙	武侠动作剧情	刘信义	2020年2月1日	优酷	北京时代电影有限公司	88分钟	无
伏虎武松	古装武侠	崔炎龙	2020年5月8日	腾讯	上海腾讯企鹅影视、深圳市大唐星禾文化传媒有限公司，北京雄孩子传媒科技有限公司、天津兔子洞影视等	96分钟	5.4

电影名称	类型	导演	上映时间	播出平台	出品公司	时长	豆瓣评分
武松斗杀西门庆	古装武侠	王子	2020 年 7 月 30 日	优酷	潞蔓文化，映美传媒	67 分钟	
武松血战狮子楼	动作古装	朱江	2021 年 3 月 7 日	爱奇艺	江西尚世星河影视传媒有限公司、天津淘梦银汉天河网络技术有限公司、江西省影纳文化传媒有限公司等	93 分钟	4.4

参考文献

外国著作

［1］［英］爱·摩福斯特.小说面面观［M］.苏炳文,译.广州:花城出版社,1985.

［2］［美］弗雷德里克·杰姆逊.后现代主义与文化理论［M］.唐小兵,译.西安:陕西师范大学出版社,1987.

［3］［德］H·R·姚斯,R·C·霍拉勃.接受美学与接受理论［M］.周宁,金元浦,译.沈阳:辽宁人民出版社,1987.

［4］［美］丹尼尔·贝尔.资本主义文化矛盾［M］.赵一凡,蒲隆,任晓晋,译.北京:三联书店,1989.

［5］［加］迈克尔·布雷克.越轨青年文化比较［M］.岳西宽,张谦,刘淑敏,译.北京:北京理工大学出版社,1989.

［6］［美］浦安迪.明代小说四大奇书［M］.沈亨寿,译.北京:中国和平出版社,1993.

［7］［美］尼古拉·尼葛洛庞帝.数字化生存［M］.胡泳,范海燕,译.海口:海南出版社,1997.

［8］［美］詹明信.晚期资本主义的文化逻辑:詹明信批评理论文选［M］.陈清侨,严锋,译.北京:生活·读书·新知三联书店,1997.

［9］［苏］巴赫金.拉伯雷研究［M］.李兆林,夏忠宪,译.石家庄:河北教育出版社,1998.

［10］［英］卡莱尔.英雄与英雄崇拜［M］.何欣，译.沈阳：辽宁教育出版社，1998.

［11］［法］罗兰·巴特.神话：大众文化的诠释［M］.许蔷薇，许绮玲，译.上海：上海人民出版社，1999.

［12］［英］迈克·费瑟斯通.消费文化与后现代主义［M］.刘精明，译.南京：译林出版社，2000.

［13］［法］让·鲍德里亚.消费社会［M］.刘成富，全志钢，译.南京：南京大学出版社，2000.

［14］［美］罗伯特·麦基.故事——材质、结构、风格和银幕剧作的原理［M］.周铁东，译.北京：中国电影出版社，2001.

［15］［英］尼克·史蒂文森.认识媒介文化——社会理论与大众传播［M］.王文斌，译.北京：商务印书馆，2001.

［16］［美］约翰·费斯克.理解大众文化［M］.王晓珏，宋伟杰，译.北京：中央编译出版社，2001.

［17］［美］约翰·菲斯克.解读大众文化［M］.杨全强，译.南京：南京大学出版社，2001.

［18］［德］本雅明.机械复制时代的艺术作品［M］.王才勇，译.北京：中国城市出版社，2002.

［19］［英］瓦尔特·安吉拉·默克罗比.后现代主义与大众文化［M］.田晓菲，译.北京：中央编译出版社，2001.

［20］［美］曼纽尔·卡斯特.网络社会的崛起［M］.夏铸九，等，译.北京：社会科学文献出版社，2001.

［21］［英］亨利·詹姆斯.小说的艺术［M］.朱雯，乔佖，朱乃长，等，译.上海：上海译文出版社，2001.

［22］［美］道格拉斯·凯尔纳.媒体奇观——当代美国社会文化透视［M］.史安斌，译.北京：清华大学出版社，2003.

［23］［英］西莉亚·卢瑞.消费文化［M］.张萍，译.南京：南京大学出版社，2003.

［24］［英］丹尼·卡瓦拉罗.文化理论关键词［M］.张生，张卫东，赵顺宏，等，译.南京：江苏人民出版社，2006.

［25］［美］勒内·韦勒克，奥斯汀·沃伦.文学理论［M］.刘象愚，邢培明，陈圣生，等，译.南京：江苏教育出版社，2005.

［26］［日］佐竹靖彦.梁山泊：《水浒传》108名豪杰［M］.韩玉萍，译.北京：中华书局，2005.

［27］［意］伊塔洛·卡尔维诺.为什么读经典［M］.黄灿然，李桂蜜，译.南京：凤凰出版集团，译林出版社，2006.

［28］［日］三浦展.下流社会——一个新社会阶层的出现［M］.陆求实，戴铮，译.上海：文汇出版社，2007.

［29］［美］罗伯特·艾伦.重组话语频道：电视与当代批评理论（第二版）［M］.牟岭，译.北京：北京大学出版社，2007.

［30］［美］夏志清.中国古典小说［M］.胡益民，等，译.南京：江苏文艺出版社，2008.

［31］［美］尼尔·波兹曼.娱乐至死［M］.章艳，吴燕莛，译.桂林：广西师范大学出版社，2009.

［32］［美］迪克·赫伯迪格.亚文化：风格的意义［M］.陆道夫，胡疆锋，译.北京：北京大学出版社，2009.

［33］［英］E.M.福斯特.小说面面观［M］.冯涛，译.北京：人民文学出版社，2009.

［34］［加］文森特·莫斯可.数字化崇拜：迷思、权力和赛博空间［M］.黄典林，译.北京：北京大学出版社，2010.

［35］［加］马歇尔·麦克卢汉.理解媒介：论人的延伸［M］.何道宽，译.南京：译林出版社，2011.

［36］［法］西蒙娜·德·波伏瓦.第二性［M］.郑克鲁，译.上海：上海译文出版社，2011.

［37］［美］亨利·詹金斯.融合文化：新媒体和旧媒体的冲突地带［M］.杜永明，译.北京：商务印书馆，2012.

［38］［美］詹姆斯·罗尔.媒介、传播、文化：一个全球性的途径［M］.董洪川，译.北京：商务印书馆，2012.

［39］［英］玛格丽特·A罗斯.戏仿：古代、现代与后现代［M］.王海萌，译.南京.南京大学出版社，2013.

［40］［美］浦安迪.中国叙事学（第2版）［M］.北京：北京大学出版社，2018.

［41］［英］约翰·B.汤普森.意识形态与现代文化［M］.高铦，文涓，高戈，等，译.南京：译林出版社，2019.

中国著作

水浒研究著作

［1］朱一玄，刘毓忱.水浒传资料汇编［M］.天津：百花文艺出版社，1981.

［2］陈曦钟，侯忠义，鲁玉川.水浒传会评本（上、下）［M］.北京：北京大学出版社，1981.

［3］郑公盾.水浒传论文集（上、下）［M］.银川：宁夏人民出版社，1983.

［4］欧阳健，萧相恺.水浒新议［M］.重庆：重庆出版社，1983.

［5］何心.水浒研究［M］.上海：上海古籍出版社，1985.

［6］马蹄疾.水浒书录［M］.上海：上海古籍出版社，1986.

［7］王晓家.水浒戏考论［M］.济南：济南出版社，1989.

［8］张恨水.水浒人物论赞［M］.沈阳：辽宁教育出版社，1998.

［9］孙绍先.英雄之死与美人迟暮［M］.北京；社会科学文献出版社，2000.

［10］傅正龄.悲壮与苍凉——水浒意境的探索［M］.台北：文津出版社，2001.

［11］王逢振.俗文化透视［M］.天津：天津社会科学院出版社，2002.

［12］王同舟.地煞天罡：《水浒传》与民俗文化［M］.哈尔滨：黑龙江人民出版社，2003.

［13］王学泰.《水浒》与江湖［M］.北京：中国工人出版社，2004.

［14］王学泰，李新宇.《水浒传》与《三国演义》批判：为中国文学经典解毒［M］.天津：天津古籍出版社，2004.

［15］聂绀弩.聂绀弩全集：第 7 卷 古典小说论［M］.武汉：武汉出版社，2004.

［16］萨孟武.水浒传和中国社会［M］.北京；北京出版社，2005.

［17］无斋主人."黑"话水浒：梁山的黑帮岁月与江湖法则［M］.北京：中国社会出版社，2005.

［18］董志新.毛泽东读《水浒传》［M］.上海：上海人民出版社，2005.

［19］关学智.宋江是个 CEO——梁山上的管理法则［M］.沈阳：辽海出版社，2005.

［20］高日晖，洪雁.水浒传接受史［M］.济南：齐鲁书社，2006.

［21］马幼垣.水浒论衡［M］.北京：生活·读书·新知三联书店，2007.

［22］曲昌春.水浒原来很有趣［M］.北京：现代出版社，2008.

［23］古耜.悟读水浒［M］.北京：京华出版社，2008.

［24］虞云国.水浒乱弹［M］.北京：中华书局，2008.

［25］孙建成.《水浒传》英译的语言和文化［M］.上海：复旦大学出版社，2008.

［26］盛沛林.品水浒［M］.北京：解放军出版社，2008.

［27］周思源等.名家品水浒［M］.北京：中国华侨出版社，2009.

［28］张同胜.《水浒传》诠释史论［M］.济南：齐鲁书社，2009.

［29］鲍鹏山.鲍鹏山新说水浒 2［M］.上海：复旦大学出版社，长江文艺出版社，2009.

［30］宁稼雨.水浒闲谭［M］.北京：中国文史出版社，2009.

［31］十年砍柴.闲看水浒：字缝里的梁山规则与江湖世界［M］.太原：山西人民出版社，2010.

［32］刘再复.双典批判——对《水浒传》和《三国演义》的文化批判［M］.北京：生活·读书·新知三联书店，2010.

［33］韩立勇.宋江是怎么当上老大的［M］.南京：江苏人民出版社，2011.

［34］孙述宇.水浒传：怎样的强盗书［M］.上海：上海古籍出版社，

2011.

　　[35]萧相恺.话说《水浒传》[M].南京：江苏人民出版社，2012.

　　[36]王张三.情陷水浒[M].北京：中央广播电视大学出版社，2012.

　　[37]赵玉平.水浒是本管理书：梁山公司的管理智慧[M].广州：广东经济出版社，2012.

　　[38]竺洪波.英雄谱与英雄母题：《三国演义》与《水浒传》研究[M].上海：上海古籍出版社，2013.

　　[39]吴闲云.黑水浒：吴闲云揭秘《水浒传》[M].北京：民主与建设出版社，2014.

　　[40]李同铮，李伯涵.正说水浒[M].北京：中国商业出版社，2014.

　　[41]王学泰.游民文化与中国社会[M].太原：山西人民出版社，2014.

　　[42]欧阳健.水浒解识[M].上海：上海三联书店，2014.

　　[43]孙孟强.水浒的真相[M].北京：华夏出版社，2015.

　　[44]齐裕焜.冯汝常等.水浒学史[M].上海：上海三联书店，2015.

　　[45]陈洪，孙勇进.亦侠亦盗说水浒[M].天津：天津人民出版社，2016.

　　[46]吴玉平.新视角读水浒[M].长春：吉林文史出版社，2016.

　　[47]汤大友.人性与世情：水浒传可以这么读[M].成都：西南财经大学出版社，2017.

　　[48]许勇强，李蕊芹.《水浒传》接受史[M].北京：中国社会科学出版社，2017.

　　[49]胡菊人.小说水浒[M].南昌：江西教育出版社，2017.

　　[50]沙秋.沙秋揭秘梁山泊英雄排座次[M].沈阳：沈阳出版社，2018.

　　[51]鲍鹏山.新说《水浒》[M].北京：中国青年出版社，2019.

　　[52]曹清华.逃亡者：《水浒传》八讲[M].桂林：广西师范大学出版社，2018.

［53］李敬一.《水浒》闲读［M］.北京：商务印书馆，2018.

［54］侯会.从"山贼"到"水寇"：水浒传的前世今生［M］.杭州：浙江古籍出版社，2018.

［55］胡适.《水浒传》考证［M］.北京：北京出版社，2019.

［56］马瑞芳.马瑞芳话《水浒传》［M］.济南：山东教育出版社，2019.

［57］王学泰."水浒"识小录［M］.桂林：广西师范大学出版社，2019.

［58］刘烈茂.水浒中的社会与人生［M］.天津：天津人民出版社，2019.

［59］韦志中.心解水浒［M］.北京：台海出版社，2020.

［60］李庆西.水浒十讲［M］.上海：文汇出版社，2020.

［61］押沙龙.读水浒：人性的十三种刻度［M］.西安：三秦出版社，2021.

文化传播类著作

［1］朱光潜.悲剧心理学——各种悲剧快感理论的批判研究［M］.北京：人民文学出版社，1983.

［2］许南明.电影艺术词典［M］.北京：中国电影出版社，1986.

［3］张隆溪.二十世纪西方文论述评［M］.北京：生活·读书·新知三联书店，1986.

［4］王岳川.后现代主义文化研究［M］.北京：北京大学出版社，1992.

［5］宋柏年.中国古典文学在国外［M］.北京：北京语言学院出版社，1994.

［6］黄鸣奋.英语世界中国古典文学之传播［M］.上海：学林出版社，1997.

［7］赵凤翔，房莉.名著的影视改编［M］.北京：北京广播学院出版社，1999.

［8］南帆.双重视域——当代电子文化分析［M］.南京：江苏人民出

版社，2001.

　　［9］陈晓云.众人狂欢——网络传播与娱乐［M］.上海：复旦大学出版社，2001.

　　［10］陈默.影视文化学［M］.北京：北京广播学院出版社，2001.

　　［11］欧阳友权等.网络文学论纲［M］.北京：人民文学出版社，2003.

　　［12］李建军.小说修辞研究［M］.北京：中国人民大学出版社，2003.

　　［13］蒋原伦.媒体文化与消费时代［M］.北京：中央编译出版社，2004.

　　［14］戴清.电视剧审美文化研究［M］.北京：中国广播电视出版社，2004.

　　［15］卢蓉.电视剧叙事艺术［M］.北京：中国广播电视出版社，2004.

　　［16］欧阳友权.数字化语境中的文艺学［M］.北京：中国社会科学出版社，2005.

　　［17］高鑫.电视艺术美学［M］.北京：文化艺术出版社，2005.

　　［18］金丹元.电视与审美——电视审美文化新论［M］.上海：学林出版社，2005.

　　［19］吴玉杰.新历史主义与历史剧的艺术建构［M］.北京：中国社会科学出版社，2005.

　　［20］曾良.明清小说研究［M］.成都：四川大学出版社，2005.

　　［21］贾磊磊.中国武侠电影史［M］.北京：文化艺术出版社，2005.

　　［22］陈墨.中国武侠电影史［M］.北京：中国电影出版社，2005.

　　［23］王平.明清小说传播研究［M］.济南：山东大学出版社，2006.

　　［24］黄鸣奋.华夏之光：跨文化、跨时代与跨学科探索［M］.厦门；厦门大学出版社，2006.

　　［25］章柏青，贾磊磊.中国当代电影发展史［M］.北京：文化艺术出版社，2006.

　　［26］蓝爱国.网络恶搞文化［M］.北京：中国文史哲出版社，2008.

［27］陆扬.文化研究概论［M］.上海：复旦大学出版社，2013.

［28］彭松.多向之维：欧美中国现代文学研究论［M］.北京：光明日报出版社，2008.

［29］董健，胡星亮.中国当代戏剧史稿［M］.北京：中国戏剧出版社，2008.

［30］上海图书馆编.中国近现代话剧图志［M］.上海：上海科学技术文献出版社，2008.

［31］龚鹏程.侠的精神文化史论［M］.济南：山东画报出版社，2008.

［32］杨义.中国叙事学［M］.北京：人民出版社，2009.

［33］魏崇新.比较文学视域中的中国古典文学［M］.北京：外语教学与研究出版社，2009.

［34］陈平原.千古文人侠客梦［M］.北京：北京大学出版社，2010.

［35］蒋斌，田丰.广东转变发展方式的新探索 2009 广东社会科学学术年会论文集［C］.广州：广东人民出版社，2010.

［36］顾伟列.20 世纪中国古代文学国外传播与研究［M］.上海：华东师范大学出版社，2011.

［37］陶东风，胡疆峰.亚文化读本［M］.北京：北京大学出版社，2011.

［38］［美］浦安迪.浦安迪自选集［M］.刘倩等，译.北京：生活·读书·新知三联书店，2011.

［39］陈林侠.从小说到电影：影视改编的综合研究［M］.北京：中国社会科学出版社，2011.

［40］曾一果.恶搞：反叛与颠覆［M］.苏州：苏州大学出版社，2012.

［41］程季华.中国电影发展史：第一卷［M］.北京：中国电影出版社，2012.

［42］赵庆超.文学书写的影像转身——中国新时期电影改编研究［M］.济南：齐鲁书社，2012.

［43］章培恒，王靖宇.中国文学评点研究论集［M］.上海：上海古籍

出版社，2002.

［44］常芳.中国古典小说的视觉再生产——从语言本位到影像本位［M］.北京：中国社会科学出版社，2013.

［45］张国涛.传播文化 文化传播的中国思考［M］.北京：中国传媒大学出版社，2015.

［46］杨远婴.电影理论读本［M］.北京：北京联合出版公司，2017.

［47］肖又尺.新三国文化 跨界传播与品牌再生产研究综述 2000-2017［M］.成都：西南交通大学出版社，2018.

［48］汪民安.文化研究关键词（修订版）［M］.南京：江苏人民出版社，2020.

期刊论文

［1］［美］杰·瓦格纳，陈梅.改编的三种方式［J］.陈梅，译.世界电影，1982（1）：33-46.

［2］张未民.侠与中国文化的民间精神［J］.文艺争鸣，1988（4）.

［3］何新.侠与武侠文学源流研究［J］.文艺争鸣，1988（1）.

［4］赵毅衡.小说中的时间、空间与因果［J］.外国文学评论，1988（2）.

［5］姚锡佩.从赛珍珠谈鲁迅说起——兼述赛珍珠其人其书［J］.鲁迅研究月刊，1990（6）：38-42.

［6］徐志.台湾香港比较文学研究述评［J］.山西师大学报，1993（4）.

［7］徐朔方.台港与海外学者对中国古小说的研究［J］.台港与海外华文文学评论和研究，1994（2）.

［8］宗合.四大古典文学名著重复出版令人担忧［J］.出版参考，1995（6）：5-6.

［9］黄卫总.明清小说研究在美国［J］.明清小说研究，1995（2）：217-224.

［10］王学泰.关于电视剧《水浒传》的断想［J］.电视研究，1998（4）：17-20.

［11］张绍林.电视剧《水浒传》的拍摄构想之二［J］.中国电视，1998（5）：13-18.

［12］王丽娜.《水浒传》在国外［J］.古典文学知识，1998（4）：118-127.

［13］周宪.视觉文化与消费社会［J］.福建论坛，2001（2）.

［14］韩骏伟.接受美学视域下电视艺术的审美特征［J］.现代传播，2003（2）：75-77.

［15］王一川.论媒介在文学中的作用［J］.广东社会科学，2003（3）：22-27.

［16］陶东风.文学经典与文化权力（上）——文化研究视野中的文学经典问题［J］.中国比较文学，2004（3）：58-74.

［17］李伟."使它能够适应于政治的需要"——论京剧改革的延安模式［J］.戏剧艺术，2004（1）：54-62.

［18］杨棣.关注大学生文化经典阅读［J］.中国农业大学学报（社会科学版），2004（1）：87-90.

［19］李启军.英雄崇拜与电影叙事中的"英雄情结"［J］.北京电影学院学报，2004（3）：1-8.

［20］段金虎，王新芳.论二十世纪《水浒传》的影视传播［J］.河北建筑科技学院学报（社会科学版），2005（02）：52-54.

［21］赵怀仁.菟丝附女萝：漫议当前文坛"大话"古典名著现象［J］.中央民族大学学报（哲学社会科学版），2005（5）：143-144.

［22］陶东风.大话文学与消费文化语境中经典的命运［J］.天津社会科学，2005（3）.

［23］王前程.怎样看待《水浒传》中的暴力行为［J］.湖北民族学院学报（哲学社会科学版），2005（3）：71-74.

［24］佘大平.《水浒传》传播问题的历史与现状［J］.鄂州大学学报，2006（1）.

［25］陶东风.文学的祛魅［J］.文艺争鸣，2006（1）：6-22.

［26］李晶.翻译与意识形态——《水浒传》英译本不同书名成因探析［J］.外语与外语教学，2006（1）：46-49.

［27］王一川.泛媒介互动路径与文学转变［J］.天津社会科学，2007（1）.

［28］陈莉.传统文化进入消费社会的包装改造途径［J］.黑龙江社会

科学，2007（1）.

［29］欧阳友权.数字媒介与中国文学的转型［J］.中国社会科学，2007（1）：143-156.

［30］赵勇.新媒介的冲击与文学阅读的式微［J］.扬子江评论，2007（4）：1-9.

［31］许并生，宋大琦.20世纪《水浒传》思想研究及《水浒传》思想论析［J］.东南大学学报（哲学社会科学版），2008（1）：111-119.

［32］陈定家.市场与网络语境中的文学经典问题［J］.文学评论，2008（2）：42-46.

［33］孙绍振.武松的痞性、匪性和人性［J］.名作欣赏，2009（22）.

［34］唐艳芳.关于近年赛译《水浒传》研究的反思［J］.外语研究，2009（2）：77-81.

［35］陈俏湄."林冲夜奔"改编的三部剧本比较谈［J］.龙岩学院学报，2009（3）：52-56.

［36］张玉能.消费社会的审美观［J］.西北师大学报（社会科学版），2009（4）.

［37］齐学东.水浒故事现代影视传播探微［J］.福建广播电视大学学报，2010（1）：17-20.

［38］刘天明.媒介与文学的双重变奏——以四大名著为例分析媒介在文学传播中的作用［J］.东北师大学报（哲学社会科学版），2010（3）：108-111.

［39］范丽敏.武松的形象、来源及社会学解读［J］.明清小说研究，2011（3）：63-75.

［40］陆昱伟.中国电视剧产业名著翻拍的合理走向［J］.新闻爱好者（下半月），2011（12）：98-99.

［41］付晓光，田维钢.媒介融合的前世、今生和未来——美国著名媒介理论家保罗·莱文森访谈［J］.现代视听，2011（12）.

［42］吕波.全媒体组合拳，出击《新水浒》［J］.中国广告，2011（12）：135-136.

［43］李国庆.美国明清小说的研究和翻译近况［J］.明清小说研究，

2011（2）：257-268.

　　［44］李勇."奇书文体"：浦安迪明清长篇小说研究的新范式［J］.咸阳师范学院学报，2011（1）：116-120.

　　［45］吴舒洁.革命与正义之间——《水浒传》的文化政治［J］.粤海风，2011（3）：12-16.

　　［46］刘颖悟.媒介融合的概念界定与内涵解析［J］.传媒，2012（1）：73-75.

　　［47］王鑫.陈景韩"新水浒"系列"游戏"与晚清翻新小说的繁荣——以《新水浒》同题小说为中心［J］.浙江海洋学院学报，2012（4）.

　　［48］殷学明.戏仿：后现代文本生产的症候［J］.文艺评论，2012（5）：17-21.

　　［49］赖娟华.简谈《水浒传》外译出版史［J］.赤峰学院学报，2012（2）：164-166.

　　［50］刘东方."同人"与"翻新"——论当下同人小说与近代翻新小说的承续关系［J］.广播电视大学学报（哲学社会科学版），2013（4）：30-35.

　　［51］时准.现代中日水浒影像和游戏比较［J］.美术文献，2014（3）.

　　［52］陈安梅.《水浒传》在日本的传播［J］.文艺评论，2014（8）.

　　［53］林品."有爱"的经济学——御宅族的趣缘社交与社群生产力［J］.中国图书评论，2015（11）：7-12.

　　［54］温虎林.叙事的延伸与升华：《水浒传》连环画考述［J］.宁夏大学学报（人文社会科学报），2015（4）：143-151.

　　［55］［美］罗伯特·斯塔姆.电影改编：理论与实践［J］.刘宇清，李婕，译.北京电影学院学报，2015（2）：38-48.

　　［56］高日晖.《水浒传》传播接受史上的政治阐释［J］.社会科学辑刊，2015（1）：170-175.

　　［57］朱仰东.二十世纪初以来近代民间水浒故事的文献整理与研究述评［J］.聊城大学学报，2016（2）：32-37.

　　［58］陆地，杜曙晔.媒介奴隶主义的特征与影响［J］.新闻爱好者，2016（5）：7-12.

［59］张心科.《水浒传》在民国语文教育中的接受史［J］.明清小说研究，2017（1）：27-49.

［60］包小玲.香港电影对中国古典名著的世俗化改编——以《水浒传之英雄本色》为例［J］.韶关学院学报，2017（4）：10-12.

［61］焦欣波."侠义"与现代民族精神的构建——论抗战时期国统区的新编水浒戏剧［J］.现代中国文化与文学，2017（3）：303-316.

［62］石蓉蓉，董健.论跨媒介叙事在我国网络 IP 剧中的应用［J］.电视研究，2017（12）：46-48.

［63］王喜明.同人小说的前世今生［J］.书屋，2017（10）：9-17.

［64］齐安然.从《水浒传》到《水浒传》副文本——走向当代市场景观的水浒故事［J］.文化创新比较研究，2017（33）：12-14.

［65］黄雯，孙彦.从美国漫威公司作品看跨媒介叙事［J］.当代电影，2018（2）：121-124.

［66］焦欣波.20 世纪中国"水浒戏剧"的创作、研究与价值［J］.水浒争鸣（第十七辑），2018.

［67］袁冶.武侠电影的跨媒介叙事研究——以黄飞鸿的故事世界构建为例［J］.当代电影，2020（9）：170-176.

［68］周星，王赟姝.中国电影文化传播与"走出去"观念的思考——确立自身价值观和方法论的重要性［J］.民族艺术研究，2020（4）：52-59.

［69］杜贵晨.坚持文化自信：《水浒传》"厌女""仇女""女色祸水"说驳论［J］.明清小说研究，2021（4）：4-18.

［70］焦欣波.新世纪以来"水浒戏"创作的三种面向［J］.艺术百家，2021（5）：106-113.

博士论文

［1］李静修.全媒体视野下的受众审美心理研究［D］.长春：吉林大学，2013.

［2］李金梅.《水浒传》在英语世界的改写与研究［D］.北京：北京外国语大学，2016.

［3］焦欣波.20 世纪中国水浒戏剧研究——以剧本创作及改编为中心

［D］.西安：陕西师范大学，2017.

［4］李吉娜.《水浒传》在泰国的翻译与传播研究［D］.济南：山东大学，2017.

［5］冯雅.《水浒传》在日本的传播研究［D］.长春：东北师范大学，2017.

［6］刘叶琳.文学经典影像化传播的观念演变［D］.长春：吉林大学，2019.

［7］孙琳.水浒忠义观的建构与解构［D］.济南：山东大学，2019.

［8］王凡.香港邵氏电影中的明清小说改编研究［D］.济南：山东师范大学，2020.

相关作品

［1］刘操南，茅赛云.武松演义［M］.杭州：浙江人民出版社，1980.

［2］田汉.田汉文集：第9卷［M］.北京：中国戏剧出版社，1983.

［3］山东《牡丹》编辑部编.水浒外传［M］.济南：山东文艺出版社，1984.

［4］褚同庆.水浒新传［M］.广州：花城出版社，1985.

［5］毕士臣.水浒三女将外传［M］.济南：山东文艺出版社，1986.

［6］朱希江.水浒外传 续集［M］.南宁：广西人民出版社，1986.

［7］华积庆.水浒英雄外传［M］.北京：宝文堂书店，1986.

［8］沙陆墟.情女潘巧云［M］.福州：海峡文艺出版社，1986.

［9］王中文.少水浒——水浒别传 上［M］.长春：吉林文史出版社，1986.

［10］王中文.少水浒——水浒别传 下［M］.长春：吉林文史出版社，1986.

［11］家文，萧宇.独臂武松［M］.合肥：安徽文艺出版社，1986.

［12］彭中岳，彭根山.黑旋风传奇［M］.济南：山东文艺出版社，1986.

［13］魏明伦.潘金莲 一个女人的沉沦史［M］.哈尔滨：北方文艺出版社，1987.

［14］沙陆墟.水浒三艳妇［M］.杭州：浙江文艺出版社，1987.

［15］沙陆墟.水浒三烈女［M］.长沙：湖南文艺出版社，1988.

［16］刘广发.潘金莲（昆曲）［J］.上海艺术家，1988（3）.

［17］欧阳予倩.欧阳予倩全集［M］.上海：上海文艺出版社，1990.

［18］洛地.阎婆惜外传［M］.杭州：浙江古籍出版社，1991.

［19］沙陆墟.水浒三女将［M］.合肥：安徽文艺出版社，1993.

［20］王润生，郝艳霞.水浒英雄新传［M］.长沙：湖南出版社，1994.

［21］杜家福.潘金莲（无场次戏曲）［J］.剧作家，1996（1）.

［22］袁阔成等编写.水浒外传［M］.沈阳：春风文艺出版社，1996.

［23］陆士谔.新水浒［M］.哈尔滨：黑龙江人民出版社，1997.

［24］青莲室主人.后水浒传［M］.哈尔滨：黑龙江人民出版社，1997.

［25］俞万春.结水浒传（上、下册）［M］.哈尔滨：黑龙江人民出版社，1997.

［26］陈忱.水浒后传［M］.哈尔滨：黑龙江人民出版社，1997.

［27］刘盛亚.水浒外传［M］.哈尔滨：黑龙江人民出版社，1997.

［28］周宝忠.水浒一百单八将外传［M］.北京：大众文艺出版社，1997.

［29］嘉鱼.戏续水浒新传［M］.哈尔滨：黑龙江人民出版社，1997.

［30］江涛.南水浒 上［M］.广州：广东经济出版社，1998.

［31］江涛.南水浒 下［M］.广州：广东经济出版社，1998.

［32］胡天如口述，顾希佳整理.林冲演义［M］.杭州：浙江文艺出版社，1988.

［33］张宇，何小竹，阎连科，等.潘金莲，你好［M］.长沙：湖南文艺出版社，1999.

［34］水泊人.扈三娘们传［M］.济南：山东美术出版社，2001.

［35］水泊人.宋江夫人们传［M］.石家庄：花山出版社，2001.

［36］稻壳.流氓的歌舞［M］.北京：光明日报出版社，2002.

［37］王小枪.孙二娘日记［M］.北京：中国广播电视出版社，2005.

［38］何明敏.宋江日记：及时雨的"飞升"传奇［M］.北京：大众文艺出版社，2004.

［39］李碧华.李碧华经典作品［M］.海口：南海出版公司，2004.

［40］老何.麻辣水浒［M］.北京：当代中国出版社，2004.

［41］谭晓珊.水浒行动：打开营销执行的9大玄关［M］.北京：地震出版社，2004.

［42］林长治.Q版梁山好汉［M］.重庆：重庆出版社，2005.

［43］填下乌贼.乱弹水浒：刀尖与笔锋上的侠客体验［M］.西安：陕西师范大学出版社，2005.

［44］无事忙.缺钙水浒［M］.北京：朝华出版社，2005.

［45］别样冷寒冰.胡同水浒传［M］.上海：东方出版中心，2005.

［46］王小枪.完全强盗手册［M］.北京：中国友谊出版公司，2005.

［47］中国京剧院.旧剧革命的化时期的开端——延安平剧研究院演出剧本集［M］.北京：中国戏剧出版社，2005.

［48］陈亦仙，赤涛.水浒群英传 江湖版［M］.银川：宁夏人民出版社，2006.

［49］高阳.林冲夜奔［M］.北京：华夏出版社，2006.

［50］［日］正子公也绘.绘卷水浒传：梁山豪杰壹百零八［M］.重庆：重庆出版社，2008.

［51］老了.水浒十一年1112年—1122年［M］.济南：山东画报出版社，2008.

［52］张苪陌.水浒日记［M］.北京：新世界出版社，2012.

［53］宁财神.水浒外传［M］.沈阳：万卷出版公司，2012.

［54］仓土.李逵日记之聚义厅［M］.北京：中国书店，2012.

［55］仓土.李逵日记之忠义堂［M］.北京：中国书店，2013.

［56］罗辑.武松与潘金莲［M］.南昌：二十一世纪出版社，2013.

［57］刘永彪.行者武松［M］.芜湖：安徽师范大学出版社，2014.

［58］［日］吉川英治.新水浒传［M］.潘越，褚以炜，肖燕，译.长春：时代文艺出版社，2016.

［59］时晨.水浒猎人［M］.北京：人民文学出版社，2017.

［60］九天星.李逵探母 京剧［M］.北京：连环画出版社，2018.

［61］沈璟，董捷.重校义侠记［M］.石家庄：河北教育出版社，2021.

［62］蔡志忠.漫画水浒传［M］.石家庄：河北教育出版社，2021.

后　记

　　2012年博士毕业之后，我来到菏泽学院工作。菏泽古称曹州，地处鲁西南，是著名的牡丹之乡、戏曲之乡和武术之乡。水浒文化源远流长，尚武崇德成为菏泽鲜明的地方文化特色。受水浒文化的耳濡目染，我在水浒文化研究基地主持人田智祥教授的指导下，开始对《水浒传》的传播和接受情况进行初步的研究。我在《电影评介》《菏泽学院学报》《临沂大学学报》等刊物上陆续发表了一些文章，对《水浒传》中的人物形象改编、网络小说改编、当下的水浒批评等现象进行了粗浅的分析，并在此基础上申请了山东省社科规划项目，本书即是在项目研究的基础上整理完善而成。网络时代变幻莫测，水浒传播中的新现象和新成果层出不穷，水浒改编的短视频、影视、动漫、游戏等形式花样翻新，本书对于当下《水浒传》传播和接受的现象进行了粗略的描述，对于一些问题认识得不够深刻，希望能够在各位同行专家的指导交流中进一步深化本课题的研究。

　　写作本书正好赶上怀孕生二胎，身怀六甲依然要每天面对电脑努力打字。在顺利生下二宝之后，每天忙忙碌碌照顾孩子，在晚上孩子睡着之后才能抽点时间整理完善书稿，以蚂蚁搬家的精神不断地积少成多，积沙成塔，终于完成这本小书。这一漫长过程实在是不堪回首！感谢家中老人对家庭的无私奉献，特别是婆婆的辛苦操劳，感谢老公对我工作的支持鼓励，让我度过了一段紧张忙碌的生命旅程。

　　本课题获得了2017年山东省社会科学规划项目（17DZWJ04）和菏泽学院水浒文化基地的资助支持，在此向菏泽学院水浒文化基地、科研处、人文与新闻传播学院的各位领导和老师们表示衷心的感谢！

时光荏苒，年近不惑，在第一本专著《土改文学叙事研究》出版六年之后，能够再次出版一本小书，作为近几年学术探索的小小总结，心中充满对领导、同事、家人的感激之情。本书部分章节发表在一些学术刊物上，收入本书时略有删改，在此向支持水浒研究的各位编辑表示感谢！

庄子云："吾生也有涯，而知也无涯。"学术之路道阻且长，我愿意以西西弗斯的精神继续努力，默默耕耘，静待花开。